Rotula

Susanne Röckel

Rotula

Roman

eichborn

1. Auflage 2011

Umschlaggestaltung: Christina Hucke
unter Verwendung von Motiven von www.shutterstock.com
Lektorat: Melanie Walz und Christian Döring
Ausstattung, Typografie: Susanne Reeh
Satz: Greiner & Reichel, Köln
Druck und Bindung: CPI – Clausen & Bosse, Leck
ISBN 978-3-8218-6163-0

FSC
www.fsc.org
MIX
Papier aus verantwortungsvollen Quellen
FSC® C083411

Eichborn Verlag, Kaiserstraße 66, 60329 Frankfurt am Main
Mehr Informationen zu Büchern und Hörbüchern aus dem Eichborn Verlag finden Sie unter www.eichborn.de

»Denn, was kräftig gedeihen soll auf Erden, muß dunkeln Mächten seinen Zoll bezahlen.«

Jacob Burckhardt, *Die Polis*

Kirschen

Als an der Wende zum 22. Jahrhundert in unserer Behörde erstmals von einer Erschließungskommission die Rede war, die in ein lange abgeschlossenes, aus mehreren zerfallenden Weilern bestehendes Gebiet – noch vor hundert Jahren Siedlungsraum einer Stadt – vorstoßen sollte, um Möglichkeiten der Neubelebung zu erkunden und mit den verbliebenen Bewohnern Kontakt aufzunehmen, ahnte ich nicht, daß ich selbst, Lanzelot Squindo, einmal zum Leiter dieser Kommission bestellt werden sollte. Der Name jener Stadt sagte mir nichts, und ich hatte mit anderen Dingen zu tun. Dreizehn Jahre gingen ins Land, bis die Gelder bewilligt waren und man beginnen konnte, die Expedition zu planen. Immer wieder wurde der Aufbruch verschoben. Denn nicht viele waren bereit, sich dorthin auf die Reise zu machen; es war von Gefahren die Rede, die gestaltlos blieben; etwas Ungreifbares schien wie eine tödliche Verseuchung das Gebiet zu verdunkeln. Doch ich war jung und unwissend genug, um über all diese Gerüchte zu lachen. Als man mich fragte, ob ich bereit sei zu fahren, sagte ich augenblicklich zu. Das Büroleben erfüllte mich mit Überdruß, und nach all den Jahren ausdauernden Fleißes vor den immergleichen Monitoren sehnte ich mich nach Abwechslung.

Wahrscheinlich gab es Leute, die damals schon Bescheid wußten – warum warnten sie mich nicht? Warum schwiegen sie? Als wir uns nach einem weiteren Jahr endlich auf den Weg machen konnten, war ich stolz auf meinen neuen Posten. Die Erwartungen waren groß, das war mir bewußt, doch zweifelte ich keinen Moment daran, sie erfüllen zu können – und ich *hätte* sie erfüllt, wenn es im Bereich des Menschenmöglichen gestanden hätte, das zu tun! Erst heute ist mir die Aussichtslosigkeit des Ganzen klar. Daß ich am Ende nichts ausrichten konnte, daß man mir bei der Rückkehr »Mutlosigkeit und Schwäche« ansah (wie man mir anfangs »Siegesgewißheit und Tatkraft« attestiert hatte), liegt außerhalb dessen, wofür ich Verantwortung übernehmen kann. Meine Kräfte und Fähigkeiten haben sich keineswegs verringert – wenn man mir nur glauben wollte, daß das, was *dort* regiert, anderen Gesetzen gehorcht und sich unserer Einflußnahme mühelos entzieht! Ich kann allerdings nicht bestreiten, daß ich nach dem Abbruch der Expedition nicht mehr der abenteuerlustige und ahnungslose Mann war, als der ich aufgebrochen war. Ich hatte wirklich meinen Mut verloren, der mir nicht nur die Sehnsucht nach dem Unbekannten, sondern auch die Kraft verliehen hatte, es mit ihm aufzunehmen, wie dunkel und beunruhigend es auch erscheinen mochte; ich hatte die Angst geschmeckt, eine tiefe und allumfassende Angst, die den Ehrgeiz abtötet, den Drang bezwingt, sich über die Umstände eines gewöhnlichen und langweiligen Lebens hinwegzusetzen, die Eigensinn und Selbstvertrauen vernichtet, so daß man bereit ist, sich mit dem zufriedenzugeben, was andere einem als Dasein zuteilen – irgend jemand schrieb, daß ich in jener Gegend alt geworden sei (und vielleicht war es das, was man mir in Wahrheit übelnahm).

Man hatte mit einem langen Aufenthalt gerechnet. Wozu sonst das endlose Tauziehen um Geld für Ausrüstung und Personal? Statt dessen eine Rückkehr, die übereinstimmend als »schmählich« empfunden wurde. Schon der Umstand, daß ich mich bereits nach wenigen Wochen – und zwar keineswegs »überstürzt« oder »in blinder Panik«, wie behauptet wurde, sondern nach eingehender Überlegung und in Übereinstimmung mit Annabel Lintner, meiner Assistentin, und Ted Steer, dem Techniker – zum Abbruch der Expedition entschloß, reichte den meisten für eine Verurteilung aus. Dazu kam, daß ich nur einen Bruchteil der physikalischen, hydrologischen, demographischen und bautechnischen Daten mitbrachte, die man sich von der Unternehmung versprochen hatte. Ich war also »meiner Aufgabe nicht gewachsen« gewesen, hatte mich als »untauglich«, »inkompetent« und »enttäuschend« erwiesen. Welche Hoffnungen hatte man in mich gesetzt! Und nun dieser Fehlschlag. Vergeblich versuchte ich, mich gegen die Anschuldigungen zur Wehr zu setzen. Meine Vorgesetzten glaubten nicht, was ich ihnen erklärte; meine Kollegen machten sich über mich lustig; selbst Freunde rückten von mir ab. Schließlich ließ man einzelne, völlig aus dem Zusammenhang gerissene Dinge nach außen dringen, was dazu führte, daß die Medien mich mit reißerischen Berichten verleumdeten, in denen u. a. behauptet wurde, ich sei mit einer Brechstange auf einen harmlosen Mitbürger losgegangen. So konnte man mich suspendieren, ohne einen Einspruch meinerseits fürchten zu müssen, denn welcher Anwalt hätte meine Sache nicht als aussichtslos betrachtet?

Der hier erstmals der Öffentlichkeit vorgelegte Bericht wird zeigen, daß ich keineswegs unverantwortlich, sondern pflichtgemäß handelte. Ich bin bereit zu beschwören, daß alles, was ich hier berichte, der Wahrheit entspricht. Die zitierten Dokumente sind echt. Sie befinden sich in meinem Besitz, und ich bin gern bereit, sie für weitere Nachforschungen zur Verfügung zu stellen. Es geht aber nicht nur um mich. All die Leichtsinnigen, die Oberflächlichen, die über meine Warnungen lachen oder sie als bloße Rechtfertigungen meiner Feigheit abtun, sollen endlich aufwachen! Denn am Ernst der Bedrohung kann kein Zweifel bestehen. Wir glauben, in Sicherheit zu sein, da wir weit entfernt sind von jener Stadt, die den Schrecken nicht überlebte. Es ist lange her. Wir haben ihren Namen vergessen. Wir sind anders – entwickelt, kultiviert – und haben allen Grund, stolz auf uns zu sein. Es ist nicht leicht, diese Selbstgewißheit zu erschüttern. Aber ich werde beweisen, daß es sich um Illusionen handelt, Anmaßungen, Wunschvorstellungen unserer trägen und allzu leichtgläubigen Gehirne. Auch die Wissenschaft trägt zur Aufrechterhaltung der Illusionen bei: In der einschlägigen historischen und paläontobiologischen Literatur fand ich nur undeutliche und vernebelnde Bemerkungen über das Thema. Warum? Sollte es sich um bewußte Strategien, Maßnahmen zur Eindämmung der Neugier von Bürgern handeln, damit keine unbequemen Fragen gestellt werden? Weiß man mehr, als man zu erkennen geben will? Sind vielleicht sogar schon Interventionen gewichtiger, womöglich militärischer Art geplant, von denen die Öffentlichkeit nichts erfahren soll?

Ich muß zugeben, daß mich solche Gedanken gelegentlich quälen. Doch wenn ich nun von meinen Erlebnissen berichte, werde ich mich nicht von ihnen ablenken lassen. Ich werde mich strikt auf das beschränken, was ich selbst sah und hörte und unter Eid bezeugen kann. Hier ist mein Bericht. Mögen meine Leser selbst urteilen …

Ende April jenes Jahres erreichten wir Schloß Haag und richteten uns ein, so gut wir es vermochten. Die Nebengebäude waren fast völlig zerfallen; das Hauptgebäude stand noch, obwohl es auch eher eine Ruine genannt zu werden verdiente. Man konnte noch erkennen, daß es einen prachtvollen Mittelbau mit Freitreppe, vorspringenden Säulen und einem Giebel mit Wappen besessen hatte, doch waren die Verzierungen entweder durch Vernachlässigung oder durch brutales Abschlagen zerstört worden; das Glas von Fenstern und Türen war herausgebrochen, und statt der einst schön proportionierten Fassade sah man nur eine rohe Mauer, in der unschön ausgezackte Löcher gähnten. Im Innern fanden wir immerhin einige bewohnbare Räume. Ein großes, südöstlich gelegenes Zimmer im Erdgeschoß mit altem, wenn auch stark beschädigtem Parkett, einem schweren Eichentisch – der offenbar noch aus der Zeit stammte, als das Schloß als Hotel und Restaurant genutzt worden war –, Fenstern nach drei Seiten und einem kuriosen Kachelofen in Tempelform sollte unser Konferenzraum sein. Wir trugen die Hinterlassenschaften zahlloser Mäuse- und Rattengenerationen hinaus, kratzten Schimmel und Spinnweben von den Wänden, bespannten die geborstenen Fensterrahmen notdürftig mit Folie. Ted suchte sich das angrenzende Zimmer aus, in das er seine Rechner und andere Geräte schaffte; auf einem bröckelnden Balkon installierten wir die Antenne. Unseren Koch – sein Name ist Ringelmann – brachten wir in einem Raum im Souterrain unter, in dem es einen Rauchabzug gab. Annabel und ich wohnten in einem Zimmer im ersten Stock, das man vom Parkplatz aus (Reste einer verholzten Buchshecke ließen erkennen, daß hier früher ein Garten gewesen sein mußte) über eine eigene Treppe erreichte. In dem ornamentalen Labyrinth der alten Stuckdecke waren noch Spuren des einstigen Gipsreliefs mit Blumengirlanden, Vögeln, Monden und Sternen zu erkennen. Von unserem Fenster aus konnte man den nächsten Weiler sehen, der aus einer Ansammlung unglaublich häßlicher und schmutziger Häuser bestand; jenseits davon lag – hinter einer Absperrung – ein Arm des Flusses Ries.

Schon in jenen ersten Stunden bemerkten wir die seltsame Stimmung, das gedrückte und muffige, vage feindselige Schweigen, die Grabesstille, die, vom Fluß ausgehend, über der Gegend hing. Bei der Fahrt über die Stadtautobahn fiel uns auf, daß es weder Markierungen noch Verkehrszeichen gab. Karosserieteile und zerfetzte Reifen lagen auf der Fahrbahn. Autos mit verdunkelten Scheiben zogen an uns vorbei. Nirgendwo waren Passanten zu sehen. Die riesige Doignon-Arena mit ihrer kühn geschwungenen, silbrig glänzenden Kuppel, ein Wahrzeichen der Stadt, war verlassen und teilweise eingestürzt. Gebaut zur Feier großer Kämpfe, hatte sie einst Hunderttausende von Menschen gefaßt, die das erhebende Gefühl der Selbstvergessenheit in der Masse genießen wollten. Wo waren all diese Menschen jetzt? Der berühmte Bau glich einem monströsen Wrack, das an einer einsamen Küste angetrieben worden war. In einer Senke, irgendwo zwischen den heutigen Ortschaften Esterhammer, Wexfeld und Dillisberg, wo vor hundert Jahren das Zentrum der Stadt gewesen sein muß, sahen wir über einem ziemlich großen Gebiet mit alten Häusern, krummen Straßen und Brachflächen da und dort Rauch aufsteigen; auch in den umliegenden Sektoren mit Wohnblocks, Geschäftstürmen, Brücken, einem Flugfeld mit Terminals trug alles deutliche Zeichen anhaltender Verwahrlosung. Nur am bewachten Tor eines Kaufzentrums sahen wir schattenhaftes Menschengewimmel und gleißendes Licht.

Das alte Schloß lag weit genug von alldem entfernt. Wir betrachteten es als Zuflucht vor den unbestimmten Gefährdungen, die wir dort draußen witterten. Nach unseren ersten Ausflügen im Auto blieben wir abends noch lange zusammen, saßen plaudernd oder Karten spielend um den alten Eßtisch und gingen oft erst weit nach Mitternacht zum Schlafen in unsere Zimmer.

Die Eingangshalle des Schlosses mit ihrem einst prächtigen Stuck und den Bahnen durchweichter Seidentapete, die sich im Lauf der Zeit in phantastischen Bögen und Schlaufen von der Wand geschält hatten, war, wie wir zunächst annahmen, als Deponie für ausgediente Speichermedien genutzt worden. In verschimmelten Kartons lagerten aufgequollene Bücher und Stöße vergilbten, von Ungeziefer befallenen und durch die Feuchtigkeit unleserlich gewordenen Papiers; antiquierte Datenträger, CDs und UDOs, lagen in großen Haufen wahllos durcheinander. Die großen Türen zur Freitreppe waren mit Brettern vernagelt, die feucht und morsch geworden waren und einen unangenehmen Geruch verströmten. Bei den Büchern handelte es sich um Gesetztestexte, Verordnungen, Statistiken, Memoranden u. ä., trockene und schwer lesbare Urkunden im Kanzleistil früherer Jahrhunderte. Die Datenträger waren natürlich längst nicht mehr entzifferbar. Wie Ted mir anhand der Beschriftungscodes erklärte, waren es Meldeunterlagen, Einberufungsbescheide, Geburts- und Sterbeurkunden, Grundstücksverträge, Gerichts- und Verwaltungsakten. Nach kurzer Sichtung des gesamten Materials schloß ich, daß wir die Bestände eines städtischen Archivs um 2014 vor uns hatten. An erhöhter Stelle, auf einem Kaminsims, war ein Metallkoffer plaziert, wie man ihn früher zum Transport wertvoller Akten benutzte; vielleicht weil man gehofft hatte, daß sein Inhalt an diesem Ort besser vor Feuchtigkeit geschützt wäre als auf dem Boden, vielleicht aber auch, weil man gewollt hatte, daß er die Blicke der Eintretenden auf sich zog.

Warum all diese Dokumente hierher nach Schloß Haag verbracht worden waren, etwa zwanzig Kilometer vom ehemaligen Stadtzentrum entfernt, konnte ich mir zunächst nicht erklären. Erst als ich den blockierten Eingang untersuchte, wurde mir klar, daß man die vollgestopften Kartons nicht deshalb hier abgestellt hatte, um sie als Abfall zu entsorgen. Bei den die Tür verdeckenden Brettern handelte es sich um unfachmännisch herausgebrochene Teile eines Gartenzauns oder eines Holzschuppens, von einem schwachen Menschen durch chaotisches und dilettantisches Einschlagen von Nägeln hastig zusammengefügt, das zeigte die Art, wie die Nägel kreuz und quer im Holz steckten. Ich kam auf den Gedanken, daß es sich womöglich um eine Rettungsaktion gehandelt hatte, bei der die Archivbestände in aller Eile ausgelagert worden waren, um hier versteckt zu werden. Doch wer oder was hatte das Archiv bedroht, vor welcher Gefahr hatten die Dokumente bewahrt werden sollen? In den Unterlagen, die man mir zur Vorbereitung der Reise übergeben hatte, war weder von Angriffen noch von Katastrophen die Rede gewesen – jedenfalls nicht in konkreten Begriffen. Statt dessen wimmelte es von nebulösen und floskelhaften Aussagen, auf die ich mir keinen Reim machen konnte. Die »traumatisierte« Stadt habe sich von den Folgen eines Hochwassers nie erholt, hieß es, und sei schließlich von den eigenen Bürgern aufgegeben worden – warum, blieb trotz verschwenderischen Gebrauchs von Wörtern wie »Devastierung« und »Demoralisierung« unklar. An einigen Stellen war die Rede davon, daß man »den Anschluß verpaßt« und »sich abgekapselt« habe; es wurde behauptet, daß »Niedergang« und »Wüstung« die Folge »politischer Fehlentscheidungen« sowie »Uneinsichtigkeit gegenüber nationalen und internationalen Hilfsangeboten« gewesen seien; eine »kollektive Erschütterung« habe zu »Aufruhr und Chaos« geführt; die Staatsorgane seien machtlos gewesen angesichts von »barbarischen Ausschreitungen und Kämpfen aller gegen alle«. Bildmaterial und Augenzeugenberichte fehlten. Angeblich hatte die Verworrenheit der Lage in den entscheidenden Tagen jede ernsthafte Berichterstattung unmöglich gemacht. Hinweise auf das, was tatsächlich geschehen war, versprach ich mir nun von dem

Metallkoffer aus der Eingangshalle, da er die vielen Jahrzehnte bis zu seiner Entdeckung nahezu unversehrt überstanden zu haben schien.

Bevor wir uns am Ende dieses Tages trennten, gelang es Ted, mit Hilfe von Hammer und Meißel den Koffer zu öffnen, und wir entnahmen ihm drei Mappen aus festem Kunststoff, die Textkonvolute auf bräunlich angelaufenem, doch intakt gebliebenem Papier enthielten. Sie waren mit den Kürzeln »Hg.«, »L.« und »Schr.« beschriftet. In den nächsten Tagen würde es meine Aufgabe sein, diese Texte zu sichten. Außerdem fand sich in dem Koffer ein kleines Etui aus verwittertem Leder. Annabel sagte, daß man in solchen Etuis früher Instrumente zur Bartpflege aufbewahrt habe. Im mit Samt ausgeschlagenen Innern fanden wir einen alten Speicherstick, der entfernt einem unserer modernen Responder ähnlich sah. Nachdem Ted ihn geprüft hatte, mußte er mich allerdings enttäuschen: Von den Daten des Sticks war außer einer einzigen kryptischen Zeile nichts übriggeblieben. Er vermutete, daß es sich um Bilder einer Mikrokamera gehandelt hatte, wie man sie zur damaligen Zeit in wissenschaftlichen Instituten und Forschungslaboren verwendete. Die übriggebliebene Zeile lautete: »sonderforgr.III/schaeflein/palaeontologie_unistaff_rec./2/14«.

Die erste Nacht war ruhig. Außer einem fernen Rauschen, das ich anfangs für das Geräusch schwellenden Wassers hielt – es war der Baum vor unserem Fenster, der sich im Wind bewegte –, hörte man nichts. Die Stille war ungewohnt für uns, so daß wir noch lange wachlagen. Doch endlich hörte ich Annabels tiefe Atemzüge und ärgerte mich darüber, daß ich selbst trotz des hinter mir liegenden langen und anstrengenden Tages nicht einschlafen konnte. Der Ärger wurde noch größer, als ich ein leises Klopfen hörte. Ich glaubte, es sei Ringelmann, der Koch, denn man hatte mir erzählt, er schlafe kaum und neige zum Ungehorsam, ständig fordere er, daß ihm eine Extrawurst gebraten werde. Bis jetzt hatte ich von solchen Eigenschaften nichts bemerken können (und auch später erwies sich diese Charakterisierung als völlig haltlos; Ringelmann – ich werde noch davon berichten – erwies sich als ein ebenso beherzter wie sanftmütiger, friedlicher und besonnener Mensch, dem ich es letzten Endes zu verdanken habe, daß ich in jener schlimmsten Zeit meines Lebens nicht den Verstand verlor!), und dennoch war ich fest davon überzeugt, es sei dieser Mann, der an meiner Tür klopfe, um mich mit irgendwelchen absurden Forderungen zu belästigen. Ich stand auf, zog mir etwas über und ging zur Tür. »Was fällt Ihnen ein –«, wollte ich dem Unverschämten in scharfem Ton zuflüstern – doch es war niemand da. Alles war stockfinster. Ich tastete mich die Treppe hinunter. Draußen war etwas mehr Licht. Schemenhaft sah ich unser Geländefahrzeug, dahinter Bäume, Wolken – und eine bläulich schimmernde Frauengestalt mit hell leuchtendem, dicht gelocktem Haar, in einem Kleid aus durchsichtig-fließendem Stoff, dessen Saum naß zu sein schien. Sie war so schön! Schwebend, gleitend bewegte sie sich im flimmernden Halbschatten und lächelte mich auf eine so reizende Art an, daß ich nicht anders konnte, als mich ihr zu nähern. In dem Schein, der von ihr ausging, sah ich, daß sie etwas in der Hand hielt und mir reichte – ein geflochtenes Körbchen mit Kirschen. Obwohl wir in der ganzen Gegend keinen Obstbaum gesehen hatten und die Bäume übrigens gerade erst grün zu werden begannen, zweifelte ich keine Sekunde daran, daß die Kirschen an diesem Tag hier geerntet worden waren; und wie ich eben noch, von der Rechtmäßigkeit meines Urteils felsenfest überzeugt, dem armen Ringelmann entgegentreten wollte, um ihn der Störung meiner Nachtruhe zu bezichtigen, glaubte ich nun mit gleicher Sicherheit, daß die junge

Frau zu einer Abordnung der Bürgerschaft gehörte – ich zweifelte nicht daran, daß die Stadt noch existierte –, die mir als Zeichen ihres Vertrauens die ersten Kirschen darbrachte. In dem wohligen Gefühl, mich von diesen Leuten angemessen geehrt und gewürdigt zu wissen, ging ich also auf die Gestalt zu – doch in dem Maß, in dem ich mich ihr näherte, zog sie sich tiefer in die Dunkelheit zurück. Ich machte längere Schritte – ihr Kleid schwebte schleierartig vor mir her – ihre Konturen lösten sich auf. Ich spürte Schmerz, Verlangen, Traurigkeit – eine tiefe Traurigkeit, die reizende junge Frau womöglich nie mehr wiederzusehen … dann hörte ich plötzlich eine ferne Stimme in meinem Rücken meinen Namen rufen – und erwachte. Annabel kam erschrocken die Treppe herunter. Ich war offenbar schlafgewandelt, was seit meiner Kindheit nicht mehr vorgekommen war. (Es sollte sich auch nicht wiederholen.) Annabel drang in mich, fragte mich nach meinem Traum, aber ich scheute davor zurück – ich weiß bis heute nicht, warum –, ihr von der schimmernden weiblichen Gestalt zu erzählen, die mich hinausgelockt hatte in die Nacht.

Am folgenden Tag machten wir eine erste Erkundungsfahrt in die nähere Umgebung, wo wir die Bekanntschaft Ossip Pfeufers machten, Bürgermeister der Ortschaft Haag. Er residierte in einer alten Villa, die kaum weniger heruntergekommen wirkte als die Häuser um sie herum, doch wenigstens ein unbeschädigtes Dach, eine funktionierende Heizung und intakte Fenster hatte. Obwohl Haag außer ihm selbst, seiner Frau und einer Handvoll alter Leute, die uns hinter zugezogenen Gardinen hervor mißtrauisch beäugten, keine Bewohner mehr hat, sprach Pfeufer begeistert und mit großen Worten von seiner selbstgewählten Aufgabe, nämlich der »Zurückführung der Bevölkerung in die Arme der zivilisierten Welt«. Dazu gehört zum Beispiel, daß er bei allen möglichen Stellen Mittel beantragt, um ein Seniorenheim, eine Bibliothek, eine neue Busstation u. ä. m. zu bauen. Ferner unternimmt er regelmäßig Reisen, um Firmen dazu zu bringen, in der Gegend zu investieren. Er wisse, daß die Lage nicht gerade rosig sei, sagte er mit der ihm eigenen Mischung von Munterkeit und Pathos, doch glaube er es seinen Vorfahren schuldig zu sein (offenbar ist die Familie seit langem hier ansässig; wir erfuhren, daß eine »Pfeuffermühle« schon vor einem halben Jahrtausend urkundlich erwähnt wurde, anläßlich eines Berichts über die Greueltaten durchziehender Söldner und Marodeure im Jahr 1614, am Vorabend des Dreißigjährigen Krieges), nicht einfach die Hände in den Schoß zu legen, wie es die meisten hier täten, sondern sich »den Tatsachen zu stellen«, »frisch und unverzagt anzupacken« usw. usf. Auffällig war – so auffällig, daß auch Ted es bemerkte, der mich später darauf ansprach –, daß er fast nur zu Annabel sprach, ihr überhaupt ständig mit übertriebener Höflichkeit, ja Servilität, den Stuhl zurechtrückte und ihre Aufmerksamkeit zu gewinnen suchte. Bereitwillig gewährte er uns Einblick in alle laufenden Projekte, versprach, uns mit wichtigen Leuten der Nachbarorte bekannt zu machen und uns alle Informationen zur Verfügung zu stellen, die wir brauchten.

Am späteren Abend desselben Tages nahm ich mir die erste Mappe (»Hg.«) aus dem Metallkoffer vor. Sie enthielt zwei verschiedene Textkonvolute: erstens einen ausufernden, auf beiden Seiten zunehmend gereizt geführten Briefwechsel zwischen einem Mann namens Wolfgang B. Mayer und einem Verlag namens Zwicknagl & Seif, in dem es um Geld und um die Einzelheiten von Druck und Satz einer geplanten Edition des Tagebuchs einer Prinzessin namens Luise ging. (Ich erspare meinen Lesern diese unerfreuliche Korrespondenz. Mir fielen beim Lesen immer wieder die Augen zu.) Angeheftet war eine Rechnung über zweitausendfünfhundert Euro plus Mehrwertsteuer, das Honorar für die Herausgabe des Tagebuchs.

Zweitens gab es das Manuskript einer Einführung oder eines Vorworts, das – wie ich beim ersten Überfliegen feststellte – nur an drei Stellen nicht ganz ausformuliert war. Vielleicht hatte der Verfasser auf weitere Angaben gehofft, die er kurz vor der Drucklegung noch einfügen wollte. Ich war inzwischen todmüde und nahm mir vor, mich dem Vorwort am nächsten Tag konzentriert zu widmen. Einer alten Gewohnheit folgend, las ich vor dem Schlafengehen lediglich den letzten Absatz, der folgendermaßen lautete:

»Wenn wir das Tagebuch nun nach mehrmonatiger Editionsarbeit der Öffentlichkeit übergeben, hoffen wir, damit Wesentliches zur Klärung des vielfach romantisierten Bildes einer historischen Frauenfigur beizutragen. Wir haben uns bemüht, das durch verworrene Satzgestaltung und ein oft unausgewogenes Schriftbild schwer entzifferbare Manuskript so zu gestalten, daß es heutigen Lesern ohne Mühe verständlich wird. Zugunsten einer behutsamen Modernisierung waren – meist nur geringfügige – Eingriffe in den Text erforderlich. Sie schienen uns vertretbar angesichts unserer Aufgabe, Prinzessin Luise als dilettierende Forscherin auf dem Gebiet der Fossilienkunde, vor allem aber als empfindsame und hellsichtige Zeugin einer auch für unsere Stadt entscheidenden Epoche erneut in den Fokus der Aufmerksamkeit zu rücken.

Der Herausgeber
Wolfgang B. Mayer
Institut für Stadtgeschichte im Mai 2014«

Natürlich hatte ich nicht die geringste Ahnung, worum es sich handelte. Von Wolfgang B. Mayer war in meinen

Unterlagen nie die Rede gewesen, und den Namen der »historischen Frauenfigur«, von deren Tagebuch er sprach, hatten weder ich noch meine Mitreisenden je gehört. Spätere Recherchen ergaben zudem, daß das von Mayer herausgegebene Buch nie erschienen war. Doch mein Interesse war geweckt. Wer war Prinzessin Luise? Welche für die Stadt »entscheidende« Epoche war gemeint? Und was hatte es mit den Forschungen der Prinzessin auf sich?

Am nächsten Tag las ich den ganzen Text des Herausgebers, den ich meinen Lesern im nächsten Kapitel vorstelle.

Eine Entdeckung

Vorwort des Herausgebers

In einem bis zur Decke mit Militärschrott aus dem Zweiten Weltkrieg gefüllten Kellerraum des Schloßhotels Haag entdeckte ein städtischer Müllwerker im Oktober 2010 eine Falltür, die in einen noch tiefer liegenden Keller, eigentlich nur ein gemauertes Erdloch, führte. Nachdem die Betreibergruppe des Hotels im Zuge der fatalen Entwicklung der Finanzmärkte einige Monate zuvor Konkurs angemeldet hatte, war Hakan Gündüz als Vorarbeiter mit der Aufsicht über die Räumung des ehemaligen Herrenhauses betraut worden, das von den Amerikanern eine Zeitlang als Nachschublager genutzt worden war. Die alte Falltür war offenbar weder von ihnen noch von früheren Nutzern des Schlosses je bemerkt worden. Die ungeheuren Detonationen des letzten Krieges hatten den gestampften Lehmboden des Kellers aufgerissen und das Türholz freigelegt. In dem niedrigen, modrig riechenden Raum darunter fanden sich neben zwei Heften à 200 Blatt feinen Papiers der französischen Papiermühle Dresely & Cie. im Format 23 x 17 cm, eng beschrieben in der Handschrift der unglücklichen Prinzessin Luise, jene steinernen Funde, die sie in ihren letzten Lebensmonaten so anhaltend beschäftigt hatten.

Die Hefte erwiesen sich als ihr privates Tagebuch der Jahre 1813 und 1814. Durch die Feuchtigkeit war das Papier stark beschädigt worden, so daß in dem ersten, zuunterst liegenden Heft die Einträge vor dem 8.3.1813, Luises 21. Geburtstag, nicht mehr entziffert werden konnten. Für die Steine war die feuchte Luft hingegen der beste Schutz gewesen; sie hatte verhindert, daß das körnige, leicht spaltbare Material der Fundstücke im Lauf von zweihundert Jahren austrocknete und zerfiel und die Abdrücke der fossilen Organismen damit für immer verlorengingen.

Dem Eintrag vom 1.8.1814 zufolge wußte Luise um die Gefahr des Verlustes ihrer Funde durch Austrocknung. Ob sich aus diesem Umstand ableiten läßt, daß sie selbst es war, die Tagebuch und Exponate an diesem Ort versteckte, daß sie womöglich sogar beabsichtigte, der Nachwelt eine Warnung zukommen zu lassen, vermag niemand mit letzter Sicherheit zu sagen. Tatsache ist, daß wir ohne die Entdekkung Hakan Gündüz' heute weder von der Existenz der geheimnisvollen Fossilien wüßten noch von Luise selbst über die dürren Daten ihrer äußeren Lebensumstände hinaus nähere Kenntnis hätten, da Briefe oder andere Texte von ihrer Hand nicht erhalten sind.

Verfaßt wurde das Tagebuch in der Einsamkeit ihrer »Klause«, wie Luise das zu einem intimen Schreib- und Studierzimmer umgebaute Naturalienkabinett auf Schloß Haag zu nennen pflegte. (Fürst Othmar selbst hatte es in seinen jungen Jahren eingerichtet, später jedoch, als die Tagespolitik ihn zunehmend in Atem hielt, die Lust daran verloren.) Dort hielt sie sich spätabends und in den frühen Morgenstunden auf und ärgerte sich über jede Störung; sie liebte aber auch Geselligkeit und brauchte die geistige Anregung im Umgang mit »interessanten Menschen«, die – durch den näherrückenden Krieg zunehmend bedrohte – Abendrunde mit den wechselnden Tischgästen des Fürsten, der als großzügiger und aufgeschlossener Gastgeber über die Grenzen seines kleinen Landes hinaus bekannt war. In unserem Text präsentieren wir Luises wichtigste Gesprächspartner, soweit sie nicht als allgemein bekannt gelten dürfen, in kurzen biographischen Anmerkungen. Es mag aus ihnen erhellen, wie vielfältig und ausgedehnt die geistigen Felder waren, die sie sich mit kaum zu stillender Wißbegier zu eigen zu machen suchte.

Seit dem Unterricht bei ihrer frühen Erzieherin und Freundin Adele Kunz war die »Petrefaktenkunde« für Luise ein bevorzugter Zeitvertreib. Der Rieskanal, das große Projekt des Fürsten Othmar, das er mit Hilfe der fortschrittlich gesinnten Franzosen endlich zu verwirklichen hoffte, war auch für seine wissenschaftlich dilettierende junge Nichte bedeutsam, gaben ihr die Aushubarbeiten doch die Möglichkeit, im freigelegten Sedimentgestein unweit der Dörfer Dillisberg und Haag selbst nach Versteinerungen zu fahnden. Die Spekulationen über die Ergebnisse ihrer Grabungen vertraute sie ihrem Tagebuch an; sie beschäftigten sie, wie man sehen wird, bis in ihre Träume und Tagträume hinein.

Gleich vielen ihrer aufgeklärten Zeitgenossen muß Luise in den Anfangsjahren des 19. Jahrhunderts erkennen, daß den neuen Ideen und Idealen, entstanden in der Aufbruchsstimmung der Revolutionszeit, im ernüchternden politischen Alltag der Erstickungstod droht. Frühere Verbündete und Freunde verfolgen rücksichtslos ihre eigenen Interessen; viele Veränderungen, einst glühend herbeigesehnt, erweisen sich als zweischneidig, ja unheilvoll. Trotz des scheinbar alle einenden Enthusiasmus für das deutsche Vaterland verfestigen sich die Gräben zwischen den gesellschaftlichen Klassen und Parteien. Der Lärm der großen Schlachten dringt bis in die fernsten Winkel, bis in das kleine, verschlafene Fürstentum mit dem ländlichen Schloß Haag, wo Luise zusammen mit zwei ihrer Hofdamen, einer Gouvernante und dem zärtlich geliebten jüngeren und oft kränkelnden Bruder Ludwig zurückgezogen lebt. Fürst Othmar II., der »Oheim«, ist in politischen Geschäften unterwegs und meist abwesend. Nach der Okkupation seiner Residenz wendet er sich mehr und mehr von Napoleon ab und schließt im Sommer 1813 ein Geheimabkommen mit Preußen; als Befehlshaber trägt er in der »Völkerschlacht« von Leipzig seinen Teil dazu bei, daß die Franzosen besiegt werden und sich aus Deutschland zurückziehen müssen.

Luise beobachtet all das mit skeptischem Blick. Je mehr sich ihr Bruder für Waffen, Uniformen, Pferde und alles Militärische begeistert, desto deutlicher erkennt sie den Schrecken, das Grauen jener erbitterten und verlustreichen Kriegshandlungen, die unter dem Namen »Befreiungskriege« in die Geschichtsbücher eingingen. Das wird bereits in einer Aufzeichnung vom 14.3.1813 deutlich, in der von der Rückkehr der Soldaten nach dem verheerenden Rußlandfeldzug Napoleons die Rede ist. Nach dem Zusammentreffen mit Balthazar de Zuccharinho, dem »Marquis«, der ihr im Mai desselben Jahres von seinen Eindrücken der Schlacht von Großgörschen erzählt, verfestigt sich Luises pessimistische Haltung. Sie glaubt nicht an die von Wissenschaftlern und Patrioten gleichermaßen proklamierte Verbesserung der Welt, fühlt sich und die Ihren statt dessen immer öfter von einem undeutlichen Verhängnis bedroht. Ihre meist auf die Natur projizierten Ängste nehmen in dem Maße zu, in dem ihr klar wird, daß ihr heimlicher Geliebter nicht zurückkehren wird. Die Hoffnung, der von ihrem Vater eingefädelten Heirat mit dem verabscheuten Freiherrn von Ruedorffer-Neresheim entgehen zu können, schwindet von Tag zu Tag. Nach monatelangem vergeblichen Warten auf ein Lebenszeichen Zuccharinhos glaubt sie sich verraten und wendet sich, tief verletzt, mit erneutem Eifer ihren Naturforschungen zu.

Im Reich der Fossilien entdeckt sie ein Paradies – und die vermeintliche Ursache von dessen Zerstörung.

Es ist nicht unsere Sache, Luises Funde einer wissenschaftlichen Wertung zu unterziehen. Doch es soll im Folgenden versucht werden, wenigstens eine grobe Einordnung vorzunehmen, aus der der Leser erkennen kann, daß unsere Prinzessin zwar hinter den großen Erkenntnissen der avanciertesten Wissenschaftler ihrer Zeit zurückblieb, doch durch Einfallsreichtum und sichere Intuition auf ihre Weise zur modernen Naturkunde beitrug. Denn sie erinnert uns daran, daß wir mit all unserem Wissen noch lange nicht in der Lage sind, hinter das große Geheimnis zu kommen, das wir mit dem Begriff »Natur« umschreiben. Die leisen Schauer, die uns angesichts der Andeutungen in diesem Text überlaufen mögen, beweisen, daß vielleicht erst uns Heutigen, zweihundert Jahre nach Luises Entdeckungen, der Sinn für das Rätselvolle und Bedrohliche unserer Umwelt wieder aufgeht.

Luises Fossilienfunde sind zum allergrößten Teil nicht erhalten geblieben. Viele davon mögen unbedeutende Reste aus den obersten Sedimentschichten gewesen sein, wie sie auch heute noch von Hobbysammlern geborgen werden. Doch was hat es mit den von ihr aufgespürten Abdrücken jener seltsamen, ja bizarren Organismen auf sich, die sie als Federn, Wedel, Blätter, Kränze, Räder, Sterne oder Medusen beschreibt? Außerhalb des Bodens, der sie womöglich Hunderte von Millionen Jahre lang konservierte, haben sie sich binnen kürzester Zeit buchstäblich in Luft aufgelöst. Wir wissen weder, aus welcher Gesteinsschicht diese Funde stammen (ob aus dem Tonschiefer, wie unser bekanntes Dillisberger Krokodil, eine riesige Urechse, oder aus wesentlich älterem, tieferliegendem Material), noch wo sich das Stille Loch befand, aus dem unsere Prinzessin mit Hilfe ihres Bruders die eindrucksvollsten Stücke barg. Anzunehmen ist, daß der kleine Waldsee von einem heute zum größten Teil verschwundenen Nebenarm der Ries namens Schwarzbach gespeist wurde, doch es gibt auch hier keine letzte Sicherheit, da die einschlägigen Katasterblätter bei den Bombardierungen des Zweiten Weltkriegs verbrannten.

Der entscheidende Grund für den Verlust der Fossilien liegt in der unfachmännischen Präparierung: Erst hundert Jahre nach Luises Tod wurden nämlich geeignete Techniken entwickelt, die die steinernen Fundstücke dauerhaft haltbar machten, und es verging noch ein weiteres halbes Jahrhundert, bis die Präparationstechnik als völlig ausgereift gelten konnte. Die kluge Prinzessin wußte zwar, daß ihre Versteinerungen gefährdet waren, doch offenbar hoffte sie, daß gelegentliches Besprengen mit Wasser zur Konservierung ausreichen würde; am Ende war ihr über ihren eigenen Kümmernissen das Schicksal der Fossilien wohl auch gleichgültig geworden. Ihre Sammlung urweltlicher Lebewesen aus einem Umkreis von etwa dreißig Kilometern ihres Wohnorts, die Zeugnisse jenes »Urgartens«, in dem sich »alle Geschöpfe friedlich umtanzen und umschweben«, existieren für uns somit nur in Form der Beschreibungen in ihrem Tagebuch, denn auch die Zeichnungen, die sie (laut Eintragungen vom 3.5. und 28.7.1814) an Srotzniowsky schickte, sind verschollen.

Um so bedeutsamer scheint uns die wunderbare Konservierung der Abdrücke aus dem Erdkeller von Schloß Haag zu sein. Friedrich Srotzniowsky, der Naturforscher und frühe Geologe, hat ihnen die wissenschaftliche Bezeichnung *Rotula sternauii* (der zweite Bestandteil leitet sich von Luises Familiennamen her) gegeben, und wir wollen uns gern an sie halten. Es sind an sich ganz unspektakuläre »rädchen«-förmige Abdrücke von etwa anderthalb bis dreißig Zentimetern Durchmesser; bei einigen von ihnen sind speichenartige Unterteilungen zu erkennen, Falten oder Strahlen, die von einem Mittelpunkt ausgehen, andere weisen einen gewellten oder fein gesägten Rand auf. Merkwürdig ist der naßglänzende Schimmer, der dann und wann von den *Rotula* auszugehen scheint. Auch wenn man weiß, daß er vom Glimmergehalt des Gesteins herrühren muß, und nicht daran zweifeln kann, daß es sich bei den kreisförmigen Abbildern um die Spuren längst untergegangener Organismen aus der Urzeit der Erde handelt, kann man sich als Betrachter der Anziehungskraft ihres so lebendig wirkenden Scheins kaum entziehen.

Wie stark sich Luise davon faszinieren ließ, ist in ihrem Tagebuch nachzulesen. Sie war ein Kind ihrer Zeit: gefühlvoll, leicht erregbar, zu schwärmerischen Übertreibungen neigend. Die Notate zeigen, daß sie sich, besonders wenn es um »geognostische« Gegenstände ging, nicht anders als viele ihrer gelehrten Zeitgenossen gern in Spekulationen verlor, bei denen die Grenze zwischen Einbildung und Tatsachen verschwamm – für moderne Wissenschaftler ein Grund mehr, ihre Beschreibungen nicht allzu wörtlich zu nehmen. Was Luises Augen sahen, ist tatsächlich so wenig beweisbar wie der Ablauf eines Traums. Doch sollte es uns Heutigen, die wir gelernt haben, die Erscheinungen der Natur mit dem Abstand kühler Rationalität zu mustern und zu prüfen, nicht zu denken geben, daß Luises »Traum« eine merkwürdige Nähe zu gewissen neueren Entdeckungen der Paläontologie aufweist? Gemeint sind die Abdrücke jener geheimnisvollen mehrzelligen Weichkörper-Organismen, die fünfzig bis sechzig Millionen Jahre vor dem Auftreten der ersten schalen- und skelettragenden Tiere ausstarben und heute, benannt nach dem ersten Fundort in der westaustralischen Wüste, mit dem Begriff Ediacara-Biota bezeichnet werden. (Der Name Ediacara leitet sich ab von dem Wort »idiyakra«, d. i. »hier ist Wasser«, im

Idiom der Aborigines.) Spuren dieser wurm- oder quallenartigen mehrzelligen Wesen mit ihren häufig strahlig gegliederten Körpern fanden sich nicht nur in abgelegenen Weltgegenden, in Australien, Namibia und im Kaukasus, sondern in neuester Zeit auch in nächster Nähe, mitten in Europa (...).

Erkundungsbohrungen im Stadtteil Wexfeld förderten im Juli/August 2008 Gestein aus etwa dreitausend Metern Tiefe zutage; es wies sonderbare, allerdings nur fragmenthaft erhaltene Abdrücke auf, die nach ihrer ersten Dokumentation in der Zeitschrift *Zoon Monthly* unter Fachleuten weltweit für Aufsehen sorgten. Bis jetzt sind diese Spuren noch nicht zweifelsfrei analysiert worden, und zu behaupten, daß sie zu den *Rotula* führten, wäre gewiß verfrüht. Doch wie immer das Ergebnis lauten mag: Es wird zeigen, daß unsere phantasiebegabte Prinzessin mit ihren Schilderungen einer uranfänglichen friedlichen Lebensgemeinschaft im Wasser nicht ganz falsch lag.

Jene Organismen sind im Präkambrium entstanden, der Erdurzeit, in der sich, Hunderte Millionen Jahre von uns entfernt, in unermeßlichen Tiefen der Vergangenheit der Anfang dessen vollzog, was wir als »Leben« bezeichnen. Der Motor der evolutionären Veränderung, das Wettrüsten zwischen Räubern und potentiellen Beutetieren, hatte sich zu dieser Zeit noch nicht ausgebildet, weshalb die systematisch bis heute unbestimmt gebliebenen ältesten Mehrzeller unseres Planeten weder Panzer noch Schalen tragen. Es waren gallertartig-weiche, komplexe und äußerst anpassungsfähige Organismen, die ihre Nahrung aus den die Urmeere bedeckenden Mikrobenmatten bezogen und sich durch modulares Wachstum ihrer Einzelteile vermehrten. Die Vielzahl der Körperformen und Lebensarten, die sie entwickelten, ist von den später entstandenen Mehrzellern, den Vorläufern unserer heutigen Fauna und Flora, nicht übernommen worden. Aber die Fragen, die sich Luise stellten, sind damit noch nicht beantwortet: Handelte es sich bei diesen Organismen tatsächlich – wie von einem Großteil der Forscher angenommen – um einen Sonderweg, einen fehlgeschlagenen Versuch der Evolution, der nie eine Fortsetzung fand? Oder deuten die Spuren, die wir heute von den geheimnisvollen präkambrischen Lebewesen besitzen, auf ganz andere mögliche Entwicklungen hin? Ist eine Wiederkehr der *Rotula* denkbar?

Bis zur Klärung dieser Fragen werden wir uns womöglich noch längere Zeit in Geduld üben müssen. Luises Fundstücke wurden dem Institut für Paläontologie der hiesigen Universität übergeben; ein hochkarätiges Forscherteam um Professor Kurt Schäflein (dem berühmten Ausgräber des Dillisberger Krokodils und Ediacara-Spezialisten, der sich seit etlichen Jahren bekanntlich auch in der Kommunalpolitik engagiert) ist dabei, sie eingehend zu prüfen. Es versteht sich von selbst, daß die Untersuchungen mit der gebotenen Sorgfalt durchgeführt werden. Schnelle, einfache, lediglich auf Publikumswirksamkeit zielende Erklärungen sind weder zu erwarten noch erwünscht. Doch um so gespannter dürfen wir den Ausgang der Untersuchung abwarten. (...)

Im Kirchenbuch der Gemeinde Haag ist unter dem Datum des 19.8.1814 von einer Bestattung auf dem kleinen Friedhof am Schloßberg die Rede. Einem »prächtigen Sarg aus Eichenholtz« gab »nur wenig Volks das Geleite, vorneweg Allein unsre Durchlauchtigste Prinzeß Luise«. Das Grab wurde von »einem blauen Marmor-Steine« mit den Initialen des drei Tage zuvor ertrunkenen Prinzen Ludwig bedeckt. In Luises Tagebuch finden sich unter demselben Datum nur wenige rätselhafte Sätze, die die anhaltende, obsessive Beschäftigung mit den Objekten ihrer Forschung bezeugen. Knapp vier Wochen später verließ sie mit ihrem frisch angetrauten Gemahl Schloß Haag in Richtung Norden. Man erwartete die Eheleute auf dem Stammsitz des Freiherrn, Schloß Neresheim. Doch auf dem Weg dorthin, an einer Poststation unweit des Weilers Steinsdorf, wo man wegen einer gebrochenen Achse hatte haltmachen müssen, gab es einen seltsamen Zwischenfall. In einem Brief, den der gekränkte Bräutigam an den Fürsten Othmar schrieb, heißt es, man habe eben das Nachtessen eingenommen, als ein ungebetener Gast zur Tür hereinglitt, »ein barfüßiger Knabe mit braunem Fell, geschmeidig wie ein wildes Tier und mit einem so scharfen und tückischen Blick in seinen schwarzen Augen, daß ich unwillkürlich nach der silbernen Pistole griff, die ich an diesem Tage wie stets mit mir führte. Luise aber, als sie seiner ansichtig wurde, fuhr auf, am ganzen Leibe zitternd, kreidebleich, als stünde der Leibhaftige vor ihr. Bevor ich ihn daran hindern konnte, trat der dreiste Kerl mit einem unverschämten Grinsen auf meine Gemahlin zu. Er gab einen kurzen, kehligen Laut von sich, welchen ich nicht zu deuten vermochte – er schien keiner menschlichen Sprache anzugehören –, sie aber erkannte anscheinend ein verabredetes Signal darin, senkte den Kopf und war von da an ganz verändert, kalt und ruhig, wiewohl noch immer totenblaß. Der Knabe verschwand, blitzschnell, wie er aufgetaucht war. Luise geruhte nicht, mir auf meine drängenden Fragen Antwort zu geben, und behandelte mich von da an mit solcher Gleichgültigkeit, als hätte ich keinen Anteil mehr an ihrem Leben«. Etwas später habe Luise »in ihrem blauseidenen Hochzeitskleide, ohne Mitnahme weiterer geeigneter Kleidungsstücke« die Gaststube verlassen, angeblich, »um den Mond zu betrachten, welcher an jenem Abend unnatürlich groß und rot gewesen«. Nach einer halben Stunde folgte ihr der argwöhnische Bräutigam, der ein Komplott witterte; als er sie nicht fand, leitete er sogleich eine Suchaktion mit Fackeln ein, die man ergebnislos abbrechen mußte. Am nächsten Tag wurde die Suche fortgesetzt, doch die junge Braut wurde nie gefunden.

Weitere Tatbestände sind nicht bekannt. Nachdem die Aussage ihrer Hofdamen publik gemacht worden war, daß Luise schon früher in seltsam abgeklärter Weise davon gesprochen habe, »ins Wasser gehen zu wollen, wie es ihr bestimmt sei«, verfestigte sich allmählich die Meinung, sie habe sich in einem Dorfweiher der Umgebung ertränkt. Belege dafür fanden sich nicht; bis heute weiß niemand, wo Luise ihre letzte Ruhestätte fand.

Sie blieb ihren Zeitgenossen noch jahrzehntelang in Erinnerung. An mehreren Orten wird sie gesehen, einmal als verwilderte, zigeunerhafte Gestalt, die junge Menschen zu Haß und Eifersucht anstachelt, ein andermal als gute Fee, die Geschenke bringt, getrennte Liebesleute vereint oder ins Eis eingebrochene Kinder rettet. In vielen Berichten ist von ihrem gelockten hellen Haar die Rede. Oft gilt sie als Botin kommenden Unglücks. Noch im letzten Drittel des 19. Jahrhunderts gibt es Spukgeschichten, in denen Waldarbeiter oder einsame Wanderer von Erscheinungen der Prinzessin, der zauberischen Macht ihres liebreizenden, wenn auch von tiefer Melancholie geprägten Lächelns erzählen; bemerkenswert ist, daß man sie immer in freier Natur, meist in der Nähe von Bächen oder Seen zu sehen meint.

In einer Meldung des *Echos der gebildeten Stände* vom 14. Mai 1815 heißt es, daß die Gemeinde Haag neben dem Leichenstein ihres Bruders ein steinernes Kreuz für Luise aufgestellt habe. Etwas später, Ende Juni desselben Jahres, wird berichtet, daß Unbekannte das Kreuz abgeschlagen und am Sockel »einigen kunstlos gehauenen radförmigen Zierrath« angebracht hätten. Mit Hilfe von Bürgerspenden wird ein neues Kreuz aufgestellt (es befindet sich seit 1951 im Stadtmuseum); über den Verbleib des Sockels ist nichts bekannt.

Viele Jahre lang bildete das Luisenkreuz einen Anziehungspunkt für Spaziergänger aus der näheren und ferneren Umgebung. Man rastete auf einer Bank im Schatten einer alten Linde und sah zur einen Seite Schloß Haag; zur anderen Seite konnte man die damals noch kaum bebaute, von Weideflächen und malerischen Baumgruppen bedeckte, von der mäandernden Ries mit ihren zahlreichen kleineren Zuflüssen durchzogene Ebene im Westen der Residenz überblicken.

Nach dem Tod des verwitweten kinderlosen Fürsten Othmar 1831 wurde das Schloß verkauft. Die Verwüstungen durch wechselnde Besitzer und Besatzer bis in unsere Zeit sind an anderer Stelle hinlänglich beschrieben worden. Gegen Ende des 19. Jahrhunderts entschloß man sich zur Auflassung des Begräbnisfeldes, weil man Platz brauchte für die Paraffinfabrik, die 1884 in Haag den Betrieb aufgenommen hatte (1921 wurde der Betrieb eingestellt; bei der letzten Restaurierung des Schlosses 1986–89 erfolgte der Abriß der Fabrik.) Die letzte Erwähnung des Friedhofs –

(Diesem abgebrochenen Satz folgen zwei Leerzeilen und dann der letzte Absatz, die bereits zitierte editorische Bemerkung.)

Der Otter

Jetzt wußte ich, daß ich es in der Nacht unserer Ankunft mit einer Erscheinung Prinzessin Luises zu tun gehabt hatte, ja, ich hatte die »zauberische Macht ihres liebreizenden, wenn auch von tiefer Melancholie geprägten Lächelns« am eigenen Leib erfahren. (Und was wäre wohl noch geschehen, wenn Annabel mich nicht rechtzeitig aufgeweckt hätte?) Mein seltsamer Traum erschien mir wie ein Fingerzeig. Ich war hierhergekommen, ohne zu wissen, was mich erwartete; die Aufgabe, mit der man mich betraut hatte, war mir selbst kaum klar gewesen – nun aber hatte ich plötzlich etwas in der Hand, einen roten Faden, den der Zufall (oder das Schicksal) mir in die Hand gespielt hatte. Es stand für mich fest, daß ich dieser Sache nachgehen mußte. Ich wollte herausfinden, was es mit der Prinzessin und ihren Fossilien auf sich hatte.

Einige Tage später erhielten wir eine Einladungskarte. Auf dem bläulichen Papier war das Emblem eines nackten Puttos zu sehen, der aus einem silbernen Gefäß Wasser ausgießt. Darunter stand: »Laval KG. Geoconsulting«. Conny Laval, die Gattin des Bürgermeisters Pfeufer, lud mich und Annabel mit kargen Worten in einer großen, steilen, unerschütterlichen Schrift zum Essen ein.

Es sollte ein langer Abend werden. Auf der Fahrt hörten wir wieder den Wind. Wir sahen Dinge durch die Luft fliegen, die wir anfangs für Vögel hielten; es waren trockene

Blätter, Papierfetzen, Plastikteile. Vögel gab es nicht. Vor dem Pfeuferschen Haus standen zwei Bewaffnete. Wir wurden streng kontrolliert, bevor man uns einließ. Die Hausherrin – Pfeufer stellte sie uns mit spöttischem Unterton als »Madame« Laval vor – war eine ehrfurchteinflößende Frau um die sechzig (oder siebzig?), die ihren hageren Körper in ein luxuriöses Abendgewand gehüllt hatte. Um ihren Hals waren goldene Ketten geschlungen, an ihren großen braunen Ohren hingen Edelsteine. Sie führte uns mit klappernden Absätzen durch düstere Zimmer, vollgestopft mit Möbeln, Bildern und Teppichen, dann eine Treppe hoch in ein Eßzimmer mit breiter Fensterfront. Vor uns lag der »Garten«, der, von einer hohen Hecke umzäunt, lediglich aus abgetretenem Rasen bestand. Im Geäst einer schwankenden Pappel hingen Lampions; doch in der trostlosen Umgebung, in der außer den Geräuschen von Lavals Absätzen und dem gelegentlichen Sirren eines Insekts nichts zu hören war, wirkten sie eher lächerlich als heiter.

Es wurde gespeist. Über das Essen will ich kein Wort verlieren; in der Vorbereitungsphase war ich schon davor gewarnt worden. Inmitten von Elend und Aussichtslosigkeit sei schließlich nicht zu erwarten, daß Menschen mehr Ansprüche an die Nahrung stellten, als daß sie sättige. Hier muß ich allerdings anmerken, daß das Ehepaar Pfeufer-Laval keineswegs von Elend und Aussichtslosigkeit betroffen ist. Sie haben mehr Geld, als sie brauchen können. Laval ist, wie wir erfuhren, Herrscherin über die wichtigsten Filtrationsanlagen der Gegend; die Wasserversorgung liegt praktisch in ihrer Hand. Sie sind auch Immobilienhändler und -besitzer. Die Gebäude, die ihnen in Haag, Dillisberg, Steinsdorf und Philippseich-Neudorf gehören, sind vielleicht nicht viel wert, doch sie besitzen Wohnungen und Häuser in anderen Städten, anderswo auf der Welt, in denen sie sich regelmäßig aufhalten, um sich zu »reanimieren«, wie Pfeufer sich ausdrückte. Sein Amt und Lavals Geschäft halten sie in der Gegend, mit der sie – nach ihren herablassenden Reden zu urteilen – nur wenig verbindet und die sie auch nur oberflächlich zu kennen scheinen. Doch offenbar ist es ihnen nicht gelungen, sich vom unbekömmlichen Einfluß des Gebiets zu befreien: Nicht nur dem Essen, das Pfeufer uns auftischte, dem ganzen Haus haftete etwas Billiges, Schäbiges und Freudloses an. Die Überfülle an Möbeln und Gerätschaften wirkte erstickend; und auch die Gastgeberin mit ihren Ohrgehängen und Ketten und der Straffheit ihres alten, doch immer noch herausfordernden Körpers konnte nicht verhindern, daß ich schon am Anfang hoffte, der Abend werde bald vorbei sein.

Diese Hoffnung sollte sich nicht erfüllen. Bei allem höflichen Fragen und Gegenfragen, beim Geklapper des Bestecks und dem Rieseln des (äußerst mittelmäßigen) Weins, den der Hausherr ständig nachschenkte und selbst in unglaublichen Mengen trank, wurde mir nach und nach eine Spannung bewußt, die sich seit unserem Eintritt, seit uns die Wachen angehalten und mit steinernen Mienen unsere Körper abgeklopft hatten, als stünden wir im Verdacht, Bomben unter unseren Kleidern zu transportieren, immer mehr gesteigert hatte. Der so bieder erscheinende Pfeufer mit seiner unausgesetzten Munterkeit beobachtete mich mit Argusaugen; und seine reservierte und hoheitsvolle Gattin legte ihre runzlige, von dicken Adern durchzogene Hand mit den krummen Fingern hin und wieder auf Annabels Arm, als wollte sie dessen Haut und die Konsistenz des Fleisches prüfen.

Ich fragte, wozu sie die Bewaffneten vor dem Haus brauchten.

Auf Pfeufers Stirn erschien eine scharfe Zornesfalte. »Die Bevölkerung ist unruhig«, sagte er. »Haben Sie das nicht gemerkt? Dieses Schielen, dieses Sich-Ducken und

Herumschleichen – alles mögliche kann passieren, wenn man nicht aufpaßt. Wir wissen nicht, wie sie es machen, aber sie stehen alle miteinander in Verbindung. Und sie sind unberechenbar. Unversehens rotten sie sich zusammen, es gibt Geschrei, Aufruhr, sie reißen die Absperrungen ein, gefährden die Sicherheit.«

Er sah mit flackerndem Blick zu seiner Frau. Sie sagte in barschem Ton, voller Abscheu: »Dieses Jahr ist es besonders schlimm. Sie haben hier ein Fest, das Huntarifest. Was das ist, weiß niemand so genau, aber alle reden darüber. Sie glauben, es wird sich etwas ändern. Aber – sehen Sie sich die Leute doch an! – die Änderungen, die sie sich erhoffen, werden fürchterlich sein.«

»Woran denken Sie?« fragte Annabel ein wenig erschrocken. »Und wann ist das – dieses – Huntarifest?«

Laval antwortete nicht. Sie senkte den Blick auf ihren Teller und ließ ihren Mann weiterreden, der es eilig hatte, das Thema zu wechseln und Annabel nach ihrer Arbeit, ihrem Werdegang auszufragen. Er schmeichelte ihr so geschickt, daß er sie dazu brachte, alles mögliche zu erzählen, was nicht in diesen Raum gehörte; ich hörte sie freudig von gewissen vertraulichen Details unserer Behörde und sogar von privaten Dingen plappern, die nur sie und mich etwas angingen. Ich versuchte, ihr mit Blicken Einhalt zu gebieten, aber sie war nicht zu bremsen. Pfeufer hörte ihr interessiert, nein, geradezu hingebungsvoll zu und streute in gewissen Abständen alberne, floskelhafte Wendungen und läppische Sentenzen ein, die ihren Redestrom nur um so kräftiger fließen ließen.

Ich hielt es vor Nervosität kaum noch aus. Ich ließ mein Messer fallen, ich trank hastig. Schließlich stand ich auf. Das nutzte Pfeufer sofort für seine Zwecke. »Ja, lassen Sie uns ein wenig frische Luft atmen«, säuselte er. »Kommen Sie, Annabel. Ich zeige Ihnen den Garten.«

Nun war ich allein mit der Gastgeberin. Sie führte mich ans Fenster, wo ein Sofa mit glänzenden Satinkissen stand. Man sah auf den Rasen hinaus, auf dem Pfeufer und Annabel, immer wieder in das wechselnde Licht der Lampions getaucht und von den grotesken und geschmeidigen Bewegungen der Schatten begleitet, umhergingen. Dahinter erkannte man hohe Gebäude, einige davon schwach beleuchtet. An anderen blinkten in unregelmäßigen Abständen rote Lichter auf, Signale offenbar, die Flugzeugen galten – aber welche Flugzeuge landeten hier noch? Laval fragte höflich und teilnahmslos nach unserer Beschäftigung der letzten Tage. Ich spürte, daß es mir nicht gelingen würde, den leichten Konversationston nachzuahmen, den sie angeschlagen hatte. Abrupt, provozierend warf ich ihr die zwei Wörter hin: »*Rotula sternauii*.«

»*Rotula* – ?«

Täuschte ich mich, oder hörte ich einen neuen Klang in ihrer Stimme? Sie sah mich an – erwartungsvoll, vielleicht alarmiert.

»– *sternauii*.«

Ich erzählte ihr in kurzen Worten von unserem Fund, dem Metallkoffer in der Eingangshalle, zeigte mein Interesse an dem Tagebuch, dessen Vorwort ich gelesen hatte, sprach von Prinzessin Luise und den Fossilien, die sie entdeckt hatte. Ich erwähnte die Fundstelle der *Rotula*, den Rieskanal. Gab es ihn noch?

Nach langem Zögern stand sie auf. Wie von einem geheimen Motor angetrieben, pendelten ihre Ketten regelmäßig hin und her. Sie führte mich zum Fenster, deutete zum Horizont. »Der alte Rieskanal, ja, das war eine große Sache. Egenhofer – wissen Sie, wer das ist? Das große Entwässerungsprojekt vor dreihundert Jahren. Seitdem konnte man den Boden nutzen, planmäßig und dauerhaft. Vorher hatte alles die Ries bestimmt. Auf Gedeih und Verderb war man dem Fluß ausgeliefert, der in ungeregelten Schleifen die ganze Gegend durchzog. Hochwasser, Niedrigwasser, Veränderungen der Strömungsverhältnisse – man war nie sicher. Dann kam Egenhofer, protegiert von einem Fürsten, der modern dachte. Der Kanal war der Anfang. Von da an konnte die Stadt wachsen, in die Welt treten, Handel treiben, reich werden. Aber irgendwann haben sie – Gott weiß, warum – angefangen zu zweifeln. Sie haben sogar versucht, das Ganze rückgängig zu machen, diese Dummköpfe –«

»Wann war das?«

»Es ist jetzt hundert Jahre her, glaube ich.«

»Was ist damals passiert? Was wissen Sie darüber?«

Sie zuckte die Achseln. »Eigentlich nichts. Ich bin noch nicht lange hier. Ich habe nur gehört – es soll eine Überschwemmung gegeben haben. Ein großes Hochwasser. Damals existierte der alte Rieskanal schon nicht mehr. Ich vermute, daß er aufgelassen wurde, als man 1998 oder 1999 die Doignon-Arena zu planen begann. Man brauchte Tiefgaragen, U-Bahnhöfe ... Nein, wahrscheinlich schon viel früher, als man am Stadtrand das Kraftwerk baute. Dazu mußten mehrere Riesablässe umgeleitet werden.

»Es hat im 20. Jahrhundert hier Grabungen gegeben, unter Leitung eines Paläontologen. Was war das Ergebnis? Ich habe gelesen, daß ein Krokodil gefunden wurde.«

Sie lachte auf, kurz und herrisch. Sie hatte meine Fragen satt. »Woher soll ich das wissen? Ich beschäftige mich nicht mit Dingen, die mir nichts nützen. Wenden Sie sich an Emilio. Er liebt alte Steine, altes Zeug. Emilio Schwind.« Sie lachte in sich hinein, gluckste. »Ein Wissenschaftler, der letzte vielleicht. Ein Kauz.« Sie ging zu einer Kommode, schrieb etwas ab und gab mir einen Zettel mit einer Adresse. »Ihn anzurufen ist sinnlos. Er hat Angst vor Menschen. Er lebt wie ein Einsiedler.«

»Nur noch eine Frage –«

»Sie scheinen Ihr Amt ernst zu nehmen.« Sie sah mit einem seltsamen Blick nach draußen, wo Pfeufers und Annabels Schatten ineinander übergingen.

»In Wexfeld soll es Funde von Ediacara-Organismen gegeben haben –«

»Junger Mann«, sagte sie auffahrend. »Habe ich Ihnen nicht bereits gesagt, daß ich meine Zeit nicht mit Spekulationen vergeude? Die Fragmente von Wexfeld sind verschollen. Vielleicht hat man sie absichtlich zerstört; wahrscheinlich sind sie einfach im Lauf der Zeit zu Staub zerfallen, wie das meiste andere auch. Damals, nach ihrer Entdeckung, hat es die wildesten Theorien gegeben. Ich habe auch davon gelesen. Ediacara, das verlorene Paradies, der Garten des Friedens! Infantile Phantasterei. Längst widerlegt. Oder glauben Sie etwa – gehören Sie am Ende zu denen, die mutmaßen, daß dieses Paradies den Teufel hervorbrachte? (Lernen Sie Emilio kennen – er wird auch Sie nicht mit diesem Unsinn verschonen!) Der Begriff stört Sie vielleicht. Es gibt andere. Sagen wir: eine grausige Sonderform der Natur, entstanden durch den Zufall, durch spontane Mutation ... Aber was bedeutet dieser Begriff? Nichts anderes als absolute Unwissenheit!«

Ihre Heftigkeit schüchterte mich ein. Ich schwieg.

»Es interessiert mich nicht«, fuhr sie mit etwas sanfterer Stimme fort. »Es ist mir gleichgültig. Die moderne Wissenschaft hat andere Aufgaben. Glücklicherweise sind wir in der Lage, Wasser überall so aufzubereiten, daß wir es nutzen können. Wir sind nicht mehr abhängig von dem Boden, aus dem das Wasser kommt. Wir haben es nicht mehr nötig, alles mögliche in das Erdreich – oder das Wasser – hineinzugeheimnissen, wie unsere armen Vorfahren. (Und Emilio!) Wir leben hier genauso, wie wir woanders auch leben würden. Der Boden gehört uns, und wir haben das Beste daraus gemacht.«

Das Beste? Alles um sie herum strafte ihre Worte Lügen. Sah sie das nicht? Warum wollte sie nicht weiterreden? Wogegen wehrte sie sich? Ich bedauerte, daß mein Wissen über diese Dinge zu gering war, als daß ich ihr etwas hätte entgegnen können. Um sie zu besänftigen, bat ich sie um einige allgemeine geologische Informationen. Wir setzten uns wieder. Sie spielte mit ihren klingelnden Ketten und entspannte sich, während sie halb im Plauderton, halb belehrend redete, ohne sich noch einmal zu mir zu wenden.

Was sie sagte, entsprach im wesentlichen den Angaben, die in meinen Unterlagen standen. Ich fasse sie kurz zusammen:

Bei dem Tongestein der Ebene im Südosten der ehemaligen Innenstadt (dem Gelände, das man von Schloß Haag aus im Blick hatte) handelt es sich um Überreste eines Gewässersystems aus dem Eozän. Das Grundgebirge besteht aus sehr viel älterem präkambrischem Quarzit. Im Paleozän, etwa sechzig Millionen Jahre vor unserer Zeit, hatten Spannungen im Untergrund zur Bildung von Grabenbrüchen geführt, bei denen das Urgestein in mehreren Schritten fahrstuhlartig in die Tiefe sank; in den Bruchzonen lagerten sich Sand und Schlamm eines flachen, zahlreiche Inseln und Buchten bildenden Sees ab. Im subtropischen eozänen Klima siedelten sich über viele Millionen Jahre hinweg reiche Faunen und Floren an. Als letzter Überrest der ältesten Zeit ist der Fluß Ries zu betrachten. Am Grund seiner mäandernden Arme fanden sich unterhalb des weichen, schiefrigen Gesteins, das sich aus dem eozänen Schlamm gebildet hatte, einzelne Vorkommen eines seltenen bläulichen Quarzits. Dieser Stein ist vor etwa sechshundert Millionen Jahren entstanden, in der Ediacara-Zeit, vielleicht sogar noch früher – »in den öden und finsteren Äonen nach der Entstehung der Erde«, wie Laval sich ausdrückte.

»In der Zeit der *Rotula*«, ergänzte ich.

Schnell und entschieden stand sie auf. Ihre Ketten klingelten – es war, als hätte ein Schauder sie überlaufen. Sie kehrte mir den Rücken zu. An der Kommode nahm sie die Gläser in die Hand, die dort auf einem Silbertablett standen, und rückte sie hin und her.

Es gab nichts mehr zu sagen. Es war spät. Mir wurde bewußt, daß Annabel immer noch mit Pfeufer draußen war. Während ich seine Bewegungen von oben betrachtete, war er mir immer unangenehmer geworden, und nun hatte ich es eilig zu gehen.

Unser Auto stand noch vor dem Haus – mit durchstochenen Reifen. Die Wachen hatten nichts bemerkt. Pfeufer zuckte die Achseln; auf so etwas müsse man hier immer gefaßt sein. Er bot uns an, uns mit seiner großen Limousine heimzufahren. Ich lehnte ab. Annabels Freundlichkeit ihm gegenüber, die naiven Mädchenblicke, die sie ihm zuwarf, wie sie sich mit einladendem Lachen seine schlechten Scherze gefallen ließ, das alles regte mich auf, verstärkte meine Nervosität. Ich war nicht müde. Ich hatte ein Ortungsgerät dabei. Nichts sprach dagegen, daß wir zu Fuß heimkehrten.

Natürlich brannte ich darauf, Annabel von meinem Gespräch mit Laval zu berichten. Ich wußte nicht mehr als vorher und hatte doch das Gefühl, weitergekommen zu sein. Während ich erzählte, blieb sie unvermittelt stehen und sagte: »Wovon redest du? Was haben wir mit dieser Luise zu tun? Was gehen uns ihre Versteinerungen an? Wie viele Jahre liegt das zurück – zweihundert, dreihundert? Absurd! Wozu sollen wir uns mit Dingen beschäftigen, die uns nichts nützen? Unser Auftrag lautet –«

»Sag mir nicht, was unser Auftrag ist!« Ich widersprach ihr scharf. Es machte mich zornig, daß sie mich mit demselben Argument zurechtwies, das auch Laval vorgebracht hatte. Ich sagte ihr, daß man zukünftige Möglichkeiten nicht erkunden könne, ohne sich mit der Vergangenheit zu beschäftigen. Wir wüßten bis jetzt ja nicht einmal den Grund für den plötzlichen Kollaps der Stadt.

»Wir haben unsere Unterlagen«, sagte Annabel. »Mir genügt, was in den Unterlagen steht. Was willst du? Wozu dieser Übereifer? Ich jedenfalls habe nicht vor, länger hier zu bleiben als unbedingt nötig.«

»Das sah heute abend nicht so aus.«

So begann unser Zwist.

Ein tiefer Graben hatte sich plötzlich zwischen uns gebildet, ein Abgrund, eine unüberwindliche Trennungslinie. Wir spürten es beide. Es hatte nichts mit den Worten zu tun, die wir uns sagten, mit denen wir verzweifelt versuchten, uns einander zu nähern, irgendeinen Anhaltspunkt für die Verbundenheit zu finden, die wir eben noch empfunden hatten, die uns eben noch zu zwei Gliedern einer warmen und lebendigen Einheit gemacht hatte – vergebens. Wir sprachen kaum noch mit Menschenstimmen. Wir krächzten. Ich spürte die häßlichen Geräusche im Hals. Ja, die Kehle tat mir weh, und dann die Brust, während ich diese Fremde neben mir beschimpfte, während ich mich einer tiefen und grenzenlosen Eifersucht überließ, während ich spürte, daß ich die Herrschaft über mich selbst verlor und zum Spielball eines Gefühls wurde, dessen tiefste Ursache die plötzliche Erkenntnis der Schwäche meiner – unserer – Liebe war.

Annabel berührte mich an der Hand. Wir schwiegen. Früher hatten wir zusammen schweigen können und waren im Einklang miteinander gewesen, aber jetzt schwiegen wir, weil jeder sich in sich selbst verlor und den bedrohlichen Gedanken Raum gab, die sich von allen Seiten aufdrängten. Ich glaube, wir wußten auf einmal beide, daß wir hier *fehl am Platz* waren. Eine schreckliche Ratlosigkeit erfüllte uns. Wir konnten nichts mehr miteinander anfangen, konnten uns kaum noch daran erinnern, was wir einander einmal gewesen waren. Jeder war für sich – allein. Die feuchte und schwere Luft, die grauen Wolken, die sich über den Nachthimmel wälzten, der rissige Asphalt, die Silhouetten der Häuser, das trübe Licht der Straßenlampen, die krummen, kahlen Bäume, der ferne Glanz irgendeines Gewässers, alles war gegen uns. Alles war riesenhaft, erdrückend, erstickend. Wir wußten, daß wir mit all unserer menschlichen Freundlichkeit und Neugier, unserem Forschen und Streben und unserem Willen, gut zu sein, nicht dagegen ankamen. Wir waren zu klein. Wir hatten keine Chance in diesem ungleichen Kampf. Als ich Annabels Berührung wahrnahm, merkte ich, daß sie das gleiche empfand. Wir waren Liebende gewesen – jetzt waren wir Opfer. Wir waren Adam und Eva, nackt und gebückt, schamhaft, voller Angst, Flüchtende, Vertriebene.

»Die öden und finsteren Äonen nach der Entstehung der Erde …« Plötzlich fielen mir diese Worte unserer Gastgeberin wieder ein, und ich sprach sie leise vor mich hin. Annabel reagierte nicht.

Ich weiß nicht, wie lange es dauerte, bis wir endlich unser Zimmer erreichten. Wir schlossen alle Fenster. Wir gingen ins Bett, zogen die Decke über den Kopf. Wir wollten schlafen – schlafen – das Bewußtsein verlieren, im Schlaf auf den Boden des Abgrunds sinken, vergessen, wer wir waren – und nie mehr aufwachen.

Doch natürlich wachten wir auf und machten weiter, wie es von uns erwartet wurde. Ted sagte am nächsten Morgen, er habe in der Nacht immer wieder verdächtige Bewegungen um das Schloß herum bemerkt. Jemand habe in sein Fenster gespäht; auf dem Parkplatz habe er mehrere schattenhafte Gestalten ausgemacht, die um unser Fahrzeug herumschlichen. Während wir im Konferenzraum miteinander sprachen, sah ich von einem Fenster aus, daß Annabel von Pfeufer abgeholt wurde. Sie packten Vermessungs- und Aufzeichnungsgeräte in seinen Wagen; dann kam Annabel noch einmal kurz herein, um uns zu sagen, sie gehe »arbeiten«. Was sie wirklich tat, an diesem und den folgenden Tagen, weiß ich nicht. (Immerhin merkte ich nach einiger Zeit, daß sie tatsächlich Daten und Bilder gesammelt hatte; das wenige, was wir von dort mitgebracht haben, stammt von Annabel.) Seit jener Nacht – der Nacht unserer Entzweiung – hatte ich kein Recht mehr, sie auszufragen, sie zur Rede zu stellen oder ihr Vorhaltungen zu machen. Ich konzentrierte mich auf die Dinge, die ich mir vorgenommen hatte. Wenigstens für ein paar Stunden. Wenn wir im Bett lagen, hörte ich ihre Atemzüge neben mir. Ich wußte oft nicht, ob ich wachte oder träumte, ob es wirklich Annabels Atemzüge waren oder ob ich sie mir nur einbildete. Aber ich machte kein Licht und berührte sie nicht, denn die Angst, sie aufzuwecken und ihren eisigen Blick auf mir zu spüren, war größer als meine Wißbegier.

An einem dieser Tage fuhr ich zu der Adresse, die Laval mir angegeben hatte. Es war ein kasernenartiger Wohnblock, wie es sie in der Gegend zu Dutzenden gab, heruntergekommen, mit Schimmel an den Wänden und Löchern in der Fassade; an einer Stelle sah ich neben einem Tor mit einem uralten, halb aus der Wand ragenden Klingelblock eine gesprühte Aufschrift in leuchtendem Rot: *»Ihr Verlassenen: Noch ist das Fest nicht gefeiert worden.«* Die Farbe sah frisch aus. Doch wohnten diejenigen, an die sich der seltsame Satz richtete, überhaupt noch hier, wo es nichts mehr zu tun und kaum noch das Nötigste zum Leben gab? Der apokalyptische Ton kam mir lächerlich vor. Ich vermutete, daß es sich um die Mitteilung einer Sekte handelte, von deren mutmaßlicher Existenz in den Unterlagen die Rede gewesen war. Man wußte fast nichts über sie; es gab nur die magere Auskunft, daß ihre Mitglieder einst hauptsächlich mit der Vorbereitung und Durchführung eines »abstrusen Taufrituals« beschäftigt gewesen seien. So nahm ich mir vor, die Sache im Auge zu behalten, und begnügte mich einstweilen damit, den Schriftzug zu fotografieren.

Daß es noch Leben hier gab – ein überraschend zähes, rastloses Leben! –, bewies der Markt, der vor einem anderen Tor abgehalten wurde. Ich parkte irgendwo am Straßenrand und sah mir das Menschengewimmel um die armseligen Bretterbuden und Verkaufsstände an, das mir beinahe noch abstoßender vorkam als die wüstenhafte Leere der Straßen ringsum. Feilgeboten wurden Dinge, die man bei uns zum Abfall rechnen würde, schadhaftes und abgenutztes Werkzeug, Alltagsutensilien wie Autoreifen, Dachlatten, Telefone und Computerteile, Drahtrollen, Matratzen, Geschirr, das meiste schmutzig und von Schimmel überzogen. Die Käufer trugen große Plastiksäcke auf den Schultern, jeder schleppte irgend etwas fort. Doch vor dem Erwerb stand das Feilschen, dem man sich überall eifrig und ausdauernd hingab. Um ein paar rostige Nägel wurde fanatisch gestritten, und war der Handel besiegelt, bedeutete das keineswegs die Einstellung der Feindseligkeiten; immer wieder gab es Rangeleien und brutale Schläge unter den Kontrahenten.

Nicht weit von dem Markt entfernt war die Adresse, die ich suchte. Ich gelangte in einen mit Brennesseln und Holunder bewachsenen Hof, in dem uralte rostige Container standen. An einem zwischen den Mauern befestigten Kabel hingen Tücher und Wäschestücke. Als ich sie zurückschlug, sah ich mich einer großen, braun und grünlich schimmernden Tierskulptur gegenüber.

Es war ein Otter. Der Eindruck war überwältigend. Sein glatter, schwerer Körper in dem schäbigen Hof, sein aufgerichteteter Kopf mit der breiten Schnauze, dem unheimlich wachen und scharfen Blick – er war ein Herrscher, ruhig und souverän wie ein überirdisches Wesen, der geheimnisvolle Bote einer anderen Welt. Doch es lag auch etwas widerwärtig Heimtückisches, Lauerndes in seiner Haltung und seinem Blick – etwas, was mir das Blut in den Adern gefrieren ließ. Ich wollte stehenbleiben, um die Figur zu betrachten. Doch eine seltsame Empfindung von Übelkeit, Schwindel, Bodenlosigkeit stieg in mir auf, die mich zwang, die Augen abzuwenden. Wer hatte diese Skulptur geschaffen? Wie kam sie hierher?

Ich sah eine angelehnte Tür, die in einen Kellerraum führte. Das mußte die Wohnung Emilio Schwinds sein. Ich klopfte – rief – trat ein. Dort, im Schatten, waren weitere, kleinere Tierskulpturen, offenbar Vorstudien zu dem großen Otter im Hof. Mit derselben eigenartigen Mischung aus Faszination und Widerwillen näherte ich mich ihnen; meine Hände hoben sich, ohne daß ich es wollte, und fuhren über das kühle Metall, das schlangenhafte Geschmeidigkeit, die Weichheit von nassem, glattem Fell evozierte.

»Was suchen Sie hier?«

Hinter mir stand ein kleiner, bebrillter, schmächtiger Mann mit strähnigem grauem Haar, das ihm in die gefurchte Stirn fiel. Er trug einen alten Pullover mit Löchern an den Ellbogen. Ein seltsamer Geruch ging von ihm aus.

»Herr Schwind?«

Er starrte mich mißtrauisch an. Seine Schultern bebten. Ich stellte mich vor, sprach von unserem Vorhaben, von Pfeufer und Laval, fragte nach den Skulpturen, drückte seine schmale, weiche Hand, die er mir schließlich schüchtern hinstreckte.

»Der Otter –«, sagte er und hielt gleich darauf inne, als hätten ihn die eigenen Worte erschreckt. Nach einer Weile sprach er stockend weiter. »Er ist von – von meinem Großvater. Er hat ihn mir vererbt. Vielleicht wird einmal eine Zeit kommen – vielleicht stellen sie ihn einmal auf, dort, am Ufer, obwohl, vielleicht – wer weiß das schon?«

Er ging zur Tür, öffnete sie, sah sich rasch nach allen Seiten um und zog sie zu.

»Ihr Großvater war Bildhauer?« fragte ich.

»Er war – nein – oder ja, auch – er war Forscher, er widmete sich der Volkskultur – das lag ihm am Herzen, aber er war kein Akademiker, verstehen Sie? Ein Mann, der viel wußte, sehr viel, aber man hat ihn nicht gehört. Etwas ist immer dagewesen, was ihn daran gehindert hat – ich weiß auch nicht – ich habe natürlich meine Vermutungen, aber sicher weiß ich es nicht. Er war der einzige, der den Mut hatte, der Sache auf den Grund zu gehen. Er wollte wissen, was wirklich passiert ist, er suchte – nach – nach den Verbindungen, den geheimen Verknüpfungen und Anschlüssen im – im Tierreich und im – in der Evolution. Die Evolution – sie kennt nur Entwicklungen, da gibt es keinen Anfang, kein Ende, aber er – er wollte den *Urheber* – den Urheber wollte er finden, verstehen Sie?«

Er sprach hektisch, stockend, verhaspelte sich und hielt immer wieder erschrocken inne.

Inzwischen hatte er mich ins Innere seiner merkwürdigen Behausung geführt, die aus einem einzigen saalartigen Raum mit einem Gewirr von Röhren an der Decke bestand, einem ehemaligen Heizungskeller vielleicht. Irgendwo im Halbdunkel erkannte ich ein schmutziges Bett, ein Bücherregal, einen großen Schreibtisch, mit Steinen bedeckt; ein Mikroskop, kleine Bürsten, Schaber und andere Instrumente. In einem Aschenbecher lag ein glimmender Zigarettenstummel, der den für Schwind so charakteristischen süßlichen, heuartigen Geruch verströmte. Dann ging das Licht an, und ich sah an einer Wand Dutzende von kleinen Tierzeichnungen. Die meisten dieser Tiere kamen mir bekannt vor, doch es schienen auch einige ganz bizarre Wesen darunter zu sein, die mich an gewisse Tiefseefische, sogenannte lebende Fossilien, erinnerten. Zwischen verschiedenen Individuen und Gruppen waren Linien gezogen worden. An vielen Stellen waren die Linien übermalt, weggewischt oder neu gezogen worden, wodurch der Eindruck eines unübersehbaren, vertrackten und mysteriösen Bauplans entstand. Direkt über dem Schreibtisch befand sich ein großes, leicht unscharfes Foto: das Bild eines Fossils, eines riesigen Krokodilskeletts mit deutlich ausgeprägten Schuppenpartien und spitzen Zähnen, die aus einer langen Schnauze ragten.

»Das Dillisberger Krokodil?« fragte ich aufs Geratewohl.

Schwind blieb abrupt stehen und nickte stumm. Offenbar überraschte es ihn, daß ich davon wußte. Ich fragte ihn, ob er mir Näheres darüber sagen könne.

»Ich werde Ihnen – wenn Sie sich dafür interessieren, selbstverständlich – ich werden Ihnen das alles erklären –«

Er führte mich zu einem Tischchen mit zwei abgewetzten Sesseln. Auf dem Tischchen lag ein zerlesenes Büchlein, ungefähr im Format eines Schulhefts, das den Titel trug: »Das Rad des Bösen«. Der Name des Autors lautete Ernst Schwind. Auf dem Einband befand sich ein sonderbares radförmiges Ornament, das von derselben Hand zu stammen schien wie die Zeichnungen an der Wand. Einen Augenblick später war das Tischchen leer – Schwind war vorgetreten und hatte das Buch rasch verschwinden lassen. (Auch bei meinem zweiten Besuch in seinem Keller sah ich es nicht wieder.)

Wir saßen einander gegenüber. Mit kindlichem Stolz begann Schwind mir nun von seinem großen Projekt zu erzählen: der Rekonstruktion des Dillisberger Krokodils, eines etwa fünfzig Millionen Jahre alten Fossils, das beim Umzug des Paläontologischen Instituts der Stadt im zweiten oder dritten Jahrzehnt des letzten Jahrhunderts stark beschädigt worden war. Schwind hatte sich in jungen Jahren offenbar als Präparator verdingt; es war ihm gelungen, die zerbrochene Platte zu erwerben, und nun war er dabei, die Einzelteile wieder zusammenzufügen. Das Fossil war bei Grabungen am ältesten Teilbereich des Rieskanals zum Vorschein gekommen. Dort hatte man lange Zeit Schieferton abgebaut. Früher habe jedes Kind das Krokodil gekannt, sagte Schwind. Er wolle im Interesse der allgemeinen »Aufklärung« dafür sorgen, daß es ausgestellt, der Öffentlichkeit erneut zugänglich gemacht werde.

Dann brach er mitten im Satz ab und legte den Finger auf den Mund. Er schien auf etwas zu horchen, was draußen vor sich ging. Ich hörte nichts. Er saß starr auf seinem Sessel. Jemand klopfte, erst leise, dann immer lauter. Schließlich sprang Schwind auf – er zitterte nicht weniger als die Tür unter dem bedrohlichen Gehämmer. Er lief zum Eingang, öffnete die Tür einen Spalt, zischte irgend etwas, worauf sich ein wütender Wortwechsel ergab. Vor dem Keller mußten mehrere Leute stehen, die durcheinanderredeten und -schrien. Ich stand auf und näherte mich Schwind. Gleich darauf fiel die Tür mit lautem Krachen ins Schloß.

»Sie sind hier nicht sicher – gehen Sie – schnell!« flüsterte Schwind.

Ich fragte, wer die Leute draußen seien.

»Es sind – es sind die Nachbarn – von oben – Sie haben ja keine Ahnung, wie es hier zugeht, welche Bosheit, wie gemein, wie niedrig – sie sind – sie wollen mich vertreiben – Kommen Sie ein andermal wieder, ja, wann Sie wollen, ja, ja, morgen, kommen Sie morgen, dann werde ich Ihnen alles – jetzt müssen Sie – Sie müssen gehen, gehen Sie!«

Ich schlüpfte hinaus. Es war niemand zu sehen. Der große Otter stand majestätisch da wie zuvor; mit seinem scharfen, lauernden Blick beherrschte er den Hof.

Das Auto stand noch dort, wo ich es abgestellt hatte. Es war völlig unversehrt; nur die Fahrertür stand weit offen. Eine Warnung offenbar. Man wollte zeigen, wozu man fähig war.

Nach meiner Rückkehr fand ich mich allein in unserem kalten Konferenzzimmer. Ringelmann kochte Tee, und ich öffnete die mit »L.« beschriftete Mappe aus dem Metallkoffer. Sie enthielt ein druckreifes Manuskript: das Tagebuch Prinzessin Luises in redigierter Fassung und mit zahlreichen Annotationen (von der Hand Wolfgang B. Mayers, wie zu vermuten ist), das ich meinen Lesern im folgenden Kapitel vorstelle.

Andenken an ein Paradies

Aus Prinzessin Luises Tagebuch

1813

8. *März* – Heute morgen, als das Fräulein mir die Zöpfe aufsteckte, mußte ich daran denken, wie ich mit Ludwig im Dorfe Haag einen Eichenhain pflanzte, zum Zeichen der Freiheit und Gleichheit. Unweit des alten Brunnens sollte auch ein Bauwerk stehen, für das Seckel* schon einen Ent-

* Johann Gottfried Seckel, geboren 1758 in Karlsruhe, gestorben 1829 in Lützelburg/Klemm. Schon während seines Studiums der Malerei und Architektur in Paris trat er mit Entwürfen im Stil seines Lehrers Claude-Nicolas Ledoux hervor. Nach Vollendung einer Grabanlage in Pyramidenform in Steingaß, der Maison d'un Cosmopolite in Forbach (1944 durch Luftangriffe zerstört) sowie des legendären »Badetempels« in Sensburg (bis Ende des 19. Jahrhunderts als Roßhaarfabrik genutzt, später abgerissen) wurde 1805 Fürst Othmar II. auf ihn aufmerksam und beauftragte ihn wenig später mit der Restaurierung von Schloß Haag (erbaut um 1500 von Ludwig dem Großmütigen), das dem Monarchen nach der Okkupation seiner städtischen Residenz durch die Franzosen als Hauptwohnsitz diente. Ab 1807 beschäftigte sich S. auch mit der Instandsetzung des Glockenturms (des sog. Otterturms) der Stadtkirche St. Crispus. Deren frühromanisches Portal, einziger Überrest des halbverfallenen Gotteshauses, das erst im späten 17. Jahrhundert als Barockbau wiedererstanden

wurf gezeichnet hatte, eine steinerne Cabane im Kreis der lieben Natur. An so vielen dunklen Abenden haben wir uns ausgemalt, wie hell und reinlich es dort wäre; aus den Fenstern schweifte der Blick über Wald und Wiesen, die alte Brücke, die Pfeufermühle, das Storchennest auf dem Schnidtmannschen Speicher, den Kirchturm mit dem rostigen Hahn darauf und die silbernen Bächlein nah und fern, die der Ries zueilen, ihr unsere Grüße zu bestellen auf ihrem Weg in die weite Welt; und die Wände wären bemalt mit Aufschriften, die den armen Kindern schöne Ideen und Gedanken vor Augen stellten, wie zum Exempel das Sprüchlein, das wir so oft von der guten Kunzin* hörten:

war, galt S. als Beispiel für die »Erhabenheit der alten Architektur, welche geeignet ist, in reinen Seelen tiefe Eindrücke von Größe und Schrecken zu erregen« (*Von der Veredelung des Menschen durch die Baukunst*, 1812, Neudruck Berlin 1990, S. 32). 1809 baute S. auf Anregung Prinzessin Luises am Ufer der Ries einen Gartenpavillon. Der Säulenbau mit flachem Dach und umlaufendem dorischem Kranzgesims sollte an die Naturverehrung der Griechen gemahnen. (Nach schwerer Beschädigung durch Hochwasser verfiel der Pavillon; heute nicht mehr auffindbar). 1814 wechselte S. in preußischen Dienst und trat 1815 sein Amt als Baurat in Berlin an. Von Friedrich Wilhelm III. nach Lützelburg geschickt, überwachte er dort den Bau der Festung, die zuletzt 1945–48 der Roten Armee als Gefängnis und Hinrichtungsstätte diente (1954 abgetragen). S.s Enkel Karl Gottfried (1817–1891) war Erbauer eines historistischen Luisendenkmals unweit der Residenz. Als Vorbild der Frauenfigur des Denkmals ist – merkwürdige Umdeutung der Tatsachen! – wohl Johann Heinrich Füsslis gern und oft reproduzierter blondgelockter Wassergeist Undine anzusehen. 1962 mußte die künstlerisch anspruchslose Skulptur dem Neubau des Arved-Elsamer-Rings weichen (»Nun liegt Luises banges Ahnen/ Begraben unter Autobahnen«, dichtete ein Anonymus anläßlich ihrer Demolierung).

* Adele Kunz, geboren 1778 in Mainz, gestorben 1823 in Wnahtukook (Stockbridge), Massachusetts. Aus dem aufgeklärten Bürgertum stammend, war K. glühende Anhängerin der französi-

»Viel besser ist's, bei Kohl und Rübe stehn, als in dem Labyrinth des Hofes irre gehn.« Doch wie böse ist das ausgegangen. Die dummen Haager haben die Bäumchen von ihren unersättlichen Ziegen abfressen lassen, und als ich mit ihrem Vorsteher sprach, einem kleinen Mann mit verschlagenen Bauernäugelchen – brr, was für ein Gespenst! –, sagte er, sie wollten mir die Kinder nicht überlassen, es wäre besser, jeder bleibt, wo er herkommt, sie im Dorf und ich im Schloß, *die Ordnung solle nicht leiden.* Ist das wirklich schon zehn Jahre her? Inzwischen haben die Franzosen die Schulpflicht eingeführt, aber niemand dankt es ihnen. Ist jenes Sprüchlein nicht überhaupt eher auf mich gemünzt gewesen als auf die Bauernkinder? Was tue ich hier? Wo sind all unsere schönen Ideen und Projekte geblieben? Es ist kalt. Der Ofen glüht, und trotzdem wird uns nicht warm. Die Präsente, die mich vorhin noch glücklich machten, liegen auf dem Tisch, aber ich kann nichts mehr an ihnen finden; nicht einmal das Messerchen von Ludwig mit dem Perlmuttgriff macht mir Freude. Wäre *sie* nur hier, die gute Kunzin, könnte ich nur ihre liebe Stimme wieder hören!

schen Revolution und Gründungsmitglied der berühmten »Gesellschaft für Menschenliebe«. Im Haushalt Othmars II. wirkte sie als Erzieherin der Geschwister Luise und Ludwig von Sternau-Brey, die bei einer Pockenepidemie ihre Eltern verloren hatten und in der Obhut ihres Onkels aufwuchsen. 1811 wanderte K. mit ihrem Mann, dem reformierten Prediger Jan van Hoogstraeten, nach Amerika aus, wo sie sich der Alphabetisierung der Ureinwohner widmete. Sie trat für unbedingte Glaubensfreiheit ein und gehörte dem ersten Temperenzverein Neuenglands an. Bei einem Überfall auf die von ihr gegründete Mädchenschule wurde sie von einem Indianerpfeil getroffen und starb in einer Krankenstation englischer Quäker. Bis in die Anfangsjahre des 20. Jahrhunderts gehörte ihre Schrift *The Education of the Mohican Indians, or Wolves* zum vorgeschriebenen Lesestoff angehender Pädagogen im Gebiet des oberen Hudson.

Seit sie nicht mehr da ist, uns zu heilsamen Luftsprüngen anzuleiten, kommen wir nur noch kriechend voran. Ja, es wäre besser gewesen, ich hätte mich mit Ketten an den Wagen schmieden lassen, in dem sie fortfuhr, dann hätte ich jetzt vielleicht keine Seidenkleider und chinesischen Fächer mehr und würde nicht mehr nutzlos zwischen Ankleideraum und Salon und Speisezimmer und dem Naturalienkabinett herumirren, sondern müßte morgens vor Sonnenaufgang hinaus, um Wäsche zu waschen, hätte rote Hände und müßte auf Stroh schlafen und könnte abends nicht mehr mit Fanny und Suzanne Charade spielen; es gäbe keinen Punsch und keine Schokolade, aber ich müßte auch dem Oheim nicht mehr gehorchen, und die Franzosen würden uns keine Zollwächter und Steuerverwalter und Soldatenausheber mehr schicken, sondern bleiben, wo der Pfeffer wächst! Und weil ich dann auch kein Kabinett mehr hätte, in dem ich die Leichen all unserer Monarchen, Ritter und Admirale zum Zwecke der wissenschaftlichen Totenfeier um mich versammle, und hilfreichere Dinge täte als mit wunderlichen alten Steinen Zwiesprache zu halten, würde man auch keinen Lärm machen, nicht immer wieder ungeduldig an die Tür klopfen, bis ich endlich öffne und man mich daran erinnert, daß der Klavierlehrer wartet.

10. März – Den einen Tag hoch oben, den andern ganz darnieder, so geht es mir, einmal ein schwaches Weib mit hohlem Kopf, das nur sein Pläsir sucht, und dann wieder Kraft, es mit der ganzen Welt aufzunehmen. Eng und klein ist es hier und wird es immer bleiben. Fanny und Suzanne sind in die Komödie gefahren, aber sosehr sie mich drängten, ich wollte nicht mit ihnen in die Stadt. Das Bild Brunets steht mir vom letzten Mal her noch zu deutlich vor Augen. Wie falsch und schmeichlerisch ist er gewesen, präsentierte uns scheinheilig Weintrauben und Zuckergebäck, indessen seine Füsiliere den Gastwirt Troglauer, weil sie ihn ertappt hatten, als er im Karpfen Schimpflieder auf die Okkupanten sang, zum Galgen führten, und wie tapfer ist dieser Mann in den Tod gegangen. Nein, ich will Brunet nicht sehen! Ich will nicht an das Ungeheuer erinnert werden, das uns nun schon so lange umklammert hält und uns den freien Atem raubt, und so widerstand ich dem Drang, wieder einmal etwas anderes zu sehen als kahle Bäume und Felder, kotige Straßen, jammernde Köchinnen, frierende und mürrische Leute drinnen und draußen; ich fuhr nicht mit den geputzten Damen in die Stadt, sondern lief mit der Gundel über Stock und Stein, bis wir beide ganz außer Atem waren, und sah abends Ludwig beim Fechten zu.

11. März – Etwas Schreckliches liegt in der Luft, ein Schatten verdüstert die Sonne. Alles ist so teuer geworden, daß man sich wundern muß, wie die Leute überleben, die keine Keller mit reichlich Kartoffeln und Eingemachtem besitzen, wie wir. (Und wer einen solchen Keller besitzt, der mußte vielleicht schon alles, was darin war, an die einquartierten Soldaten abgeben!) In der Stadt gibt es Angriffe auf französische Zöllner. In Happach und Dillisberg und sogar in Esterhammer, Steinsdorf, Philippseich sind Aufrufe verteilt worden, sich den Konskriptionen zu entziehen. Zu deutlich ist allerorts noch die Erinnerung an jene versprengten Trupps, die wir im Januar aus Rußland heimkehren sahen, ganz verhungerte Männer, mit zerlumpten Uniformen und erfrorenen Gliedmaßen und mit fürchterlich leeren, teilnahmslosen Gesichtern. Es schaudert mich, wenn ich daran denke – wie diese Bedauernswerten, sich auf Krücken stützend und mit schluchzenden Müttern, Schwestern und Kindern an ihrer Seite, über die Riesbrücke zogen, und daß beim Anblick ihrer vertrauten Gehöfte und des Kirchturms von Haag in ihrem Blick kein Funke des Wiedererkennens aufblitzte, sondern sie nur weitertrotteten in stumpfer, barbarischer Apathie, als hätten sie das Ende schon hinter sich und wären nur zu den Lebenden zurückgekehrt, weil ihre Körper nichts anderes mehr wüßten und könnten als marschieren. Fünftausend sind im letzten Jahr aus unserer Gegend nach Osten gezogen – ein jubelndes Regiment, ein Wald schwankender Federbüsche auf glänzenden Helmen –, nicht mehr als zweihundertdreißig sind zurückgekehrt. Und dann die zerlumpten Jammergestalten, von denen uns Fanny nach dem Besuch bei ihrer Tante in der Stadt erzählte! Sie haben die Kehrichthaufen durchwühlt und schmutzige Knochen aufgehoben, um begierig daran zu nagen. Und die zwei toten Franzosen, die wir bei Eichthal fanden, blaugefroren, entstellt, mit schwarzen Beinstümpfen und unkenntlichen Gesichtern. Als sie starben, waren sie von einem Fuhrwerk voller Verwundeter einfach seitwärts in den Schnee geworfen worden. Die Raben hatten sie schon angefressen. Der Oheim ließ eine Messe für sie lesen und begrub sie auf unserem Friedhof. Irgendwo gibt es Leute, die diese namenlosen Toten als warme, lebendige Männer kannten, die auf ihre Rückkehr warteten und vielleicht bis heute hoffen, sie wiederzusehen. Nun bleiben sie allein und wissen nicht einmal, wie ihre Liebsten endeten, ob ein freundliches Wort sie noch erreichte oder ob sie ungetröstet starben.

14. *März* – Ich habe mir das Kirschbaumtischchen und den Lehnstuhl aus dem gelben Salon, in dem die Kunzin abends so gerne saß, in das Naturalienkabinett bringen lassen und Tinte und Papier bereitgelegt, damit ich hier, wo ich mich am liebsten aufhalte, künftig auch bequem lesen und schreiben kann. Ludwig kam herein, sah sich um und fragte, ob ich mich in diese Klause verzöge, um Einsiedlerin zu werden. Unsere Zeit verlange nicht Wehleidigkeit und Rückzug, sondern Mut und Kampf und Aufopferung für das Va-

terland, sonst werde es nie gelingen, über die Besatzer zu triumphieren, etc. pp. Vaterland? Mein Vater ist tot, und das Land, dem der jetzt überall den Ton angebende Enthusiasmus gilt, kenne ich nicht, denn der Oheim läßt uns seit drei Jahren nicht mehr verreisen.

15. März – Bausewein* war hier. Das Fräulein mißtraut ihm und hat ihn nicht vorgelassen, aber ich bin ihm über

* Konrad Otto Bausewein, geboren 1784 in Dillisberg, gestorben 1869 ebendort. Durch seinen Bruder Georg (Mitglied der »Gesellschaft für Menschenliebe«, 1812 wegen Desertion an der Memel gehängt) kam der arme Müllersohn schon früh mit revolutionären Ideen in Berührung. Das Gymnasium konnte er als Sechzehnjähriger erfolgreich beenden, von da an nahm er regen Anteil am wirtschaftlichen und kulturellen Leben der Stadt und kämpfte unermüdlich für die Verwirklichung der Handels- und Gewerbefreiheit. 1802 gründete er zusammen mit Wilhelm von der Pfordten das *Echo aus Westen.* (Unter wechselnden Namen blieb das *Echo* lange die tonangebende Tageszeitung der Stadt; 1933 verboten, gelang nach dem Zweiten Weltkrieg der Neustart im Zeichen von Weltoffenheit und Liberalität, bis das Blatt 1999 von der Doignon-Mediengruppe gekauft und in Erscheinungsbild und Inhalt völlig umgestaltet wurde.) 1804 gelang es B., die elterliche Mühle technisch zu verbessern und den Betrieb zu erweitern; 1807 pachtete er zwei weitere Getreidemühlen in der Riesregion und stieg in den Mehlhandel ein. Durch ein Geheimabkommen mit dem französischen Kriegskommissar Alphonse Brunet gelang es ihm 1810, zwei Konkurrenten auszuschalten und sich als alleiniger Brotlieferant der Truppen zu etablieren. Als rastloser Neuerer setzte er 1849 in seiner Großbäckerei eine der ersten modernen dampfbetriebenen Teigknetmaschinen ein, die er in Paris kennengelernt hatte, wodurch er den wachsenden Bedarf der urbanen Bevölkerung an Brot befriedigen konnte. Neben seiner Tätigkeit als Unternehmer sind seine Leistungen als Aufklärer und Philanthrop hervorzuheben; er gründete diverse wohltätige Institutionen, u. a. eine anatomische Lehranstalt, eine landwirtschaftliche Musterkolonie, ein »Korrektionshaus für Landfahrer« (später Gefängnis). 1868 erhielt er für seine Verdienste den preußischen Kronenorden 1. Klasse.

die Hintertreppe nachgelaufen, worüber er sehr flattiert war. Er zeigte mir die letzte Ausgabe des *Echos der gebildeten Stände* mit zwei leeren Textseiten und einem Artikel von ihm selbst (noch immer unterzeichnet er mit »Freund der Humanität«), in dem er die hohen Preise für Weißmehl und Zucker anprangert, dann jammerte er über die Zensur und bettelte um Geld. In der Stadt haben sich die Studenten zusammengerottet. Sie sind zum Rathaus marschiert und haben »Vivat die akademische Freiheit« gerufen, bis Brunets Dragoner sie auseinandertrieben. Alle wollen jetzt mit den Preußen zusammengehen. Während ich Bausewein zuhörte, merkte ich, wie unbehaglich mir dieser Mensch in seinem patriotischen Eifer geworden ist. Es fiel mir schwer, ihn nicht daran zu erinnern, wie er vor nicht allzulanger Zeit bei jeder Gelegenheit in dem gleichen schwärmerischen Tone kundgab, die Fürsten müßten aufs Schafott, Frankreichs Freiheit werde die Freiheit der Welt sein, etc. Er ist töricht genug (aber sagt er die Wahrheit?), seine Hoffnungen in den Oheim zu setzen, dessen Feigheit und Wankelmütigkeit er zur Genüge kennen sollte. »Der Fürst wird doch seine treusten Bürger jetzt nicht untergehen lassen«, sagte er. Seine treusten Bürger! Ja, uns alle eint jetzt der Haß auf den Korsen, aber zuweilen kommen mir böse Gedanken, und ich frage mich, warum ein Troglauer mit dem Leben dafür büßt, indessen der Bausewein immer fetter wird und seine Frau beim Bankett anläßlich der Eröffnung des neuen Theaters am Michaelitor auf dem Ehrenplatz sitzt und Brunet ihr vorlegt.

Auch Ludwig will jetzt preußisch sein. Er schwärmt vom echten, ernsten Leben – da wir bisher nur »spielten« –, will ins Feld ziehen und sich Medaillen erkämpfen. Ein armer Tropf ist er! Wenn er von seinen Pferden und *armes* und *bagages* redet, wirft er die Mütze in die Luft; er ist so fröhlich, und mir sinkt bei alldem das Herz. Mit der Kunzin wollten wir einst nach Paris fahren, um den Franzosen zu zeigen, wie gut wir die *Marseillaise* gelernt haben, und mit ihnen um den Freiheitsbaum zu tanzen. Jetzt reden wieder alle von Paris, sie lassen aber die Säbel dazu rasseln, daß es in den Ohren wehtut.

Statt mich frisieren zu lassen für die Soirée heute abend (der Oheim ist zurück und wünscht ausdrücklich meine Anwesenheit – ich weiß, was das bedeutet!), ziehe ich mich in die Klause zurück, drehe den Globus und träume vom Orinocco.

17. *März* – Die Preußen haben den Krieg erklärt.

22. *März* – Eine ganze Woche Sonnenschein hat dem Eis der Ries nichts anhaben können. Erst machten wir mit unseren Schlittschuhen lauter Kreise und Spiralen auf der glatten Bahn, dann verteilten wir Näschereien an die zusammengelaufenen Bauernkinder. Manche von den Kleineren hatten aufgesprungene Lippen und scheußliche schwarze Stellen im Gesicht und an den Händen. Fanny sagte, es seien Frostbeulen, aber die Leute seien daran gewöhnt, sie würden Erfrierungen nicht fühlen, wie wir. Suzanne sagte, sie freuten sich gewiß über das schöne Spektakel, das wir ihnen bieten, mit unseren hübschen Lakaien, Fackeln, Pelzen und Shawls – dies alles im munteren Tone unendlicher Gewißheit ihrer selbst; und dann haben sie mich gefragt, welche Laus mir schon wieder über die Leber gelaufen sei, und haben geschimpft, weil ich nichts erwidern wollte und fortging. (Die liebe Gundel kam mir nach und bellte gekränkt, als ich sie mit strengen Worten zurückschickte.) Was würden sie wohl sagen, wenn sie wüßten, was ich erlebte? Ich weiß ja selbst nicht, was ich davon halten soll. Jene schreckliche, träumerische Ohnmacht, unter der ich

als Kind zuweilen litt, hat mich plötzlich wieder übermannt, aber nun ist die Kunzin nicht mehr da, die allein mich zu trösten und zu retten vermochte.

24. *März* – Ich bin nur ein Weib, schwach und dumm, aber ich bin es meiner besten Lehrerin und Freundin und mir selber schuldig, das sonderbare Erlebnis nicht im dumpfen Einerlei des Alltäglichen entgleiten zu lassen, sondern es im grellen Lichte des Befremdens zu betrachten und mit Worten zu beschreiben, wie ich es täte, wenn sie bei mir wäre und mir zuhörte.

Nach jenem kleinen Zwist mit Fanny und Suzanne lief ich also auf dem Reitwege fort bis in das Wäldchen, wo es still und dunkel war und ich mich allmählich wieder fassen konnte. Dunkle Fichten ragten um mich auf, die Stämme mit Flechten bewachsen, die Wurzeln in das steinige Erdreich gebohrt. Ich hörte ihre Kronen rauschen, und vom Wasser her ertönte ein leises, tiefes, knarrendes Grollen, als drehte sich ein geisterhaftes Rad. Hin und wieder rutschten vereiste Schneereste herab, die schwarzen Äste bewegten sich wie Arme und stießen andere an, die sich ebenfalls von ihrer Schneelast befreiten, so daß alle Bäume miteinander in Verbindung traten und sich ständig etwas regte, obgleich völlige Windstille herrschte. Ich war ruhig, aber auch ein wenig ängstlich; unser braves Pferdchen mit seinem dampfenden Atem, die Kutsche, die Fackeln, die fröhlichen Rufe hin und her über das zugefrorene Flüßchen, der Rauch über den Hütten unserer Dörfer, das Schloß mit seinen marmornen Treppen und goldenen Laternen, dem spiegelnden Glanz seiner zahllosen Fenster – all das war so weit weg, unsichtbar mit einemmal, verschwunden wie ein Spuk. Das andere jedoch, der starrende Wald, das schwarze Auge des Stillen Lochs in seiner Mitte, drängte sich mir auf, als gäbe es nichts anderes mehr.

Beim Schwingen und Aufschnellen der Äste, die den alten Schnee abschüttelten und aus der Tiefe der Erde ein Ahnen der kommenden Jahreszeit zu saugen schienen, stand mir unvermittelt *ihre* Gestalt wieder vor Augen, ganz deutlich, mit dem Strohhut auf dem Kopf und in dem gelben Kleid mit Litzen am Saum, das sie getragen hatte, wenn sie uns zum Unterricht ins Freie führte und uns, wie sie es so gerne tat, von den Begebenheiten der Erdgeschichte sprach. Ich sah sie in dem großen, wilden Amerika unter den Indianern, in einem Garten voller Blumen, auf einer schlichten hölzernen Bank im griechischen Stil vor einem Haus, das sie selbst zu bauen half, ich hörte ihre Stimme im Wind. So hat sie mich doch nicht verlassen, erkannte ich freudig, denn ich gehe ja in ihrer Fährte, ich höre sie sprechen, obgleich sie nicht zugegen ist, und trage ihr Bild in mir. Am Nordufer des Stillen Lochs erinnerte ich mich daran, wie sie uns auf die verschiedenfarbigen, übereinandergeschichteten Gesteine aufmerksam machte. Seit unvordenklicher Zeit ruhen sie hier, und es scheint nie anders gewesen zu sein. Doch wie viele Verwerfungen und Verschiebungen, Abtragungen, Hebungen und Senkungen verliehen unserer Landschaft die Form, die heute die vertrauteste Empfindung, das erhebendste Heimatgefühl in uns erzeugt! Hier lag unser Schiefer, der Baustoff von Schloß Haag, direkt unter der Oberfläche, und weiter unten, am Wasserrand, der eigenartige graublaue Quarzit, verbackener Sand, kristallisierter Schlamm, Spur eines uranfänglichen Gewässers, Überbleibsel einer Zeit, in der noch kein menschliches Auge das Licht von Sonne und Mond empfing.

Während ich so sann, geschah etwas mit mir; eine alte Frage drängte sich auf und fand Antwort; ergriffen und mit geweiteter Brust lauschte ich der Belehrung, die die wogenden Bäume, die Luft, das Wasser, die Erde selbst mir einflüsterten. Ich verstand, daß Gegenwart, Vergangenheit und Zukunft nur dürftige Namen sind für etwas, was in Wahrheit ebensowenig geschieden ist als die Vorgänge auf der Oberfläche der Erde von den Ereignissen tief unter uns, in den endlosen unterweltlichen Räumen, von denen uns die Geognosie erzählt. Obwohl ich mich auf der Oberfläche aufhalte, dachte ich, und durch die Macht eines fürstlichen Oheims gleichsam gefesselt bin an einen Punkt im Raum, vermag ich doch in das Innere des Erdkörpers zu dringen und bin imstande, Ereignisse unendlicher Jahrtausende vor der Erschaffung meines Geschlechts zu verfolgen, frei wie der Geist, der das Universum belebt. Auch mein kleiner Punkt, das schnöde Hier, das unerbittliche Nun meines fruchtlosen Daseins, ist Teil unermeßlicher Räume, geschaffen vom ewigen Walten der großen Natur. Diese Gedanken erschienen mir unendlich trostreich und erhaben, und ich war voller Seligkeit.

Ohne auf den Weg zu achten, lief ich weiter. Da tauchte jenes bläulich schimmernde Denkmal mit seinen halb verwitterten kreisförmigen Einkerbungen vor mir auf, das die Leute hier den Opferstein nennen, und eine sonderbare Beklommenheit ergriff Besitz von mir. Keinen Schritt mehr vermochte ich zu tun. Der das Wasser von allen Seiten umschließende Wald war auf unheimliche Weise belebt – ja es schien mir jetzt, indessen ich mich zögernd dem abfallenden Ufer näherte, als würde ich von schweigenden Gesichtern angestarrt, von stummen Mündern zu unbekannten Taten angespornt. Meine Gedanken kreisten um einen Punkt, den ich nicht in Worte fassen konnte, ein dunkles Vermächtnis, ein uraltes, lastendes Erbe. Ich war aus einem bestimmten Grund hier, soviel begriff ich, doch es wurde mir nicht klar, was ich zu tun hatte. Das Rauschen des Waldes verstärkte sich, und ich hörte wieder jenes Grollen, das sich in ein gräßliches Knirschen und Knurren wandelte und mich vor Furcht erstarren ließ. Ein Schatten wie von einem geschmeidigen, bösartigen, pelzigen Tier war in meiner Nähe. Dann war mir, als könnte ich Arme und Beine nicht mehr bewegen; ich war gelähmt; verzweifelt warf ich den Kopf hin und her und versuchte zu schreien, doch wie im Traum drang nur ein schwaches Wimmern aus meinem Mund. Ich stand am abfallenden Rand der Erde, vor mir das nur noch am Ufer vereiste schwarze, spiegelnde Wasser, von dem ein unnennbarer Schrecken ausging. Es wurde von mir verlangt, daß ich hineinsähe in dieses Wasser, doch das konnte ich nicht tun. Immer drängender wurde die Forderung, sich dem Wasser zu nähern und hineinzusehen in die unendliche Tiefe, und immer wilder und verzweifelter meine Gegenwehr. Ich spürte den kalten Hauch, der vom Wasser aufstieg, und etwas Lockendes, Strömendes, einen unerbittlichen Zug, der sich meines Körpers bemächtigte und gegen den ich mit meinen schwachen Kräften aufbegehrte. Was geschah mir, warum stand ich hier? Ich war ausersehen worden, eine Schuld zu begleichen, soviel wußte ich auf unklare Weise, aber gerade dieses nebelhafte Wissen flößte mir ein Gefühl lähmenden Grauens ein. Ich fühlte, wie ich schwächer wurde – schon gaben meine Knie nach, und ich spürte kaum noch den Grund unter den Füßen; am Ende – so erfuhr ich – kam niemand gegen das unfaßbare Gebot an, dem auch ich unterliegen mußte. Fast besiegt, begann ich tonlos zu weinen, bis See und Wald hinter dem Tränenschleier verschwammen und ich ohnmächtig niedersank.

Dann war es vorbei. Ich erwachte, atmete tief und fühlte das warme, pochende Herz in der Brust. Ich versuchte mir einzureden, daß nichts Besonderes geschehen sei. Ein Tagtraum – ein Spiel meiner durch die Erinnerung an die ferne Freundin aufgestachelten Phantasie – die Geräusche des Eises, wie sie jedes Frühjahr zu vernehmen sind, wenn es zu tauen anfängt und die Natur sich aus ihrer Winterstarre befreit – was sonst? Doch die Erinnerung an jenen entsetzlichen Zustand der Ohnmacht, des kraftlosen Hinnehmenmüssens eines dunklen, schrecklichen Verdikts, war nicht so leicht abzuschütteln, und als ich kehrtmachte und wie blind zurücklief, wollte die Empfindung drohender Vernichtung lange nicht weichen; immer wieder mußte ich keuchend innehalten und mich mit beiden Händen an einem Stamm festhalten, immer wieder mußte ich mir klarmachen, daß mich niemand verfolgte und sich überhaupt seit meinem Aufbruch von der Eislauf-Gesellschaft nichts verändert hatte.

Nur ein paar Schritte noch, dann sah ich den warmen Schein unserer Fackeln in der Dämmerung, und die Gundel schoß freudig bellend auf mich zu. Das Kleid hatte ich mir zerrissen und die Strümpfe waren voller Schmutz, doch das Medaillon mit dem Bildnis der seligen Mutter hing noch um meinen Hals, und später, als ich mit Fanny und Suzanne am Kamin saß (lange saßen wir dort, im Jagdkabinett, die Lakaien gähnten schon, aber ich konnte mich von meinen liebsten Freundinnen nicht trennen), nahm ich mir vor, an Ostern in Gesellschaft zu gehen und mich recht lange mit Friedrich Ferdinand* zu unterhalten, weil ich weiß, wie sehr das dem Oheim gefallen wird. Es wird mir gar nicht schwerfallen! Ich werde den Blick fest auf seine Kragenspiegel gerichtet halten und alles, was es da sonst noch zu sehen gibt, Knöpfe, Schnüre, Ärmelstreifen, Epauletten, eingehend mustern, ohne etwa auf die Idee zu verfallen, in die höhergelegenen Gefilde abzuirren, der Heimat von Lippen, Nase, Augen und all den anderen natürlichen Phänomenen, deren Häßlichkeit einfach zum

* Friedrich Ferdinand Heribald Freiherr von Ruedorffer-Neresheim, Sohn des Ferdinand Friedrich Heribald Freiherrn von Neresheim, geboren 1789 auf Schloß Neresheim, gefallen 1815 bei Waterloo.

Davonlaufen ist – selbst der Oheim würde das einräumen, wenn er den Mann nicht nach seiner Stellung im transzendentalen Geäst seines Stammbaums, sondern nach der Beschaffenheit seines irdischen Leibes beurteilen würde –, und so hoffe ich, daß ich doch noch ein gutes Mädchen werden kann und sich all meine Einbildungen, Anwandlungen, Grillen und Schrullen allmählich verflüchtigen wie so viele andere kindliche Unarten, die mir bis vor kurzem vielleicht noch zu eigen waren.

28. *April* – Nicht endenwollende Soiréen im Gartensaal. Ich spiele mit ihnen Charaden und bin kokett und lustig, aber in Wahrheit fühle ich mich erbärmlich. Große Worte und patriotische Erhebung, wo man hinsieht. Den Korsen nennen sie die Geißel der Menschheit. Sie wissen nicht mehr, was sie ihm verdanken. Hat *er* ihnen nicht den Gedanken an Deutschland eingegeben? Hat *er* sie nicht erst zum Leben erweckt?

Alle spenden jetzt freiwillig für den Krieg, auch die Armen. Fanny und Suzanne tragen statt ihrer alten Halsketten und Ohrringe Eisenschmuck, aber ich kann mich von meinem goldenen Medaillon nicht trennen. Für den Geschützbau sollen sogar Glocken eingeschmolzen werden. In der Stadt hat die Gemeinde von St. Crispus Skandal gemacht. Die Leute weigerten sich, ihre Glocken herzugeben. Dabei haben sie sich gegen ihren Pfarrer gestellt, der bei jeder Gelegenheit zur Vernichtung der Franzosen aufruft.

1. *Mai* – Bei herrlichem Wetter mit Ludwig nach Eichthal geritten, wo wir im Aushubgestein der südlichen Kanaltrasse nach Petrefakten gruben. In einer Tiefe von nur zehn Schuh haben wir ein Blatt und den versteinerten Wedel eines Nadelgewächses gefunden, dazu einen gut erhaltenen Vogelfuß, einen Fischschwanz, einen Fledermausflügel

und noch ein paar andere interessante Sächelchen. Das Fräulein wollte meinen roten Beutel mit den Steinen heimlich wegschaffen; es sieht nur Lehm und Dreck darin, und als ich mir sein Tun verbat, beschwerte es sich beim Oheim über meinen Trotz. Ich bin in meine Klause geflüchtet, sie kamen mir nach und drohten, den Globus forträumen zu lassen, den der Oheim selbst mir schenkte, und die Bücher, aber ich habe nur gelacht und mich auch zum Essen nicht sehen lassen. Später am Abend brachte Ludwig mir heimlich Brot und Schinken und ein Sträußchen Schlüsselblumen, und wir tafelten fröhlich miteinander zwischen den Petrefakten und meinen Federn und Muscheln, den Schmetterlingen und der Kreuzotternhaut wie unter Kaisern und Königen. Am nächsten Tag mußte der Oheim ins Manöver und das Fräulein allein mit mir zurechtkommen, was für uns beide recht unerfreulich war, aber plötzlich trat ein Kurier zu uns und brachte mir das Päckchen, auf das ich so lange gewartet hatte, und nun fiel es mir etwas weniger schwer, ein artiges Frauchen zu sein und auszuharren, bis es endlich Abend war. Da durfte ich es auspacken und mich an ihm delektieren ohne hochgezogene Augenbrauen und Dummheit und *Schicklichkeit* um mich herum, welche mich übrigens noch eines Tages in den Wahnsinn treiben wird.

Was für ein herrliches Buch ist die *Déscription de l'Egypte*, deren erster Band nun in meinen Händen liegt und in dem ich alle Tage blättere. »Vierzig Jahrhunderte schauen auf euch herab!« So etwas zu sagen, ohne daß die Stimme bebt, dazu braucht es einen Mann wie *ihn*, und obgleich ich ihn jetzt, wie wir alle, hassen muß, ist das Frühere noch nicht ganz ausgeräumt in mir. Ich kann nicht vergessen, wie sehr mich einst der Gedanke erquickte, daß der starke Löwe aufräumen wird mit Aberglauben und Ungerechtigkeit, Knechtschaft und Willkür, und lese nun mit nicht geringem Ergötzen, daß er wirklich unser kleines Europa geöffnet hat, wodurch uns das Fernste immer näher rückt und unsere Zivilisation bald über die ganze Erde verbreitet sein wird. Wer will jetzt noch bestreiten, daß wir mehr vermögen als die grausamen Mamelucken, die keinem anderen Daseinszwecke folgen als dem blinden Trieb zu kämpfen und zu töten! *Seine* Soldaten aber haben die Freiheit geschmeckt und bahnen der Wissenschaft den Weg – ihr gebührt in Wahrheit der Siegerkranz, denn sie ist es, die die unwegsamen Wüsten vermißt und die dunkelsten Schriften entziffert. Ihr ist es zu danken, daß die heidnischen Altertümer neues Leben gewinnen, sie bläst den ungeheuren Bildern und Statuen Atem ein und läßt das Untergegangene auferstehen. Es ist auch das Bild eines weißen Ibis in dem Buch enthalten, eines uralten Wasservogels, der von den Ägyptern angebetet wurde. Ich habe gleich an *unseren* Ibis gedacht, denn die Zeichnungen im Buch stimmen genau überein mit dem krummschnäbligen fossilen Vogelkopf aus der Rheinebene, den Srotzniowsky* mir einmal schenkte.

* Friedrich Nikolaus Srotzniowsky, geboren 1769 in Danzig, gestorben 1839(?) in Büchel/Vogelstein. Als vielseitig begabter, naturkundlich und paläontologisch gebildeter Emigrant stand er einige Jahre im Dienst des Comte de Lacépède, Freund und Mitarbeiter Buffons in Paris. Obwohl die Naturkunde seiner Zeit längst andere Wege ging, hielt S. an einer frühen Ansicht Buffons fest, nach der alle Tiere auf eine einzige primitive Ur-Art zurückgingen, und arbeitete bis zu seinem Tod wie besessen daran, Beweise für sein »Urthier« zu sammeln, um damit eine neuartige »Chronologie der gesammten Erde« zu begründen. Um die Jahrhundertwende gehörte er zu den Hörern der Vorlesungen Abraham Gottlieb Werners in Freiberg. 1806 lernte ihn Fürst Othmar kennen und lud ihn auf Schloß Haag ein. Bei ersten Aushubarbeiten zum Rieskanal waren im Sedimentgestein fossilierte Pflanzenreste zum Vorschein gekommen, die S. zu bestimmen half. Seine mitreißenden Spekulationen weckten auch in den fürstlichen Geschwistern und ihrer Erzieherin Begeisterung für die »Petrefaktenkunde«. Das Hauptinteresse des überzeugten Neptunisten

So hat es bei uns wohl einst ähnlich ausgesehen wie auf jenem heißen, fernen Kontinent, und die Versteinerungen in unserem Boden sind die unumstößlichen Denkmale jener Zeit – einer Zeit, in der es keine Schlösser und Bälle und livrierten Kutscher und keine Mädchen gab, die mit Eseln verheiratet werden, weil es Staatsräten und Oheimen so gefällt – in der es vielleicht nicht einmal Menschen gab – denn nur Menschen sind dafür bekannt, sich solcherlei Unsinn auszudenken.

S. galt dem »blauen« Sandstein der Gegend; er hielt die »vorprimäre« (proterozoische) Formation für einen auskristallisierten Rest des »Urozeans«, von dessen Existenz die Genesis in verhüllter Form berichte. Das als »Süntflut« bezeichnete Ereignis sei jedoch von jüdischen und christlichen Autoren falsch interpretiert worden. In Wahrheit habe es sich um den Aufstieg uralter, rätselhafter Organismen gehandelt, die beabsichtigten, die jüngere Schöpfung zu vernichten. In seiner 1817 erschienenen *Antediluvianischen Fauna* (das letzte Exemplar dieses Werkes wurde beim Brand der Anna-Amalia-Bibliothek in Weimar im September 2004 ein Raub der Flammen) ging er auf zeitgenössische Fossilienfunde ein, »welche Anlaß geben, die dürftige Basis unserer bisherigen Schöpfungsbegriffe zu erschüttern«. Möglicherweise gehörten auch Luises Funde (bzw. die Zeichnungen, die sie davon anfertigte) vom Sommer 1814 zu dem ihm vorliegenden Material. Mit seiner bizarren These einer finsteren »Sonderwelt«, die sich dem allgemeinen Entwicklungsgesetz aller Organismen zum Höheren widersetze und die göttliche Ordnung eines Tages zerstören werde, erntete er unter Fachkollegen jedoch nur Hohn und Spott. 1817 brach er trotz drückender Geldsorgen zu einem Forschungsaufenthalt in die zur damaligen Zeit noch völlig unwegsamen Berge des Vogelsteinmassivs auf, dessen Kern er ebenfalls auf einen »vorprimären« Ursprung datierte. Dort wandte sich sein Interesse auch sprach- und volkskundlichen Gegenständen zu. Er lernte einen einheimischen spätrömischen Dialekt und befragte Bauern, die sich während der Glaubenskämpfe vergangener Jahrhunderte in abgelegene Täler zurückgezogen hatten und dort ein kümmerliches Leben fristeten. In einem erhaltenen Brief

Ach, in Wahrheit ist ja selbst der große Ibis nur ein armseliges Gerippe, auf ewig in den kalten Stein gebannt. Nie wieder wird dieser herrliche Vogel den Kopf heben und die Schwingen ausbreiten, nie wird er die Kraft haben, sich über die erbärmlichen Zustände zu erheben, die ihn an unseren Boden fesseln.

Ich habe von den neuen Funden schon Zeichnungen gemacht und will sie Srotzniowsky schicken, um zu hören, was er davon hält.

8. *Mai* – Wie lange haben wir Seckel bitten müssen, uns wieder einmal etwas von seinen Malereien zu zeigen. Nun kam er zum Frühstück und legte uns einige kleine Blätter vor, die er in letzter Zeit vollendete. Auf einem sieht man das Wäldchen finster und unheilvoll im Abendlicht, mit zwei einsamen Spaziergängern im Vordergrund. Ich wurde traurig, als ich das Bild betrachtete, und jenes schreckliche Erlebnis stieg wieder in mir auf, von dem ich keinem Menschen erzählen kann. Auch einige Ries-Ansichten, die Inselchen bei Happach und das Ufer mit der verfallenen Kapelle von Steinsdorf, zog der vortreffliche Mann nach und nach aus seiner Mappe, stimmungsvolle Blätter, in denen

ist von vorchristlichen radförmigen Ritzzeichnungen an Brücken und Brunnenwänden die Rede, »welche jene Leute mit frommer Ehrfurcht betrachten wie wir unsere Kreuze und Madonnen«. Später schrieb er von »beispiellosen Funden aus den ungeheuer weit entfernt liegenden Perioden der Bildung unseres Planeten«; offenbar trug er sich mit dem Gedanken, einen Aufsatz zu schreiben, in dem »von der Erhabenheit der frühesten Lebensformen« die Rede sein sollte, »welche uns zum ängstlichen Gefühl unserer Ohnmacht in der Natur affizieren«. Seine Gesteinsproben wollte er der 1807 gegründeten Geologischen Gesellschaft in London vorlegen, doch bevor es dazu kam, wurde das Haus, in dem er Funde und Aufzeichnungen verwahrte, bei einem Erdrutsch zerstört. S. gilt seitdem als verschollen.

uns die Dinge stets wie mit verschleierten Augen anblikken, sowie Studien von Bäumen und Fischerbooten. Das Ruinenblatt gefiel mir am besten; ich will den Oheim bitten, daß er ihm das kleine Bild abkauft. Es erinnerte mich an die Unvollkommenheit und kurze Dauer allen Menschenwerks. Die grauen Mauern, festgefügt von kundiger Hand, von der Sonne verfärbt, vom Wind erschüttert, vom Regen unterhöhlt, werden nach und nach von jener ewigen Macht zurückerobert, über die sie sich einst so stolz erhoben. Das alte Taufbecken, die Vögel in den Fenstern, das geheimnisvolle Licht – ich konnte mich nicht sattsehen an dem herrlichen Werk.

Zum Malen kommt Seckel übrigens nur selten. Bausewein hat ihn beauftragt, eine Villa für ihn zu bauen. Über die Ausführung scheinen sie sich aber noch nicht geeinigt zu haben. Seckel plant einen offenen, auf dorischen Säulen ruhenden Mittelbau – hier solle man, sagte er uns, die umgebende Natur ohne beengende Schranken genießen, »gleichsam die ganze Welt zu sich einladen«, wovon Bausewein nichts wissen will; die Welt ist ihm jetzt auf sein kleines Deutschland zusammengeschnurrt, und die Natur gilt ihm nur dann als genießbar, wenn er sie als seine Sklavin betrachten kann. Überdies sind ihm die Quader unseres Sandsteins, die nach Seckels Entwurf die Fassade des zurückgesetzten Wohnhauses zieren sollen, zu teuer.

10. Mai – Ludwig ist im Stall, die Gundel schnarcht, das Fräulein frömmelt, und draußen scheint die Sonne, ohne daß jemand es bemerkt. Die Schlacht ist in aller Munde; in wie vielen Hütten, in denen die Ernährer fehlen, sitzt man jetzt wohl still und bang um den Tisch herum. Ich aber freue mich ganz *unfructueusement* und wie närrisch über den Pirol, der endlich zurückgekehrt ist.

11. Mai – Frühling! Ludwig reitet mit zwanzig übermütigen Reserveleutnants über die Äcker, und in Philippseich beschweren sich die Bauern über die zertrampelte Saat. Am Orinocco krächzen Papageien, auf dem Mont Blanc liegt Schnee, in Berlin formiert sich die Landwehr, in Paris trägt man Puffärmel, in Amerika feuern englische Kriegsschiffe, in Lützen zählt man die Toten, und bei uns blühen die Maiglöckchen, daß man einen Rausch davon kriegt. Ich kann nicht sagen, wie das alles zusammenpaßt, und wenn ich darüber nachsinnen will, fange ich keine Gedanken, sondern Pappelsamen. Gibt es denn nicht eigentlich nur *eine* Welt und *eine* Natur?

12. Mai – Eilkuriere, Depeschen. Es sind heimlich Gäste angekommen, im Jagdkabinett wird verhandelt. Hin und wieder öffnet sich eine Tür, schwitzende Köpfe sehen heraus und blicken sich verstohlen um, verworrener Lärm dringt aus dem Zimmer, und die Lakaien eilen mit Erfrischungen herbei. Die Gerüchte mehren sich, daß der Oheim nun bald mit den Preußen im Bunde sein wird, aber wir wissen nichts Bestimmtes.

13. Mai – Friedrich Ferdinand ist ins Manöver gezogen. Wo man hinhört, ist von einer kommenden Schlacht die Rede, die alles Bisherige in den Schatten stellen werde.

15. Mai – Gestern abend stellte mir der Oheim den Marquis* vor. Gestern abend! Und heute atme ich eine andere

* Marquês João Balthazar de Zuccharinho, geboren 1786 in Porto, gestorben 1817 in Genua. Aus einer durch den Überseehandel reich gewordenen, schon früh geadelten großbürgerlichen Familie stammend, kam Z. dank der guten Beziehungen seines Vaters als portugiesischer Gesandter nach England, wo er sich bald zum überzeugten Liberalen und Kritiker des feu-

Luft, lebe in einem anderen Körper. *O Erd', o Sonne, o Glück, o Lust!* Noch nie habe ich – – – nein, ich will nicht weiterschreiben. Wie albern ist es doch, hier zu sitzen und Wörter aneinanderzureihen. Vor meinem Fenster scheint der volle Mond am klaren Nachthimmel. Ob *er* ihn auch sieht? Ob *er* auch zuweilen das Gefühl hat, als wäre diese große, finstere, rauschende Welt nicht draußen, sondern *in einem selbst*, und als gäbe es recht viel Interessantes darin zu entdecken, wenn man sich nur nicht vor jedem Schatten fürchtete, der sich in der Nähe regt. Und doch, was für eine Freude ist in mir, Gesang und Helligkeit.

16. Mai – Der Oheim schloß sich mit dem Marquis im grünen Salon ein, um zu politisieren, ich näherte mich alle

dalen Landwirtschaftssytems in seiner Heimat wandelte. Nach der Besetzung Portugals durch französische Truppen arbeitete er am Hof Alexanders I. in Moskau und später in Breslau und Berlin unermüdlich für die Erweiterung und Festigung der antinapoleonischen Allianz. In Geheimverhandlungen auf Schloß Haag bereitete er das Ausscheren des Fürsten Othmar aus dem Rheinbund vor. Während des Frühjahrsfeldzugs beobachtete er im Gefolge des preußischen Königs die Schlacht bei Großgörschen. Dieses ihn tief erschütternde Erlebnis bewog ihn wahrscheinlich dazu, Preußen früher als geplant den Rücken zu kehren und sich zurückzubegeben in seine Heimat, wo er sich um die Instandsetzung des Familiensitzes am Rio Douro kümmern wollte. Auf dem Weg in das inzwischen englisch besetzte Portugal geriet er im Herbst 1813 in die Hände von Seeräubern. Im August 1814 gegen hohes Lösegeld freigelassen, schrieb er mehrmals an Prinzessin Luise, die jedoch die Annahme seiner Briefe (abgedruckt in: W. Ott, *Der sanfte Sieger. Das kurze und abenteuerliche Leben des Grafen Zuccharinho*, Reinbek 1965) verweigerte. Die lange Gefangenschaft auf hoher See hatte den einst blühenden jungen Mann zerrüttet; an Arbeit und Reisen war nicht mehr zu denken. Nach der Zurückweisung durch die Geliebte sprang Z. vom Turm der *Lanterna* im Hafen von Genua in den Tod.

zehn Minuten auf Zehenspitzen der Tür, aber umsonst, sie kamen nicht heraus. So mußte ich mich damit begnügen, dem undeutlichen Klang seiner schönen Stimme zu lauschen. Abends gab es zu seinen Ehren einen kleinen Ball. Wir tanzten Polonaise ohne Ende und Aufhören, dann einen Schottischen und wieder eine Polonaise, lachten und schwitzten, wir waren wie die Kinder und sprangen wie die Zicklein, und dann – ich weiß nicht, wie – fand ich mich plötzlich mit ihm im Freien, wir wandelten an unserem Bächlein entlang zur Ries und redeten und redeten, und die Stunden flossen dahin, ohne daß wir's merkten, und erst als der Morgen graute und alle Vögel zu jubilieren begannen, erinnerten wir uns wieder an die Zeit. Er sprach von der Schönheit seines Landes und von der Feigheit seines Königs, der beim Einmarsch der Franzosen nach Übersee geflohen ist. Ich zeigte ihm den Seckelschen Pavillon; er bewunderte besonders den Fries mit den blütenstreuenden Jungfrauen in ländlicher Tracht und gedachte seines Aufenthalts in London, wo er den Tempelfries der Athena Parthenos sah. Wir Heutigen müßten Denkmäler schaffen, sagte er, die nicht Götter und nicht Könige, sondern das Dasein aller tätigen Menschen verherrlichen, nicht nur der Bürger, sondern auch der Bauern und Knechte, denn alle seien frei geboren und zum freien Dasein bestimmt. Traurig sprach er von den Handelsschiffen voller Negersklaven, die er als Knabe in Begleitung seines Vaters, eines vermögenden Kaufmanns, in einem afrikanischen Hafen erblickte, vom grausigen Gerassel der Ketten, dem Geschrei und Gestöhn der Verschmachtenden, der Roheit der Offiziere und Matrosen. »Was ist der Reichtum meines Landes wert«, rief er aus, »wenn er sich der Unterjochung und Versklavung dieser Rechtlosen verdankt?« Nein, alle Menschen müßten Bürgerrechte haben, und bis diese Rechte nicht allen gewährt und die wahre Gleichheit und

Brüderlichkeit verwirklicht seien, fände keine Nation ihr Glück. Aus vollem Herzen stimmte ich ihm zu und sprach nun von meinen eigenen Gedanken, die sich über Jahre hin tief in mir gesammelt hatten und mir nie zuvor über die Lippen gekommen waren, und er hörte mir zu, und als er meinen Arm nahm und nach meiner Hand faßte, wußte ich, daß das Los der Nationen mir ganz gleichgültig geworden war, da ich mein Glück gefunden habe.

17. *Mai* – Beim Essen bekam ich keinen Bissen herunter, und daß es ihm so ähnlich erging, war leicht zu erkennen. Aber wir taten unser Bestes, uns nichts anmerken zu lassen, und ich glaube, selbst Fanny und Suzanne ahnen nichts. Später, im Salon, sang ich eine Romanze, *Le rossignol*, die ihm sehr gefiel. Als ich zu der Zeile kam »*... qu'ils arrêtent leurs cris lamentables*« – die Stelle, wo die Nachtigall die anderen Vögel dazu ermuntert, sich nicht mit bloßem Schreien und Pfeifen zu bescheiden und zur Verbesserung und Verschönerung der Welt über sich hinauszuwachsen –, glänzten seine braunen Augen, und ich verstand seine geheimsten Gedanken, weil sie auch die meinen sind.

18. *Mai* – Andere Liebende mögen sich süße und schmeichelhafte Dinge erzählen, wenn sie heimlich zusammen sind. Ich erfuhr Entsetzliches, Schauerliches aus *seinem* holden Mund. Denn er hat mir berichtet, was er sah und hörte, als er vor nur zwei Wochen auf einem Hügel bei Weißenfels mitansah, wie in einer Reihe aufgestellte französische Geschütze drei Dörfer und Tausende, die darin um ihr Leben kämpften, vernichteten. Ich habe seine zitternde Hand in der meinen gehalten, als er von dem höllischen Gebrüll berichtete, das von fern an seine Ohren drang, vom Donnern und Dröhnen der Kanonen, das die Erde erbeben ließ, und von den schaurigen Flammen der brennenden Gehöfte,

die die ganze Nacht am Himmel zu sehen waren, und ich habe seine Hand nicht losgelassen, bis er endete. In jener Nacht, sagte er, habe er nichts mehr gewußt von den Künsten und Kalkülen der Feldherren; die Namen Macdonald, Marmont, Ney, Blücher oder Yorck, die man genannt und deren ameisenhafte Stellungen man ihm durch das Glas gezeigt habe, seien mit einemmal wie ausgelöscht gewesen, und er habe auch Napoleon nicht mehr hassen können. Die wahnwitzige Maschinerie jenes Gemetzels habe ihren Zweck in sich selbst gehabt und sei über jedes menschliche Gefühl hinausgegangen. Der Mensch müsse sich in seinem Trieb zu töten und zu zerstören doch einmal erschöpfen, nicht aber die Feuerschlünde, die sein teuflischer Geist ersonnen habe zur zweckmäßigen Erledigung des Mordhandwerks, deren Kraft und Eifer kenne keine Mäßigung.

Als die Vögel erwachten, mußten wir uns trennen. Bis jetzt, da der Himmel sich gegen Haag hin rötet, saß ich am Fenster.

»Blut – Blut«, sagte er, »Blut, aus dem die Nationen entspringen.«

Ich höre das Rauschen der alten Linde und fühle den Morgenwind im Gesicht. Ich bin nicht müde. Ich lebe in einer anderen Zeit – oder in *keiner* Zeit.

19. *Mai* – Wenn man glücklich gewesen ist, wird man auch das Unglück ertragen können. Die Nacht ist tief und still – so still – und doch höre ich es flüstern und atmen – Gräser und Blumen, Wolken, Steine, Bäche, Bäume, Vögel – all diese Wesen *leben* ja, und ich mit ihnen – in Wahrheit gibt es keine Trennung – das Ende ist – – – nein, es kann kein Ende geben!

20. *Mai* – Unter unserer Linde haben wir Abschied genommen. Ich sehe sie von meinem Fenster aus; welchen

Trost wird mir ihr Anblick von nun an gewähren. Eine lange Reise steht ihm bevor, zuerst nach Berlin, Breslau und St. Petersburg und dann nach Spanien, wo jetzt Wellington mit seinen Truppen steht und die Feinde jeden Tag ein Stück weiter in den Norden zurückschlägt. Wann werde ich den ersten Brief in Händen halten? Ich warte jeden Tag darauf, jede Stunde. Und wann werde ich sein starkes, pochendes Herz wieder unter meinen Händen spüren?

Welche Langeweile wird in meinem Leben herrschen, bis wir wieder vereint sind!

Nichts und niemand kann mir rauben, was er mir gab.

Ludwig – fiebernd, hustend, bleich – sitzt auf meinem Sofa und plappert von Kanonen und Uniformen.

1. Juni – Überall sammeln sich die Truppen. Es heißt, daß Moreau sich mit dem Zaren verbündet hat und der Allianz zu Hilfe kommt, so wird es wohl bald eine Entscheidung geben. Der Oheim exerziert mit seinen Soldaten. Er verspricht ihnen, daß sie demnächst Lorbeeren pflücken werden – man hört den Lärm der Pferde und Wagen und ihre Hurrarufe bis hierher in meine stille Klause. Mein dummer Bruder hat den ganzen Tag geheult, weil Othmar ihn nicht mitnehmen will. Vor aller Augen hat er sich ihm in seinem Krankenanzug vor die Füße geworfen und ihn angefleht, mitziehen zu dürfen in die Schlacht. Ich konnte nicht verhehlen, daß ich unserem durchlauchtigsten Ziehvater dankbar bin für diesen weisen Entschluß, da ist er davongestürzt und wollte mich den ganzen Tag nicht sehen. Nachher hustete er wieder, und wir mußten den Wulffen* kommen

* Reinhold Theodor Wulffen, geboren 1755 in Göttingen, gestorben 1834 in Berlin, war Leibarzt des Fürsten Othmar, dessen gelegentlich auftretende Gichtanfälle er mit Aderlässen und kalten Umschlägen behandelte. Bei allen anderen Krankheiten der fürstlichen Familie verschrieb er Aderlässe, Blutegel und Ries-

lassen, der ihm mit einer stinkenden Salbe die Brust einrieb. Es half nichts. Außer Suppe wollte er nichts essen.

3. *Juni* – Die neuen Geognosten nehmen an, daß die Gestalt der Tiere, die heute mit uns auf der Erde leben, Ergebnis eines langen Prozesses des Werdens sei. Petrefakten sind nicht nur Spielereien der Natur. Wir können den Sinn ihrer rätselhaften Bildungen erkennen und lernen durch sie jene versunkene Urwelt kennen, aus der sich alles, was jetzt ist, Schritt für Schritt entwickelt hat. Ich wünschte, ich könnte auch Fanny und Suzanne dazu bewegen, diesen Dingen Aufmerksamkeit zu schenken. Da die Arbeit am Kanal nicht weitergeht, hätten wir jetzt die beste Gelegenheit, den Aushub an der Böschung auf Petrefakten, zu untersuchen.

schlammkuren; zur Bekämpfung von Fieber kam eine Salbe zum Einsatz, die aus den Bestandteilen Quittenmus, Zichorienwurzel, Knoblauch und Gänsefett bestand, bei erwachsenen Patienten auch sein berüchtigter selbst angesetzter »Äskulaplikör«. Die Krankheit des Prinzen Ludwig (wahrscheinlich handelte es sich um Asthma), die sich seit 1812 verschlimmerte, erklärte er – ebenso wie die spätere Schwermut Luises – mit einem Übermaß von »Mondfeuchte« im Organismus; nachdem Aderlässe usw. keine Wirkung zeitigten, versuchte er durch Bestreichen des Brustkorbs mit Magneten Heilkraft aus der Sonne herabzuleiten. 1813 nahm er im Gefolge Fürst Othmars an der Schlacht von Leizpzig teil und diente in einem Feldlazarett, wo ihm laut einem Brief vom 14.11.1813 an seine Mutter »die blutigen und zerrissenen Körper wie schadhafte Gliederpuppen zur Reparatur« gebracht wurden und er »Arme und Beine zersägte wie Erlenholz«. In den darauffolgenden Jahren galt W.s Interesse den modernen Verfahren von Diagnose und Therapie; so gehörte er zu den ersten Befürwortern von Leichenöffnungen zur zweifelsfreien Klärung von Todesursachen. Im Christophorus-Spital (gegründet 1809 von Otto Bausewein) vervollkommnete er seine anatomischen Kenntnisse und baute 1825–29 eine Pathologische Lehrsammlung auf, die heute zum Klinikum Esterhammer gehört.

Aber sie sind vollauf damit beschäftigt, sich zusammen mit den behelmten, besternten, betressten Kavalieren, die jeden Abend bei uns sind, die Zermalmung der Franzosen auszumalen, und gähnen hinter vorgehaltener Hand, wenn ich ihnen von meinen Erkundungen erzähle. Auch Ludwig will nichts davon wissen. Er hat sich eine Uniform machen lassen, in der er vor dem Spiegel paradiert, legt den Säbel gar nicht mehr ab und spricht nur noch von unserem künftigen Glanz und Ruhm. So bin ich allein hinausgegangen und habe ein wenig mit Hämmerchen und Meißel gearbeitet.

In Bauseweins *Echo* ist vom Willen der Nation zu lesen und von großen Aufopferungen, die jetzt zu machen seien. Alle jungen Männer des gebildeten Standes müßten zu den Waffen greifen, und ohne sich mit Schimpf zu bedecken, könne keiner zurückbleiben.

Zwei Briefe des Marquis aus Berlin.

4. *Juni* – Ludwig klagt über beengten Atem. Das Ersteigen nur weniger Stufen ist ihm eine Last, er hat keinen Appetit und fällt ganz vom Fleisch. Wenn es nur nicht die Schwindsucht ist! Wulffen hat Aderlässe verordnet.

Ich werde den Marquis auf all seinen Reisen begleiten und mich weder über Hitze noch Kälte noch fehlende Sprungfedern jemals beklagen. Was werden wir nicht alles sehen! Tempel und Kathedralen, Schneeberge, Weinberge und Lusthäuser, Orangenhaine und Ruinen, und dann das Meer! Die Einsamkeit zeugt Einbildungen – und die Langeweile sorgt dafür, daß sie Bestand haben. Ich kann nicht aufhören, mich von ihnen forttragen zu lassen in die schöne Weite, um mich der schnöden Dinge der Nähe zu erwehren. So verbringe ich Stunden in einem Zustand nutzlosen, elegischen Dahindämmerns; Fanny und Suzanne beklagen sich schon, denn sie wissen allein nichts mit sich anzufangen.

8. *Juni* – Zwei Tage Regen. Bei Tisch ist entweder von militärischen Dingen die Rede, oder der Oheim, der uns gestern wieder einmal Gesellschaft leistete, monologisiert über sein Lieblingsprojekt. Wenn der Kanal erst fertig sei, sagte er, werde man nächtens kein Eulengeheul und Froschgequake mehr zu ertragen haben. Dort, wo sonst die Kröten kriechen und die Störche waten, werde fester Boden sein, fruchtbare Felder dehnten sich bis nach Esterhammer und noch weiter aus, auf dem Kanal würden ganz bequem die Waren befördert; den kleinen Bächen wäre das Wasser entzogen, und auf dem getrockneten Gelände könnten Straßen gebaut werden, die die Stadt zuverlässig mit dem Hinterlande verbänden. Die Tischgenossen widersprachen nicht, schienen ihm allerdings doch nicht recht glauben zu können. Wir sind wohl zu sehr an das Bild gewöhnt, das unser kleiner, gewundener Fluß mit seinen lieblich murmelnden Zu- und Abläufen, seinen Kiesbänken und sumpfigen Inseln, dem schimmernden Spiel seiner Wellen und Strudel unserem Auge bietet; denn obgleich das launische und trügerische Element für den ständigen Wechsel dieses Bildes sorgt, gibt es uns doch das Gefühl, in diesem schönen Land für immer daheim zu sein. Den Bauern scheint es nicht anders zu gehen. Nur mit härtestem Zwang sind sie bisher zur Kanalarbeit zu bewegen gewesen. Seckel sagte, wenn man unsere Dörfler von der Ries reden höre, fühle man sich wie unter Heiden. Sie sähen nicht bloß Wasser, das in einem Bette strömt und bei Trockenheit niedrig ist, bei Regen oder wenn die Zuläufe Schmelzwasser führen, anschwillt, sondern ein übermenschliches Wesen mit Wünschen und Launen und der unangenehmen Neigung zu Tobsucht und Rache. Die Kirchen seien voll, aber zu wem die Leute beteten, wisse man doch nie genau. In der zur Zeit vakanten Pfarrei St. Crispus (der vaterländisch entflammte Diener Gottes ist mit militärischen Aufgaben be-

faßt) habe man gegen Pfaffen und Obrigkeit faseln hören; auch sei von einem Wasserdämon die Rede gewesen, der durch mangelnde Ehrfurcht beleidigt worden sei. Ein aus Höllentiefen emporsteigendes Strafgericht stehe bevor. In den Dörfern habe man ebenfalls von solchen Dingen gehört.

Dann kamen sie auf die schlechte Tauglichkeit der Bauern zum Schießen und Exerzieren zu sprechen und äußerten Unzufriedenheit, weil sich zum Kriegsdienst fast nur Studenten, Doktoren, Buchhändler etc. meldeten und die Bauern sich lieber um ihre Heuernte kümmerten statt um das Erringen deutscher Freiheit. In Preußen hätten die Bauern ihre letzten Pferde geopfert, und bei uns? Für das Huntarifest sparten sie nicht an Aufwand und Schmuck, aber das neue Reich sei ihnen keine Mühe wert. Dummheit und Aberglauben hielten sie davon ab, sich den Idealen zuzuwenden, die die neue Zeit erglänzen ließen und uns mit ihr.

Ich schwieg und sann. Der gestochene Flußgott der Römer stand mir vor Augen, der in unserem alten Lateinbuch zu sehen war. Ludwig hatte als Knabe solche Angst vor dem Bildnis gehabt, daß er die Seite am Ende kurzerhand herausriß. Es war ein riesiger Kopf mit struppigem Bart und triefendem, wirr gelocktem Haar; ich habe allerdings keine Achtung vor ihm empfinden können, dazu fiel er in seiner ungeschlachten Natur gar zu sehr von den edlen Göttern des Altertums ab.

12. Juni – Am Fronleichnamstag bin ich mit Ludwig in das Türmerstübchen hinaufgeklettert. Die Schwalben schwirrten um unsere Köpfe, und wir hörten die tiefen, weithallenden Klänge der Glocken von St. Crispus, die uns in eine ganz feierliche Stimmung versetzten. Wie der Herzschlag unserer Stadt kamen sie mir vor. Dazu das hellere Geläut von den Dorfkirchen ringsum, indessen sich die Prozession von Haag zum Wäldchen hin auf den Weg machte. Im Wasser des Stillen Loches schwimmen noch die bunten Kränze, die man beim Huntarifest hineinwarf.

13. *Juni* – Seltsamer Traum. Ich stehe wieder am Ufer des Stillen Loches und sehe in das Wasser wie in einen Spiegel. Mein Gesicht ist mir fremd, und mit dem größten Entsetzen bemerke ich, daß ich einen Kranz aus Schilfblättern im Haar trage.

14. *Juni* – Wenn sich die verschiedenen Räume, in denen Menschen leben, zu einer einzigen Welt zusammenfügen, die man von diesen Räumen als von unterschiedlichen Standpunkten aus zu betrachten sich angewöhnen kann, warum nicht in gleicher Weise die Zeit, die in nicht weniger eigentümlichen und dem unaufmerksamen Auge meist verborgenen Gemächern abrollt? Die Anschauung steht der Idee einer allumfassenden, alles regierenden Zeit entgegen. Heute starb das kleine Kind, das die Köchin vor nur drei Monaten geboren hatte. Was ist der Tod? Kann Totes weiterleben? Gäbe es nur *eine* Zeit, was könnte jenseits der engen Grenzen unserer Erfahrung noch existieren? Vielleicht sollte man sagen, daß es neben der Zeit, die uns vertraut vorkommt, weil wir sie messen können, andere Zeiten gibt, für die wir nur noch nicht die richtigen Wahrnehmungsinstrumente haben. Wir spüren ja, wie diese anderen Zeiten auf uns einwirken, ahnen Zusammenhänge, die wir mit unserem Gebrauchsverstand nicht begreifen können und für die unser Wortschatz nicht ausreicht.

Das Fräulein sagt, die Köchin habe das tote Mädchen die ganze Nacht in den Armen gehalten und die Dorfweiber vertrieben, die kamen, um die üblichen Verrichtungen zu machen, sie sei ganz außer sich gewesen. Ludwig hat sich einen Spaß daraus gemacht, sie heute morgen immer wieder in den Remisenhof zu rufen, wo man, um die Pferde an den Schlachtenlärm zu gewöhnen, stundenlang mit Pistolen schoß. Er fragte sie lauter unsinnige Dinge und ließ sie hin und her laufen, und sie gehorchte, aber ohne innere Teilnahme, was ihn um so zorniger machte (die armen Pferde hatten am meisten darunter zu leiden). Ich stellte sie mir vor mit dem kleinen Leichnam in den Armen, den sie nicht hergeben wollte. Man mußte ihn ihr gewaltsam entreißen.

15. Juni – Srotzniowsky schreibt von dem schwindelerregenden Alter unseres Planeten und daß die biblische Flut auf einen wirklichen Zustand der Erde hinweise, der freilich länger zurückliege, als man sich bisher träumen ließ, womöglich Millionen Jahre vor unserer Zeit. Damals sei, absichtslos und aus sich selbst heraus, alles Leben entstanden. (Erst unsere Geistlichen hätten Sünde und Buße in die Welt gebracht, weil sie die Idee einer Welt, die nicht von Göttern, sondern allein von den ihr innewohnenden Kräften geformt wird, nicht ertrügen.) Jede Gesteinsschicht könne durch ihre ganz eigenen fossilen Arten charakterisiert werden, und an der vertikalen Anordnung der Schichten sei der Fortgang der Erdentwicklung abzulesen. Alle Formationen enthielten charakteristische Szenen des Dramas aus unvordenklicher Zeit, und wir könnten darin lesen wie in einem Buch. Die erloschenen Organismen, die wir gefunden haben, gehörten in das gleiche System wie die lebenden – was mir durch unseren Ibis schon recht deutlich geworden ist –, nur seien sie in ihrer Gestalt noch ganz anfänglich und unvollkommen. Wir könnten die vergangenen Schriften der Natur entziffern, wenn wir die gegenwärtigen nur recht zu sehen lernten. (Womöglich will er mich mit der letzten Bemerkung darauf hinweisen, daß meine systematischen Kenntnisse sehr zu wünschen übrig lassen – und er hat recht! –, doch ich mache mir nichts daraus und begnüge mich auch weiterhin mit der Anschauung, denn sie gewährt mir hundertmal mehr Satisfaktion als die ausgeklügelten Gliederungen, die unsere Pflanzen und Tiere neuerdings so kapital zu ordnen verstehen.) Er fordert mich auf, in die tieferen Formationen unserer Gegend vorzustoßen, da er in ihnen weit älteres Material vermutet.

Ich lese seine Episteln begierig, aber jeder Satz wirft Fragen auf. Woher wissen wir, daß alles notwendig vom Niederen zum Höheren, vom Unvollkommenen zum Vollkommenen strebt? Ist es nicht möglich, daß die Zeiten nebeneinander bestehen, sich bekämpfen, durchkreuzen, durchdringen? Daß etwas anfängt und abbricht, um an anderer Stelle wieder zu beginnen, daß das Niedere und Unvollkommene wiederkehrt und sich durchsetzt? Über all das muß ich mit ihm sprechen, wenn er wieder einmal hier ist.

Das versteinerte Blatt, dessen Bildnis ich ihm sandte, ist von einem Walnußgewächs, das heute in unseren Breiten nicht mehr vorkommt; der Armknochen mit dem Flügel stammt von einer tropischen Fledermaus, wiewohl einer ganz urtümlichen Art, wie sie nirgends mehr zu finden ist; der zygodactyle Vogelfuß von einem kuckucksartigen Vogel, der jedoch recht plump und größer als ein Adler gewesen sein muß. Außerdem hat Srotzniowsky verschiedene kleine Mollusken und Crustaceen aus dem Ufergestein des Kanal-Durchstichs, von denen ich Zeichnungen anfertigte, nach der Ordnung zusammengestellt und bestimmt. Als das Fräulein mich ärgerte und ich ihm in zugegeben provozierender Absicht erklärte, daß unser versteinerter Vogelfuß von dem primitiven Urahn des Kukkucks stamme, den wir heute morgen haben rufen hören, antwortete es – in einem gekränkten Piepston, für den sich jeder anständige Vogel schämen würde –, daß der liebe Gott die Welt so geschaffen habe, wie sie sei, eine Entwicklung habe er nicht vorgesehen, erst am Jüngsten Tag könnten die unvollkommenen Geschöpfe durch Seine Gnade zur Vollkommenheit gelangen, und es sei besser, ich bereitete mich darauf vor, statt mich Gedanken zuzuwenden, die von Stolz und Selbstüberhebung zeugten und nicht zur Erlösung, sondern zur ewigen Verdammnis führten, etc. etc. Hier ist der Beweis: Wir sprechen dieselbe Sprache und kennen uns nicht, wir leben nebeneinander her wie in verschiedenen Epochen.

16. Juni – Den Duft der blühenden Linde nehme ich als das erhoffte Zeichen, daß der Marquis bald zurückkehrt. *Er* wird mich erlösen!

18. Juni – Und wenn sich alles zum Höheren entwickelt, warum sehen wir dann soviel Dumpfheit, Mißbehagen und Verfall um uns her? Warum läßt die Natur Kinder entstehen, um sie den Eltern, die sich kaum an ihren Anblick gewöhnten, gleich wieder zu entreißen? Warum verwendet sie soviel Mühe auf die Verbesserung der Arten und tut nichts, um aus Schwachköpfen Menschen werden zu lassen?

19. Juni – Die ersten Kirschen! Ludwig brachte sie vom Markt mit, und ich machte mir die schönsten Ohrgehänge daraus.

Srotzniowsky schickte neue Bücher. Die Entwicklung der Tiere und Pflanzen vollzog sich innerhalb eines korrespondierenden Systems, das an verschiedenen Orten der Erde und über unermeßliche Zeiten hinweg existierte, ständig wuchs und sich ständig erneuerte, indem da und dort neue Triebe wuchsen, während anderswo ganze Äste vernichtet wurden und abstarben. Von einem Punkt aus gesehen, scheint man es mit einem Haufen lebloser Überreste zu tun zu haben, von einem anderen Blickwinkel aus entpuppt sich das Ganze als ein unendlich fruchtbares, üppig wucherndes Dickicht. Alle Wesen sind aus anderen entstanden und existieren nur, um alsbald wieder zu verschwinden und in neuer, verbesserter Form wieder zum Vorschein zu kommen.

20. *Juni* – Der Platz, den mir die Lebenden anweisen, ist mir so zuwider, daß ich nicht aufhören kann mit dem Träumen und Spekulieren. Gestern, als es dämmerte und vor meinem Fenster die Fledermäuse kreuz und quer die warme Luft durchschnitten, war ich plötzlich wieder in jenem sonderbar kraftlosen, halb wachen, halb schlummernden Zustand, den ich von jeher fürchte. Das Bild eines riesigen morastigen Urstroms tauchte vor mir auf. In vielen Schleifen und Schlingen floß er durch endlose, menschenleere Weiten. Er hatte so viele Arme und bewegte sich so träge, daß man ebensogut von einem See sprechen könnte, in dem sich zahllose flache, bewaldete oder von Röhricht überwachsene Inseln erhoben. Kein Windhauch war zu spüren, doch an dem bleifarbenen Himmel zuckte es wie von einem heranziehenden Unwetter. Wie aus weiter Ferne vernahm ich das Säuseln und Zischeln von Gräsern und Schilf, und dazu den tausendstimmigen, in Wellen aufbrandenden und abebbenden Gesang von Fröschen, Insekten, Vögeln und vielen anderen, unbekannten Tieren. Es war ein beseligendes Gefühl, das alles zu hören und zu sehen, denn ich wußte, ich allein bin auserwählt, die unermeßliche Schönheit dieser Szene zu würdigen – aber es lag auch etwas darin, was ein tiefes Grauen in mir erregte. Ich sah mich einer Natur gegenüber, die nach allen mir bekannten Maßstäben fremd und ungeheuerlich war;

ich wußte dunkel, daß mir Gefahr drohte; und doch ließ ich mich von meinen Beinen – die meinem Willen nicht mehr unterworfen waren –, durch niedriges Dickicht tragen, bis ich das blinkende Wasser erreichte, das wie ein riesiger zerbrochener Spiegel in der Ebene lag. Der Boden unter mir schwankte, rings um mich sah ich wassergefüllte Höhlen und Löcher, darüber schwebten große, schillernde Wasserjungfern. Vögelschwärme flogen auf und kreisten, das Licht verfinsternd, in Wolken über mir. Ein Geräusch wie fernes Donnergrollen lag in der Luft. Meine Arme und Beine waren von schwarzen Egeln übersät, in den Falten meiner Kleider wimmelten Insekten, und ich hatte den vagen Gedanken, daß sie mit ihren Zangen und Beißwerkzeugen meine Haut zerreißen und in mich eindringen würden, doch ich war ebensowenig imstande, mich ihrer zu erwehren, wie ich mich umdrehen konnte, um diesen unheimlichen Ort zu fliehen. Das Wasser war glatt und unbewegt. Ich sah hinein – mir schwindelte – ich sah den Himmel mit den kreisenden Vögeln darin – den von einer dichten Wolkenschicht bedeckten, wetterleuchtenden Himmel über mir, der in unendliche Tiefe zu führen schien. Ich stand wie angewurzelt an diesem Fleck und spürte, wie mein Körper, angezogen von dem glänzenden Bild, sich dehnen und hinunterbeugen wollte. Doch plötzlich schien mir etwas aus dem grausen Abgrund entgegenzukommen, das Wasser kräuselte sich, geriet in Bewegung – ein Strudel entstand – und am Grund sah ich ein riesiges, mit grünen Zähnen besetztes Rad, das sich knarrend drehte und die wirbelnde Strömung anschwellen ließ zu einer brodelnden, brausenden Flut. Tödlicher Schrecken erfaßte mich, der einer Ohnmacht nahekam – ich spürte, daß ich stürzte – ein großer Ast tauchte vor mir auf, an dem ich mich krampfhaft festhielt, bis das laute Geräusch nachließ und das Wasser sich wieder schloß.

Dann war ich wieder ganz bei mir. Draußen war es dunkel geworden, die Bäume rauschten laut im Abendwind. Starr wie ein Stock, mit beiden Händen die Stuhllehne umklammernd, saß ich da; mir war so kalt, daß ich mit den Zähnen klapperte, und als ich aufstehen wollte, um meinen Shawl zu holen, tat ich es so unbeholfen, als hätte ich die einfachsten Bewegungen verlernt.

22. *Juni* – Der Apother Bernpanthner, der Tuchhändler Geyer, der Kunstmaler Himbsel, alle wollen sie jetzt, von Bausewein zum nationalen Enthusiasmus angestachelt, mitziehen in die Schlacht und lassen den Oheim hochleben.

Ich kann mich nicht sattsehen an meinen neuen Gästen, ein paar Bläulingen. Aber es ist auch traurig, sie zu betrachten. Was haben sie von diesem Leben verlangt als ein paar Tröpfchen Nektar? Und doch haben wir ihnen das Leben nicht gegönnt. Wir Menschen sind doch die größten Ungeheuer. Denn wir können uns nicht damit begnügen, uns eine Zeitlang an diesen hübschen Wesen sattzusehen, sondern verfolgen sie, nehmen sie gefangen und spießen sie mit solcher Lust auf Nadeln auf, als wären es Franzosen.

23. *Juni* – Wieder einmal ein unerquicklicher Streit mit dem Fräulein. Ich glaube nicht an die angeborene Koketterie der Frauen, und es macht mir nichts aus, die Spuren der Sonne in meinem Gesicht zu sehen, wenn ich aus dem Wäldchen komme, mit der Gundel an meiner Seite, die fröhlich den Karnickeln nachhetzt. Wulffen hat mir versprochen, daß Ludwig bald wiederhergestellt ist. Vielleicht können wir morgen schon zum Stillen Loch reiten. Er ist noch etwas kurzatmig, aber er sagt, er hat Lust zu schwimmen, wie letztes Jahr, als er diese Kunst gerade erst erlernt hatte, und ich will ihm vom sicheren Ufer aus zusehen (denn noch immer fürchte ich mich vor dem Wasser). Heute hatten

seine Augen wieder ihre alte Farbe – das schönste, liebste Himmelblau –, wir saßen im Rosengarten in der Sonne, und er ließ sich willig von mir aus dem Rousseau vorlesen. Dann erbettelte er sich vom Oheim den Reisebericht del Deganos* aus der Bibliothek. Mir tönt die Stimme dieses

* Conte Renato Cölestin Iwanowitsch del Degano, alias Paul Schmid, geboren um 1780 in einem Dorf pfälzischer Siedler an der Wolga, gestorben 1830 nach dreijähriger Kerkerhaft in Paris. Nachdem er zum Soldatendienst gepreßt worden war und an der Kaukasusexpedition Alexanders I. teilgenommen hatte, begann er ein zielloses Wanderleben, das ihn durch halb Europa führte. Zwischen 1804 und 1814 suchte er die Schlösser kleinerer deutscher Landesfürsten auf, die zur Aufrüstung ihrer Heere dringend Geld brauchten. Dank seiner Gabe, eigene Erlebnisse zu märchenhaften Abenteuern aufzubauschen und weitreichende wissenschaftliche und technische Kenntnisse vorzutäuschen, erschlich sich D. das Vertrauen ahnungsloser Regenten und brachte sie dazu, Anteilsscheine an nichtexistierenden Unternehmen zur Ausbeutung von Bodenschätzen im Gebiet mächtiger tscherkessischer Stammesfürsten zu erwerben, als deren Abgesandter er sich ausgab. Auch Fürst Othmar kaufte für teures Geld D.s wertlose Papiere, wofür ihm dieser als Zeichen seiner Dankbarkeit ein Exemplar seiner *Abenteuer eines Unerschrockenen im Lande der Wolken* überließ (das in einer kleinen Auflage von der »Lesegesellschaft Bausewein« gedruckt worden war), um sich alsbald aus dem Staub zu machen. Er ging nach Paris, wo er einen aufwendigen Lebensstil pflegte und sich mit einem Neffen des schwerreichen Baron du Prel anfreundete. Die Hoffnung, Geldgeber für eine eigene Expedition in eine unzugängliche Region des westlichen Kaukasus zu finden, erfüllte sich allerdings nicht. »Il me parlait d'un certain lac profond dont on entend des grondissements mystérieuses et qui monte des fois pour dévorer des êtres humains«, schrieb der junge Antoine-Marie du Prel, kurz nachdem D. als Betrüger angeklagt und verurteilt worden war. Was es mit jenem phantastischen, menschenverschlingenden Gewässer auf sich haben solle, blieb den Zeitgenossen ein Rätsel. Denkbar ist, daß D. einen bis heute namenlos gebliebenen See im unzugänglichen Westteil des Arabika-Massivs erkunden

seltsamen Edelmanns allzu prahlerisch in den Ohren – weswegen ich nicht immer genau hinhöre –, aber mein Bruder schien mit jeder Stromschnelle, die der Held überwindet, jedem von wilden Tieren strotzenden Dickicht, aus dem er sich rettet, jedem menschenfressenden Monstrum, das seine schreckgeweiteten Augen in den Wässern und Schlünden der Erde erspähen, neue Kraft zu gewinnen – was allerdings nicht beweist, daß Degano von Dingen spricht, die wirklich geschehen sind, sondern nur, daß Kraft auch aus bloß gedachten Quellen zu schöpfen ist.

Brief des Marquis aus Charlottenburg. Wenn ich daran denke, mit wie vielen Fürstinnen und Prinzessinnen er inzwischen getanzt hat und wie sie alle seine schwarzen Augen bewundern, seine Stimme, sein Rabenhaar! Nein, ich darf nicht daran denken.

29. *Juni* – Die Soldaten ziehen ab. Fahnen und Trommeln, blauer Himmel, Sonnenschein.

30. *Juni* – Brief des Marquis aus Breslau. Er fürchtet die kommenden Kriegshandlungen und will so schnell als möglich die mittelmeerische Küste erreichen.

8. *Juli* – Im Kanalaushub vor Dillisberg finden wir jeden Tag neue Petrefakten.

wollte, den er als junger Soldat kennengelernt hatte. Offenbar hatten ihm lokale Legenden eines blutdurstigen Wasserdämons starken Eindruck gemacht. (In späterer Zeit scheiterten Expeditionen dorthin immer wieder an unüberwindlichen logistischen und technischen Schwierigkeiten. Die jüngste geplante Kampagne eines amerikanisch-georgischen Geologenteams der Universität Tiflis zur Erforschung einer vermuteten präkambrischen Fossillagerstätte mußte nach starker Wirbelbildung infolge von Gesteinsverschiebungen und Erosion am Grund jenes uralten Gewässers im Spätherbst 2013 abgebrochen werden.)

9. *Juli* – Was wir von der Fauna der Vergangenheit empfangen, sind die versteinerten Überreste ihrer harten Teile, Knochen, Schalen, Stacheln, Klauen, Zähne, also die Werkzeuge des Kämpfens und Tötens; alles Unbewehrte, Weiche ist vernichtet. Die zahllosen Wesen, die einst unter unserem Himmel lebten, haben gegeneinander Krieg geführt; was wir betrachten, sind die Zeugnisse eines über Jahrtausende und Jahrmillionen fortdauernden Massakers.

1. *August* – Der Postillon brachte einen Brief des Marquis aus Salzburg. In meiner Freude gab ich ihm als Lohn einen ganzen Taler und freute mich auch seiner Freude noch. Ich nahm den Brief mit hinaus und las ihn wohl hundertmal im Schatten der Linde. Als ich aufsehe, steht plötzlich ein Bauernknabe vor mir, sonnenverbrannt, mit starken, geschmeidigen Gliedern, einem dichten Schopf struppigen braunen Haars und zerlumptem Kittel, und starrt mich an. Der Gundel unter meinem Stuhl sträubt sich das Fell. Noch nie habe ich sie so wütend gesehen; sie zittert und scheint aufs äußerste erregt zu sein, und ich muß meine ganze Kraft aufbieten, sie zurückzuhalten. Unter ihrem unaufhörlichen Gekläff spreche ich den Knaben an – er lächelt auf eine seltsam dreiste, geringschätzige Art, ohne die Zähne zu zeigen, und bedeutet mir mit einer raschen Geste, daß er stumm sei. Dann ruft das Fräulein nach mir, und blitzschnell ist er verschwunden.

2. *August* – Ich weiß nicht, warum ich so traurig bin. Vielleicht ist nur der Wetterumschlag daran schuld.

3. *August* – Tränen, Regen.

5. *August* – Fanny und Suzanne sind Gänse, geistlos, seelenlos und häßlich, wenn sie sich über Leute das Maul zer-

reißen, die sie nicht leiden können. Und warum können sie sie nicht leiden? Weil sie keine silbernen Kuchengabeln haben oder ihre Hüte nicht mit blauem Taftband verzieren, wie sie selbst. Und Ludwig? Die gekränkte Eitelkeit stiftet ihn zu den häßlichsten Handlungen an. Man hat ihm nicht erlaubt, Soldat zu sein, und nun rächt er sich dafür an allen, die sich nicht wehren können. Gestern hat er ohne jeden Grund seinen alten Reitknecht mit der Peitsche traktiert.

Es regnet noch immer. Ich bin allein und ohne Licht in meiner Klause und freue mich an Dingen, denen sonst niemand irgendeinen Wert beimißt.

8. *August* – In Eichthal hat die Ries die Wiesen überschwemmt. Im ganzen Umkreis haben die Bauern Angst um ihre Hütten. Die Faschinen im Happacher Kanalbett haben sich gelockert und sind vom Wasser fortgerissen worden.

9. *August* – Wieder Regen. Ich habe den Kamin anzünden lassen. Die letzten Rosen im Garten verfaulen. Aber was ist mit den Kartoffeln, den Äpfeln, dem Getreide? Fanny sagt, das Wort »Ries« komme von »reißen«. Wir sind in ganz sonderbarer, mißgelaunter Stimmung. Das Fräulein macht Goldtroddeln aus Seidenfäden. Fanny legt Patiencen. Suzanne hat einen vereiterten Backenzahn. Ludwig schießt Enten und ist unleidig.

12. *August* – Der mäandernde braune Urstrom, der morastige Boden, das Donnergrollen und Wetterleuchten, von dem ich träumte, sind Wirklichkeit geworden, während das, was uns im höchsten Maße wirklich erschien – unsere grünen Flure, unsere lieblichen Auen, unser Wäldchen und der leise murmelnde Bach –, entschwunden ist wie ein paradiesischer Traum.

Seit vielen Jahren hat man kein Hochwasser dieses Ausmaßes mehr gesehen. Ist es wahrhaftig erst eine Woche her, daß wir im grünen Salon zusammensaßen, über die Depesche des Oheims gebeugt, in der von Stolz und Opfermut und den Fortschritten der Alliance die Rede ist, und uns schämten, daß wir nichts tun können für unser Land? Seit gestern können wir endlich etwas tun. Aus allen Fenstern erblickt man Wasser. Es regnet nun nicht mehr, aber die Flut scheint immer noch zu steigen. Einen abgegrenzten Wasserlauf namens »Ries« gibt es nicht mehr. Zwischen Dillisberg und Haag erstreckt sich ein riesiger See mit mehreren Ausläufern bis nach Steinsdorf und Esterhammer. Von der Pfeufermühle ist nur noch die Dachkante zu sehen. Das Storchennest auf dem Schnidtmannschen Speicher ist nicht mehr da; offenbar ist es heute nacht heruntergeweht worden. In Kähnen und Nachen wird überall kümmerliche Habe, werden Alte und Kranke, Ziegen und Kühe ans Ufer gebracht. Anderswo stehen Leute auf Mauern und Dächern und halten ihre Kinder, einen Korb mit Ferkeln oder sonstige Habseligkeiten umklammert. Einen Knaben habe ich gesehen, der weinend im Geäst einer abgeknickten Weide hing. Eine Frau hatte sich mit ihren Zöpfen an einen Baum gebunden, um nicht vom Wasser mitgerissen zu werden. Von allen Seiten Hilferufe, und in allen Richtungen die graue Wassersuppe, in der Tische und Bänke und die Flügel eines Holztors treiben wie eingetunkte Brocken Brot. Dazu das Rauschen und Pfeifen der teuflischen Strudel, die sich überall gebildet haben!

Nachts sind wir im Schein brennender Pechpfannen noch einmal hinaus, haben manchem, der noch irgendwo entkräftet ausharrte, ein Seil zugeworfen und ihn gerettet, während unter seinen Füßen alles zusammenbrach. Schwarz und still standen die Kronen der Uferbäume im wirbelnden Wasser. Große Wasservögel flogen aufgescheucht über unsere Köpfe hinweg. Da hörten wir plötzlich einen Laut – so schauerlich, daß wir alle blaß wurden und uns unwillkürlich bekreuzigten. Es war ein tiefes, grollendes Murren, das direkt aus den Eingeweiden der Erde heraufzudringen schien. Ich frage mich, was es war. Vielleicht hat sich Gestein gelockert; vielleicht reiben irgendwo Abbruchkanten gegeneinander.

15. August – Im unteren Saal haben wir eine Notversorgung eingerichtet. Frauen, Alte, Kinder wärmten ihre zitternden Glieder an unserem Kamin, und wir reinigten und verbanden ihre Wunden. Auch haben wir ihnen trockene Kleider und Decken gegeben, in die sie sich wickeln können. Der alte Schulze Patz aus Haag, der mir mit seinem verschlagenen Gesicht, seinem mißtrauischen Blick immer so unheimlich vorkam, ist uns allen ans Herz gewachsen, da wir gesehen haben, wie fürsorglich er sich gegen jene betrug, die am meisten verloren; auch die weinenden Frauen ließen sich von diesem zarten und besonnenen Mann gern beruhigen. Gestern saß er viele Stunden lang auf unserem Mäuerchen am Rondell, wo er traurig zu der braunen Flut hinausstierte, und auch als die Dunkelheit undurchdringlich geworden war, ließ er sich nicht dazu bewegen, unter unser schützendes Dach zu kommen. Ich ging zu ihm hinaus. »Hören Sie's? Nun dreht er wieder das Rad – da – da!« hörte ich ihn sagen. »Wer denn? Und was für ein Rad?« fragte ich ihn, aber er blickte mich nur wortlos an und schüttelte den Kopf. Heute kann man gar nicht mehr mit ihm reden, er murmelt nur immer die alten Bittgebete zum heiligen Crispus vor sich hin und scheint den Verstand zu verlieren. Fanny und Suzanne helfen der Köchin; und die Köchin kümmert sich eifrig um die kleinen Kinder, flößt ihnen heiße Brühe ein und spielt mit ihnen, bis sie wieder fröhlich sind. Wir alle – selbst das Fräulein – sind seit zwei

Tagen und Nächten auf den Beinen und wissen gar nicht mehr, was ein Bett ist, und doch sind wir seit langem nicht mehr so rüstig und munter gewesen.

16. *August* – Sieben Uhr früh. Die obere Ries soll zwanzig Schuh über ihre gewöhnliche Wasserfläche gestiegen sein. Der Himmel ist blau und wolkenlos. Wir essen Grütze und Backerbsen. Die Köchin sagt, wir haben fast keine Vorräte mehr in der Kammer.

18. *August* – Die Sonne brennt vom Himmel, als wüßte sie, daß sie etwas gutzumachen hat. Das Wasser zieht sich rasch zurück und hinterläßt auf den Wiesen knöchelhohen Schlamm; an toten Bäumen und leeren Ställen klebt schwärzlicher Schleim, dessen Anblick Übelkeit erregt. Die Straße zwischen Haag und Dillisberg ist noch immer nicht befahrbar. In Eichthal und Steinsdorf sind manche hölzerne Gebäude nur noch Bretterhaufen; auch gemauerte Häuser sind eingefallen oder beschädigt. Herrenloses Vieh zieht umher. Mückenschwärme.

19. *August* – Ich sah die Kolonne hastig beladener Fuhrwerke von Leuten, die sich entschlossen haben fortzuziehen. Den Verlust ihrer Häuser und Tiere verwinden sie nicht. Schweigend und mit gesenkten Köpfen verlassen sie die Heimat, Frauen, Kinder, Alte zumeist. Niemand hält sie auf. Ihre Verstörung ist zu groß, sie lassen nicht mit sich reden. Es heißt, daß ein Mann, den das Wasser aus seiner Hütte riß, verschwunden ist. Wir haben unsere Wagen und Pferde hergegeben und allen Dörfern Hilfe zukommen lassen.

20. *August* – Nachmittags standen die Leute plötzlich vor dem Tor, Dreschflegel, Mistgabeln, lange Stöcke in Hän-

den. Alle in Festtagskleidung. An ihrer Spitze zwei Frauen, die ich nicht kannte. Ich ging hinaus. Sie traten vor mich und beugten die Knie. Es waren junge, kräftige Frauen, aber in ihren bleichen, strengen Gesichtern lag etwas, was mir nicht gefiel. Ich fragte sie freundlich nach ihrem Begehr. Sie schienen zuerst zu erschrecken, mich in der Nähe zu sehen und meine Stimme zu hören, und blickten mich eine Zeitlang nur hilflos an, ohne sich äußern zu können. Ich forderte sie erneut freundlich zum Sprechen auf. Sie sagen, ich solle mit ihnen kommen in ihr Dorf. Ich antworte, daß ich das gewiß nicht tun werde. Wozu sie mich denn bräuchten? Es folgt ein überaus seltsames Kauderwelsch, aus dem ich jetzt noch nicht klug werde, von allerlei Träumen und Gesichten des heiligen Crispus und einer Stimme aus dem Wasser, die nach der Braut rufe. Während ich noch versuche, mir einen Reim darauf zu machen, faßt eine der Frauen unvermittelt nach meiner Hand, dreht und drückt sie und stammelt, kaum verständlich, wie sehr sie meine Schönheit bewunderten und welches Glück sie hätten, meine Kranzjungfern zu sein. Im gleichen Augenblicke höre ich eine Männerstimme, die mir irgend etwas zuruft. Ich verstehe die Worte nicht, doch von dem Ton der Stimme wird mir angst und bang, so daß ich mich von den Frauen losmache und zurücklaufe.

Sie belagern uns noch immer (jetzt ist es kurz nach Mitternacht). Meine Kranzjungfern! Wenn das Ganze einen weniger bedrohlichen Anstrich hätte, würde ich darüber lachen können.

21. August – Andere sind gekommen, wieder kurz vor Sonnenuntergang, doch diesmal ohne Frauen. Sie fragten nach mir, und ich beschloß, in Begleitung zweier Wachen zu ihnen zu gehen. »Gnade Euch Gott, wenn Ihr weiterbauen laßt«, sagte der Anführer (ein starker, grober Mensch mit scheußlichen Blatternarben im Gesicht) in so eisigem Ton, daß ich jetzt noch Gänsehaut kriege, wenn ich daran denke. Andere – ich glaube, ich kenne sie aus Eichthal – zogen den Hut vor mir und blieben mit gesenktem Haupte stehen. Einer sagte: »Man soll gehorchen, man soll gehorchen.« Nach und nach begriff ich, was sie wollten. Eine hanebüchene Geschichte! Es stellte sich nämlich heraus, daß sie die Überschwemmung als eine Art Warnzeichen auffassen, weil der Fluß durch den Kanalbau beleidigt worden sei. Noch Schlimmeres stehe bevor, wenn man mit dem Bauen fortfahre. Von mir verlangten sie, daß ich mitkäme, sie wollten mir die Schäden zeigen. Natürlich lehnte ich ab und tat alles, um sie zur Vernunft zu bringen, doch es half nichts; sie klammerten sich an ihren Mystizismus wie Schiffbrüchige an ein Stück Treibholz und ließen sich von keinem noch so liebenswürdig und ruhig vorgetragenen Argument in ihrem Glauben erschüttern. Am Ende wußte ich mir nicht anders zu helfen, als ihnen in scharfem Ton zu befehlen, den Platz vor der Treppe zu räumen, was sie wirklich nach einer Weile taten.

22. *August* – Sie sind wieder da. Ich bin noch einmal – freilich unter Bewachung – zu ihnen gegangen und habe ihnen gesagt, was ich gestern schon sagte, daß der Kanal nicht die Ursache ihres Unglücks sei – gibt es nicht fast jedes Jahr Überschwemmungen, wenn auch kleineren Ausmaßes? –, daß man die Häuser und Ställe wieder aufbauen werde, daß alles bald wieder seinen gewohnten Lauf gehe, etc. Aber es war, als würden sie mich nicht hören. Undankbares Gesindel! Was haben wir nicht alles für sie getan! Ja, gestern noch taten sie mir leid; ich meinte, mir vorstellen zu können, was sie empfinden. Aber heute sehe ich nur Roheit, Starrsinn und Wahn. Was habe ich mit ihnen zu schaffen? Was kümmern mich diese Toren?

Ludwig sagt, wir sollen sie von den Wachen vertreiben lassen. Ich bin dagegen.

23. *August* – Abends sieben Uhr sind sie da. Eine kleine Gruppe schweigender Leute, einige haben wieder ihre martialischen Geräte mitgebracht. Heute ist jener Knabe mit dem struppigen Haar ihr Anführer, der mich neulich so erschreckte. Sie stehen vor dem Schloß und starren uns an, stumm und blöde, man weiß nicht, ob sie uns drohen wollen oder eigentlich Hilfe von uns erwarten. Der alte August, Vater unseres Kutschers Johann, sagte, nur einmal habe er etwas Ähnliches erlebt, als der alte Fürst im letzten Jahrhundert fünfhundert junge Männer aus seinen Dörfern an die Holländer verkaufte. Da seien die Leute auch so dagestanden, am gleichen Platz. Um des heiligen Crispus willen, hätten sie gejammert, er solle ihnen die Kinder wiedergeben, die doch gut und anständig und mit Rieswasser getauft worden seien, wie sie alle. Aber der alte Fürst ließ sich nicht erweichen. Er habe sie vertreiben lassen, weil sie am Ende Anstalten machten, mit ihren Dreschflegeln auf die Wachen loszugehen, und seitdem seien sie immer ruhig gewesen.

Was aber haben wir heute mit solchen Untaten zu tun? Othmar regiert doch auf eine ganz andere Weise als der alte Fürst, er hat doch auch *ihr* Wohl im Sinn, wenn er seinen Kanal bauen läßt!

24. *August* – Ich habe den Johann zu ihnen geschickt. Er sollte Brot an sie austeilen, aber sie haben nichts genommen. Immer ist jener Knabe bei ihnen, mit seiner tückischen Dreistigkeit. Fanny und Suzanne lassen sich nicht blicken. Auch der Klavierlehrer ist nicht gekommen, und die Lakaien antworten nicht, wenn man sie fragt. Wir machen kein Licht. Im Erdgeschoß haben wir die Läden

verschließen lassen und vor dem Tor die Wachen verdoppelt. Ich habe Angst. Wenn der Oheim nur zurückkäme!

25. *August* – Keinen Tag länger kann man diese Belästigung ertragen!

26. *August* – Ludwig hat schießen lassen.

27. *August* – Sie sind nicht wiedergekommen. Wir können aufatmen.

9. *September* – Das Fräulein hat von einem Gerücht gehört, das in den Dörfern umgeht. Ein Ertrunkener soll gefunden worden sein, aber mit entsetzlichen Verstümmelungen.

11. *September* – Der Leichnam des vermißten Schweinehirten aus Steinsdorf, den das Hochwasser anscheinend im Bett überraschte, soll mit gräßlichen Löchern übersät sein, als wäre ihm an mehreren Stellen das Fleisch von den Knochen gerissen worden. Es wird aber nirgends offen darüber geredet, und wenn man fragt, erhält man nur Schweigen zur Antwort, hinter dem sich Verstocktheit und abergläubische Erbitterung verbergen – oder täusche ich mich? Ludwig sagt, er habe eine Küchenmagd aus dem Dorf des Hirten sagen hören, wir müßten nun alle vor »dem Crispus« zittern.

12. *September* – Weitere schreckliche Einzelheiten kommen ans Licht. Die Frau des Schweinehirten (sein Name war Georg Daurer, er war stark und gesund und konnte schwimmen) ergriff die Flucht, als man ihr den Leichnam brachte; ohne an ihre vier Kinder zu denken, die sich irgendwo in der Nähe aufhielten, ist sie einfach in ihren Holzschuhen

aus dem Haus gelaufen; bis heute hat man nichts mehr von ihr gehört.

21. *September* – Wir denken jetzt alle an den Oheim und seine tapferen Soldaten und sitzen abends einsam und schweigend um den Tisch herum. Ich weiß nicht mehr, wie es sich anfühlt, glücklich zu sein. Selbst die Petrefakten lassen mich kalt.

30. *September* – Furcht und Hoffnung. Aber doch mehr Furcht.

3. *Oktober* – Schreckliche Nachrichten. Der Feind soll zwanzigtausend Reiter und tausend Geschütze haben.

16. *Oktober* – Ich sitze in dem Lehnstuhl, in dem einst die liebe Kunzin saß, in meiner kalten Klause und starre in den Nebel hinaus, der alles verhüllt. Ludwig hat wieder einmal meine »kriegswidrige Gesinnung« beklagt. Ich greife zur Feder, tauche sie in das Tintenfaß – doch meine Hand ist schwer und ungelenk geworden und bewegt sich unwillig. Nein, ich will nicht in den weichen Bögen und heiteren Schwüngen wirkungsloser Buchstaben schwelgen, während unsere Männer den feindlichen Feuerschlünden entgegenstürmen und ihr Blut für uns vergießen.

28. *Oktober* – Nun ist es gewiß: Die Franzosen sind geschlagen!

Ein Triumphbogen wurde gebaut, in Dillisberg und Haag sind alle Häuser mit grünen Girlanden und Festons geschmückt. Der Oheim ist seit drei Tagen zurück. Seine rechte Seite ist verbunden; in der Stadt haben sie ihm eine Gewehrkugel aus der Schulter geschnitten, er muß sich nun von der Verwundung erholen. Erst gestern, beim Abendessen, haben wir ihn gesehen. Ein grauer Bart verunzierte sein fahles Gesicht, aber der Sieg gab seinen Augen Glanz und seiner Stimme jünglingshafte Frische. Dennoch – ich weiß nicht, warum – fürchtete ich mich vor ihm und hatte keinen Appetit. Die Pferde waren schmutzig und abgezehrt; eines ist auf dem Rondell zusammengebrochen, man hat sein fürchterliches Röcheln noch im Salon gehört. Die Soldaten sahen wie Wilde aus. Sie waren ganz ausgelassen, schrien Vivat und wurden extra traktiert. Ein Adjutant brachte uns Nachrichten über die letzten Operationen unseres Regiments. Unzählige sind gefallen. Auf dem Schlachtfeld Berge von Toten. Es heißt, in den Höfen von Leipzig seien Hunde und Raben zu sehen gewesen, die Teile von Leichen wegschleppten und sich an ihnen gütlich taten.

3. *November* – Siegesfeiern, Paraden. Ich stehe neben dem Oheim auf der Treppe, die Leute winken und jubeln uns zu. Ich kenne sie nicht. Sind es dieselben, die mir vor kurzem mit kalter, roher Feindseligkeit entgegentraten?

11. *November* – Abends hat der neue Pfarrer von St. Crispus, der uns allen wegen seines Haßgebets auf Napoleon – »Vermaledeit sei dein Name, Dein Reich komme uns vom Halse, Dein Wille geschehe in der Hölle, aber nicht auf Erden« etc. – noch in bester Erinnerung ist, seinen Kirchendiener Hermanseckler* mitgebracht, einen hageren Menschen

* Athanasius Hermanseckler, geboren 1788 in Steinsdorf, gestorben 1825 in Eichthal. Nach dem Studium der Theologie in Königsberg, das dem begabten Sohn eines Tagelöhners durch ein großzügiges Stipendium des Fürsten Othmar ermöglicht wurde, reiste er als Mitglied einer neugegründeten Missionsgesellschaft nach Afrika. Im Frühjahr 1812 tauchte er »in einem bodenlangen Gewand mit herrlichen Falten, bestehend aus einem einzigen nachtblauen, mit silbernen Fäden bestickten Tuche, welches

mit unzähligen Runzeln im Gesicht, großen Händen und schwarzen, stechenden Augen. Überall wird über diesen seltsamen Philosophen gestaunt und gelacht, weil er die kuriosesten Bemerkungen macht und mitunter in einer ganz unverständlichen Sprache spricht; übrigens geht er

aber schmutzig und zerrissen war« wieder in seiner Heimat auf. In der Residenz wanderte er »irreredend« durch die Straßen, »pries Sonne, Mond und Sterne und kniete weinend vor einem Vogelnest nieder, so er in einer Hecke fand, oder vor einer netzewebenden Spinne und anderen gewöhnlichen Tierchen, Mäusen, Käfern, Hornissen und Sperlingen, welche er nicht genug bestaunen konnte, indessen die Gassenjungen ihn verlachten. Das Schlimmste aber war, daß er überall verkündete, Affen wären die eigentlichen Ahnherren der Menschen, wie es die Heiden glaubten, welche ihm auf seiner Reise Obdach gaben«. (Vgl. E. Hoechl, »A. H., ein frühes Opfer Tengs?«, in *Hirnverbrannt. Zeitschrift für humane Psychiatrie,* II/1981. Der Autor zitiert ein 1976 in der Anstalt von Eichthal aufgefundenes Behandlungsprotokoll.) Man wollte H. auch in Gesellschaft eines zerlumpten Bauernknaben gesehen haben, mit dem er »seltsame Gebete verrichtete und die armen Leute dazu aufrief, beim heiligen Crispus Zuflucht zu suchen, bevor sie am bevorstehenden Gerichtstag von den Herren Genenrälen mitgerissen würden in die Hölle«. 1813 nahm ihn der Pfarrer von St. Crispus in seine Dienste, »da er Erbarmen hatte mit seiner Seele, welche schon ganz verderbet war, denn Neger und Heiden hatten sie mit ihrem teuflischen Gift beträufelt« (beide Zitate ebd.). Wo immer sich H. sehen ließ, machte er sich durch Respektlosigkeit gegenüber kirchlichen und staatlichen Autoritäten mißliebig; man ließ sich aber auch gern von seinen wunderlichen Reden unterhalten. Nach einem Streit mit seinem Dienstherrn, bei dem H. behauptet hatte, Gott sei nur ein Wort, das jetzt im Schwange sei wie andere Wörter, man dürfe sie nicht für die Dinge selbst nehmen, sonst verliere man den Verstand, ging der Pfarrer mit einem eisernen Leuchter auf ihn los und verletzte ihn schwer. Kurz darauf wurde H. in der Krypta von St. Crispus, in die er sich geflüchtet hatte, festgenommen und in die Irrenanstalt von Eichthal verbracht. Die letzten Jahre seines Lebens verdämmerte er in absoluter Passivität, reglos und schweigend.

sommers wie winters in Strohschuhen herum. Beim Reden dreht und wendet er den Kopf, als wären Unsichtbare in der Nähe, deren Reaktion er beobachtet. Von Zeit zu Zeit verfällt er in gereizten und angriffslustigen Ton und spricht mit der Luft. Dann wieder scheint er plötzlich ganz kleinlaut und ängstlich zu werden, und man muß ihn gewaltsam davon abhalten, unter den Tisch zu kriechen. Er läßt sich aber gern nach seinen Geistern fragen und antwortet sehr höflich, es tue ihm leid, daß man sie nicht sehen könne, es seien sehr anmutige Leute, mit denen er vor langer Zeit Freundschaft geschlossen habe. Sie wüßten gar nichts von unserer Lebensweise und neigten zu Herablassung und Spott, und er habe viel damit zu tun, ihnen alle möglichen Dinge zu erklären. Als das Fleisch auf den Tisch kam, ließ er plötzlich die Gabel fallen und begann mit den Händen zu essen. Danach tupfte er sich mit der Serviette sehr fein den Mund ab und sagte, so ein gut gewürztes Ragout sei wirklich eine seltene Köstlichkeit. Fanny fragte ihn, wie lange er auf Reisen gewesen sei. Er schien mit der Frage nichts anfangen zu können, schüttelte nur hilflos den Kopf und sagte, der Aufenthalt in unserer Gegend habe ihn auch manches gelehrt, was er bisher nicht wußte. Er zögerte jedoch, seine Erkenntnisse mitzuteilen, worauf ihn der Oheim freundlich aufforderte, nichts vor uns zurückzuhalten. Darauf Hermanseckler: »Das Sein und das Nichtsein.« Der Oheim fragt, was er damit meine. (Alle anderen am Tisch hielten den Atem an und beobachteten gespannt Hermanseckler

Einem breiteren Publikum wurde er durch seinen Arzt bekannt, den Psychiater Johann Amadeus Teng (1762–1841), einen Pionier der Phrenologie, der nach H.s Tod dessen Gehirn sezierte. Die Beschreibung der einzelnen Areale und die daraus folgende minutiöse Analyse von H.s minderwertigem Charakter ist nachzulesen in Tengs berühmter Schrift *Seele und Gehirn*, die lange zu den Standardwerken der Neurowissenschaften gehörte.

heftig ruckenden Kopf.) Nun sagt Hermanseckler: »Ich weiß auch nicht, was sie damit meinen, aber sie kommen drauf durch ihre Logarithmentafeln und Proportionalzirkel und weil jetzt alles mit dem Pfennig berechnet wird. Wegen dem Pulverdampf sieht man den Mond und die Sterne nicht mehr am Himmel, man erkennt ja die Hand nicht mehr vor Augen in dieser Undurchdringlichkeit, da teilt man die Welt mit einem Säbelhieb in Sein und Nichtsein auf, weil man sonst keine Abhilfe weiß.« All das – und noch mehr, woran ich mich wegen seiner Verworrenheit nicht mehr erinnere – äußert er leise und in sich gekehrt in einer wunderlichen, schwerfälligen Sprache, während er auf seine großen Hände hinabsieht, die ruhig vor ihm auf dem Tisch liegen. Dann beginnt er wieder mit dem Kopf zu rucken, sagt, seine Freunde fühlten sich nicht wohl in dieser ruchlosen Gesellschaft, springt auf und verläßt mit großen Schritten und ohne die Serviette abzubinden den Saal.

Fanny und Suzanne haben hinter vorgehaltener Hand gekichert, aber mir tat der arme Teufel leid; jedenfalls glaube ich nicht, wie die anderen, daß man alles, was er sagt, als Unsinn abtun soll, nur weil wir es nicht verstehen.

17. November – Fanny und Suzanne fahren in die Komödie, die gerade wieder eröffnet wurde, und wollen bald wieder in die Stadt ziehen. (Es wird aber wohl noch ein Jahr dauern, bis die Residenz erneuert und von den Spuren der Besatzung befreit sein wird.) Der Schrecken Europas, die Ausgeburt der Hölle liegt am Boden, warum sollen wir uns nicht freuen und das Leben genießen? Wir sind jung! So reden sie, und ich rede mit und zeige mich heiter, und doch dünkt mich alles falsch und hohl, was wir tun.

Es ist nun fast vier Monate, seit der letzte Brief des Marquis mich erreichte. Erst machte das Hochwasser die Straßen unpassierbar, und nun ziehen die zum Rhein hin strebenden Regimenter durchs Land, und der Postverkehr kommt zum Erliegen. Unsere Linde ist kahl und stumm. Die gelben Blätter, die eben noch leuchteten, als wollten sie die müde Sonne überstrahlen, liegen auf dem Boden; nach dem nächsten Regen verfaulen sie im Straßenkot.

19. *November* – Suzanne bekam heute einen Brief ihres Vetters aus Padua. Wie, wenn es nicht die unpassierbaren Wege wären, wenn es nichts mit den allfälligen Hindernissen des Postverkehrs zu tun hätte, wenn die Stafetten alle Briefe, die sich Leute von Süd nach Norden schreiben, längst befördert hätten, nur nicht die seinen – *weil sie nämlich nie geschrieben wurden?*

20. *November* – Gehen nicht immer wieder Briefe verloren, besonders in Zeiten wie diesen? Habe ich nicht versprochen zu warten? Ich werde nicht erlauben, daß diese törichten Gedanken von mir Besitz ergreifen!

26. *November* – Ich bin zu unserer Linde gegangen und habe geweint, bis mir im kalten Wind die Backen brannten. Warum ist er so grausam? Warum schreibt er nicht?

28. *November* – Ich konnte nicht aufstehen. Das Fräulein hat den Wulffen kommen lassen, und er gab mir ein bitteres Pulver zum Einnehmen. Er sagt, ich soll stillhalten, nicht ausgehen und nicht lesen.

30. *November* – Zwei Uhr nachts. Alles schläft. Der bleiche, ferne Mond scheint zu mir herein. Es geht über meine Kraft. Die Vorstellung, daß er – vielleicht gerade jetzt – eine andere in den Armen hält, ihr womöglich schon seit Monaten versprochen ist – denn nur *das* kann sein langes Schweigen bedeuten – – –

1. Dezember – Bis zum Neujahrsfest werde ich warten, und dann – nein, ich *kann* nicht daran denken.

2. Dezember – Abwechselnd Regen und Schnee, gestern und heute, der Himmel reißt nicht auf, und jeder schleicht mißmutig und frierend herum. Fanny erzählt, daß Bausewein in der Lesegesellschaft nur noch jenen Bürgern Eintritt gewähren will, die Steuern zahlen und »dem Staate keinen Schaden zufügen«, das *Echo* lobt den Fürsten über den grünen Klee und gefällt sich in Prophezeiungen, daß wir nun bald in Paris einrücken werden, uns zum Mittagessen die Austern vom Atlantikstrand pflücken, etc. Aber es gibt einen Lichtblick, denn seit gestern haben wir zwei Besucher, Egenhofer*, mit dem sich der Oheim über die Fortführung des Kanal-Projekts berät, und Zimmermann**, einen Archivarius, der bis zum Frühjahr unsere

* Theodor Egenhofer, geboren 1787 in Speyer, gestorben 1865 in Düsseldorf, war Ingenieur und Experte für Hydrotechnik, Erfinder des »Egenhofer-Meßwehrs«, Offizier der französischen Ehrenlegion und »Bändiger der Ries«.

** Kaspar Benedikt Zimmermann, geboren 1765 in Seßwegen/Livland, gestorben 1832 in Stralsund, war Bibliothekar und Verwalter fürstlicher Privatbibliotheken, später preußischer Legationssekretär. Nach der Konfiszierung wertvoller Handschriften aus Bibliotheken des Königreichs Westfalen durch die Franzosen verfaßte er die patriotische Schrift *Teutonen im Gewitter*; er soll auch bei der Vorbereitung des Dörnbergschen Aufstands (1809) beteiligt gewesen sein. Durch seine Artikel über Runen, Orakel- und Zaubersprüche der Germanen und seine fundierten Analysen prähistorischer Grabfunde auf den Ostseeinseln, die zwischen 1825 und 1831 in der *Morgenröthe der Wissenschaften* erschienen, erregte er die Aufmerksamkeit der Brüder Grimm, die ihn für sein »allzeit emsiges streben nach erkenntniß« und seine »kühnen forschungen auf diesem dunklen felde voll unerwarteter reichthümer« lobten (vgl. W. Käsbohrer, *Jüngst entdeckte Briefe der Brüder Grimm*, in *Brüder-Grimm-Studien* Bd. XXV/9, Kassel o. J.). Zeit seines lange vernachlässigte Bibliothek in Ordnung bringen soll. Er gehört der »Gesellschaft für Volkskunde« an und will in den Dörfern unserer Gegend alte Sagen und Lieder sammeln. Wie er sich herzlich und unbefangen mit allen unterhielt, machte er mir den besten Eindruck, und mit seinem dichten, doch schon fast ganz weißen Haupthaar, seinem vergißmeinnichtblauen Rock und der schwarzen Hose und Weste ist er mir ein höchst angenehmes Gegenüber.

Lebens widmete sich Z. der Sammlung und Erforschung »volkstümlicher« Erzählungen und Bräuche. *Der Knurrer*, eine Sage, die er in der Zeit seiner Bekanntschaft mit Luise wahrscheinlich in einem der Dörfer im Einzugsgebiet der Ries hörte und 1814 an die »Gesellschaft für Volkskunde« schickte, wurde nie veröffentlicht. Es handelt sich um eine Abwandlung des vielerorts nachweisbaren Mythos eines mächtigen und tückischen Wassergeistes, der, durch Unbotmäßigkeit in Zorn versetzt, Tiere und Menschen in die Tiefe zieht. Im Vorwort seines *Teutschen Mährchenwalds*, eines auf mehrere Bände veranschlagten, doch nie geschriebenen Grundlagenwerks, äußert Z. die Vermutung, daß »ohne erkennbaren Grund auftretende Strudel und Wirbel auf der Oberfläche von Gewässern das unwissende Gemüth unserer Ahnen erregten, und da ihnen das Licht der Wissenschaft noch gänzlich fehlte, legten sie sich krude Bilder als Erklärungen zurecht wie die von Rad drehenden Ungeheuern oder krausköpfigen Dämonen, denen sich gelegentlich vor Wut das Haar sträube, wodurch sie die geheimnißvolle Unruhe des Wassers hervorbrächten«. Spätere Schriften Z.s widmen sich historischen und ideologiegeschichtlichen Problemen. In *Heidnische Mythen, christlich getüncht* (1829) heißt es über das »Huntari- oder Hundertfest«, das Z. während seines Aufenthalts auf Schloß Haag kennenlernte: »Bemerkenswert ist dieß in abgelegenen Gegenden noch immer gern gefeierte Fest, weil es uns eine überwundene Anschauung der Natur erkennen läßt, nach welcher insonderheit langandauernde Fehden und Kriege, aber auch andere erschreckende Ausbrüche menschlicher Gewalt nicht durch Einstellungen und Verhaltensweisen der betheiligten Parteien verursacht würden, sondern durch Einwirkung vorzeitlicher Mächte, so man sich in Wald und Flur, in Höhlen

5. Dezember – Alle freuen sich auf den großen Nikolausball; mit Fanny und Suzanne habe ich das Kleid ausgesucht, das ich tragen werde: das braunseidene mit dem Muster in Altrosa. Es ist so schön – und so nutzlos! Denn der Tänzer, für den ich es einzig tragen wollte, wird nicht hier sein.

Gestern gab es bei Tisch einen unterhaltsamen Disput zwischen Egenhofer auf der einen, Zimmermann auf der anderen Seite. Egenhofer sprach feurig über die Vorteile, die der Kanal unseren Bauern bringen werde. Das sumpfige Gelände hinter Dillisberg werde entwässert, kleine Bäche,

oder Gewässern wohnend vorzustellen pflegte. Sie sind freigiebig und spenden Reichtum, können aber leicht aufgeregt, gekränckt, in Zorn versetzt werden, wodurch Ruhe und Frieden nachhaltige Störungen erfahren. (...) In dunkler Vergangenheit wurde alle hundert Jahre (daher der Name jenes Festes) an heimlichen Orten ein Mensch geopfert, womit man die Elementarmacht beschwichtigte, welche in diesen besonders gefährlichen Zeitabschnitten danach trachtet, die ganze Welt mit ihrer Bosheit zu vergiften. Oft waren die Geopferten junge Frauen, welche in der Obhut jener Naturdämonen die beste Behandlung erfuhren, in krystallenen Zimmern wohnten, auch im Winter herrliche Kirschen und Süßigkeiten vorgesetzt bekämen und nie mehr Hunger litten. Die ›Hochzeit‹ wurde unter lebhafter Anteilnahme der gesammten Gemeinde gefeiert. Die äußerliche Form der barbarischen Zeremonie scheint über viele Epochen ähnlich geblieben zu sein. Ob sich der Sinn, welcher ihnen von einer reifer und verständiger werdenden Menschheit unterlegt wurde, im Laufe der Jahrhunderte wandelte, ist mit völliger Gewißheit wohl nicht mehr zu ergründen. In jüngerer Zeit vertraten Stiere oder Schafböcke, mit Kränzen oder Kronen aus Bändern und Rauschgold geschmückt, die hingeschlachteten Menschen. Die feierlichen Prozessionen, die prächtigen Blumengebinde und Kränze, etwa am Fronleichnamstag uns allen ein gewohnter Anblick, sind als Überbleibsel jener blutigen Handlungen anzusehen, mit welchen sich unsere heidnischen Vorfahren den Zusammenhalt ihrer Gemeinschaft und die Sicherheit des Daseins zu erkaufen suchten.« (S. 119 f.)

nutzlose Tümpel und Weiher wie das Stille Loch würden verschwinden, neue Anbauflächen entstünden, und jeder würde sich freuen über die wie mit der Schnur gezogenen Ufer; die Hauptsache sei aber, daß die Ries durch die Ableitung einer großen Menge Wassers ihre Gewalt verlieren und sich in ein schmuckes, harmloses Flüßchen verwandeln würde, das gerade noch genug Kraft hätte, die Mühlen anzutreiben, aber jedenfalls nicht mehr dazu imstande wäre, das ganze Land durch Überschwemmungen zu verheeren. Das klug umgeleitete Gewässer werde mit seinem belebenden Hauch alle Menschen erfreuen, es werde immerdar gleichmäßig fließen, ohne Übermaß, ohne Stillstand und Versauern. In England würden jetzt Maschinen gebaut, mit denen man vielleicht schon in ein paar Jahren das steinerne Gerinne soweit werde vertiefen können, daß der Kanal für größere Schiffe befahrbar wäre. »Ich höre die jungen Leute darüber klagen, daß sie hier so ganz abseits und fern von der Welt leben müßten«, sagte er, »durch die Erweiterung des Verkehrs auf dem Kanal werden sie mit den größten Strömen und Häfen Europas verbunden sein. Deshalb sind es überall die jungen Leute, die jetzt den Fortschritt der Wissenschaft herbeisehnen, denn sie hassen das Enge und Kleinkarierte und wollen mitten in der großen, schönen Welt leben und mit allem verbunden sein, was durch funkelnde Neuheit ihre Sinne erregt und sie heraushebt aus der Langeweile des Immergleichen, dem selbstzufriedenen Trott des Althergebrachten.«

Egenhofers Überschwang trat Zimmermann in seiner leisen, zurückhaltenden Weise entgegen. Wenn er spricht, neigt er ein wenig das Haupt und scheint den Blick nach innen zu richten. Er erinnerte uns an jene herrliche Szene Homers, wenn der Fluß Skamander dem Achill erscheint, um seinem Wüten Einhalt zu gebieten, weil die vielen getöteten Kämpfer den Lauf des Wassers hemmen. (Dachte er, wie ich, an die Schlachtbeschreibung, die wir im *Echo* lasen, von den Bächen um Leipzig, verstopft von Soldatenleichen?) Hier spreche sich eine merkwürdige Symmetrie in der Anschauung aus, denn ein Ding der Natur beurteile und verwerfe die Handlungen eines Menschen, als stünden beide trotz ihrer auseinanderstrebenden Interessen im System des Ganzen auf einer Stufe und hätten sich im Streitfall jeder vor dem anderen zu rechtfertigen. Auch im Denken unseres Volkes finde man Spuren solcher Anschauungen, die es zu sammeln und zu retten gelte; sie sprächen von einem tiefen poetischen Empfinden, das seinen eigenen unverwüstlichen Grund in sich trage. »Ihnen ist ein Fluß bloß ein wassergefüllter Graben«, sprach der würdige Mann endlich, sich an Egenhofer wendend, »aber wissen Sie, was er den Leuten hier bedeutet?«

»Sie fürchten ihn mehr als den Teufel«, sagte Ludwig, der die ganze Zeit noch kein Wort gesagt, aber mit glänzenden Wangen Egenhofers Worte verfolgt hatte. »Und in ihrer grenzenlosen Dummheit glauben sie fest daran, daß er Gefühle habe, wie Sie und ich. Haben Sie gesehen, wie sie leben? Ihre dunklen, stinkenden Hütten, und das Geschrei ihrer ewig hungrigen Kinder – « Er sah Zimmermann feindselig an, aber dieser ließ sich nicht dazu hinreißen, ihm etwas zu entgegnen, obwohl er das Volk gewiß hundertmal besser kennt als mein Bruder, der noch nie einen Fuß in eine Bauernhütte setzte. »Dummheit, Starrsinn und Rückständigkeit«, fuhr Ludwig mit hochrotem Gesicht fort, »was wollen Sie mit diesem Volk? Mir gefällt der Gedanke, daß wir künftig Maschinen haben werden, die für uns Kanäle bauen und, wer weiß, einst vielleicht für uns säen und ernten und dreschen und Brot backen können, dann hätten wir die Leute nicht mehr nötig, die sich bei allem, was wir erstreben, als Hemmschuh erweisen, dann wären wir wahrhaft *frei*!«

Egenhofer dämpfte seinen Eifer. Solche Maschinen werde es gewiß nie geben, sagte er, und selbst wenn der Adel, wie es z. Ex. in England geschehen sei, das ländliche Gemeindeland an sich reiße, so würde den Bauern auf den Gütern ihrer Herren doch immer genug Arbeit bleiben. Er meinte es im Scherz, doch so wurde es nicht aufgefaßt. Der Oheim sagte, man dürfe sich nicht über die Bauern mokieren, sondern solle bedenken, daß manche von ihnen auch geholfen hätten, unser deutsches Vaterland zu retten. Zimmermann brachte das Gespräch dann wieder auf den Kanal. Könnte man sich vorstellen, daß ein solches bloßes Nutzgewässer Anregung gäbe zu den herrlichen Bildungen der Volkspoesie, wie sie auch heute noch in Dorfstraßen und Spinnstuben allerorts entstünden? Könnten an seinen Ufern Märchen und Lieder ersonnen werden, könnten sich all die Wassermänner, Nymphen und Nixe, Tritonen und Nereiden und was sonst an aquatischen Geistern die Phantasie der Alten so überreich hervorbrachte, in ihm Wohnung nehmen?

»Das allerdings nicht«, gab Egenhofer zu, »aber wenn die Leute aufhörten, an Wassergeister zu glauben, würden sie sich auch nicht mehr so vertrauensvoll überschwemmen und womöglich ertränken lassen.«

Es war ein Argument, das alle mit befreitem Lachen anerkennen mußten, und von da an verlor der arme Zimmermann immer mehr an Boden. Er mußte einräumen, daß die Geister des Volksglaubens lediglich symbolische Wirklichkeit besäßen, und am Ende war er sogar bereit, den Kampf von Hephaistos und Poseidon in der Ilias als eine Darstellung des Urwettstreits zwischen Feuer und Wasser anzusehen, dem die Erde ihre Entstehung verdankt. Ich brachte nun Werner ins Spiel und sprach von dem still und geräuschlos wirkenden Urozean, der die Oberfläche der Erde gestaltete, und daß man bei aufmerksamer Betrachtung der Gesteine überall noch die Spuren jenes anfänglichen Gewässers finden könne. Seien solche Erkenntnisse nicht am besten geeignet, unserem menschlichen Bedürfnis nach Rätseln und Wundern Genüge zu tun? Bei Kaffee und Likör entspann sich daraus eine neue lebhafte Debatte; und es wäre zwischen Neptunisten (Zimmermann, dem Oheim und mir) und Plutonisten (allen anderen Anwesenden) um ein Haar zum Zerwürfnis gekommen, hätte Zimmermann uns nicht am Ende mit einer Feststellung begütigt, die ins Allgemeine ausgriff und unsere Gedanken auf eine neue Höhe führte. Wirklich sei unserer Zeit nichts so eigentümlich, sprach er, wie die große Bedeutung, die die Naturforschung erhalten habe. Die ruhelose Wissenschaft greife nicht nur nach den sichtbaren Phänomenen, um ihre Rätsel zu lösen, sondern auch nach den Spuren eines verschwundenen und vernichteten Lebens, das dem jetzigen als Grundlage diene, und ordne sie in den Zusammenhang einer unzerreißbaren Kette; die Natur selbst werde also, je mehr wir sie in ihrer Tiefe zu ergründen vermöchten, zur Geschichte, in der sich das höhere Streben der Menschheit verwirkliche.

22. *Dezember* – Die Stafette brachte Weihnachtsgrüße unserer Verwandten aus Darmstadt und Wilhelmsbad. Der Oheim bekam einen ganzen Sack voll Briefe. Vom Marquis – nichts.

25. *Dezember* – Auf dem Christkindelsmarkt sieht man überall Haufen zitternder Bauernkinder, die mit traurigen Gesichtern vor den Herrlichkeiten aus Mehl und Goldpapier stehen. Die armseligsten Genüsse sind für sie unerreichbare Kostbarkeiten. Und im Schloß funkelt alles von Perlen und Brillanten und glänzt von Atlas und Seide, Gesang und Musik und roten Backen, und wir tanzen bis fünf Uhr früh.

Dem Oheim ist nicht entgangen, daß ich dem armen Friedrich Ferdinand wieder einen Korb gab; was kann ich dafür, er ist mir nun einmal herzlich zuwider. Aber ich weiß, was folgen wird, und fürchte mich davor wie ein Verurteilter vor dem Klang der Armesünderglocke.

1814

1. *Januar* – Beim Bleigießen habe ich nur einen häßlichen ungefügen Batzen herausbekommen (letztes Jahr war es ein Storch!). Fanny sah einen Ofen darin, was ein behagliches Leben verspreche, Suzanne ein verhutzeltes Gesicht, hohes Alter andeutend; das Fräulein wollte aus dem verbackenen runden Ding unbedingt einen *Deckel* herauslesen und behauptete, er zeige eine Heirat an. Zimmermann war auch dabei, er machte ein ernstes Gesicht und sagte, es sei ein Rad – das Rad der Fortuna – ein böses Omen. (O *Fortuna, velut luna* ...) »Aber nicht wahr, Prinzessin«, sagte er dann, als ob er meine Gedanken gelesen hätte, »nach dem Abwärts wird wieder ein Aufwärts kommen, man muß nur Geduld haben.« Geduld! Wie lange noch?

2. *Januar* – Wieder kein Brief. Nein, es muß ein Ende haben!

3. *Januar* – Nun also die Unterredung mit dem Oheim, die ich so lange schon mit Bangen vorausgesehen hatte. Friedrich Ferdinand wurde in höchsten Tönen gepriesen. Sein einziger Mangel sei doch nur bei oberflächlicher Beurteilung von Belang; im täglichen Zusammenleben – auch ich würde das, wie tausend andere Bräute zu allen Zeiten, einsehen lernen – sei körperliche Schönheit das Erste, was sich abnutze. (Überdies sei Schönheit nur bei der Beurteilung von Frauen ein obligates Kriterium.) Viel schwerer wiege, daß er ein Erbe zu erwarten hat, welches mir erlau-

ben werde, das bequemste Leben zu führen. Schloß Neresheim sei ein herrliches Anwesen, etwas abgelegen, doch mit vielen Wäldern, Wiesen und Weilern ringsumher, und die einzige Straße, die zum Herrenhaus führt, solle auch in nächster Zeit befestigt werden. Unter Friedrich Ferdinands Aufsicht werden dort agrarwissenschaftliche Versuche angestellt, denn er ist sehr an den Fortschritten der Landwirtschaft interessiert; seine Ochsen sind bärenstark, seine Pferde unermüdbar, seine Hühner legen auch im Winter täglich ein Ei. Außerdem ist er in allen Sparten des Militärwesens bewandert, sitzt drei Tage ohne Unterbrechung im Sattel, liebt Trommelklang und Trompetenschall und kennt alle Wappen, die es auf der Welt gibt, sogar die der Hottentotten und Seminolen. Seine Schwestern sind schon über dreißig, Meisterinnen der Stickkunst, und sie werden meine besten Freundinnen sein, wenn der Hausherr selbst sich im Manöver tummelt oder sonstigen patriotischen Pflichten obliegt. Wie der Oheim in den jüngsten Feldzügen (und ich bei allen Teegesellschaften, Picknickausflügen und Bällen der letzten Jahre) beobachten konnte, zeichnet sich der edle Ritter durch erhabene Schweigsamkeit und würdevolle Reserve aus; bei passender Gelegenheit – das heißt, wenn alle um ihn herum das gleiche tun – läßt er um so nachdrücklicher sein Gewehr sprechen, von dem er sich auch nachts nicht trennt, da er von der Angst vor Räubern besessen ist und hinter Versuchen seiner Mitkämpfer, ihn zu allerlei harmlosen Vergnügungen einzuladen, stets Betrügereien von Spitzbuben wittert. Doch selbst diesen Charakterzug wertete Othmar als vorteilhaft. Friedrich Ferdinand, schloß er, werde gewiß auch mich nie aus den Augen lassen und vor Gefahren aller Art zu beschützen trachten, und wenn er nicht in eigener Person über mich wachen könne, werde er dafür Sorge tragen, daß seine Schwestern dieses schwere Amt übernehmen.

Ach! Er sah mir dann wohl die Stimmung an, in die mich seine Rede gebracht hatte, obgleich ich mein Bestes gab, nicht mit der Widerrede herauszuplatzen, die mir auf der Zunge lag, weil ich weiß, wie sehr ihm meine Gefühlsaufwallungen mißfallen. Wir schwiegen also, und ich senkte den Kopf und bemühte mich, die Tränen zurückzuhalten. Nach einer Weile geschah jedoch etwas gänzlich Unerwartetes; ich spürte, daß er behutsam meine Hände nahm – was mich erst recht rührte, so daß ich endlich doch zu weinen begann –, und dann hielt er sie fest und wartete, bis ich mich wieder in der Gewalt hatte. Mit zärtlicher Stimme sagte er, daß Mathilde genauso gewesen sei; als sie beide Kinder waren, habe er sagen hören, sie werde wegen übermäßiger Erregbarkeit des Gemüts früh sterben. Noch nie hatte er so von meiner lieben Mutter gesprochen, und er sah es mir wohl an, wie sehr ich mir weitere Nachrichten wünschte, wie sehr ich gerade in diesem Augenblick bedauerte, kein Erinnerungsbild von ihr zu besitzen. (Nur eine unbeschreibliche, den ganzen Körper durchrieselnde Wärme ist mir gegenwärtig, wenn ich an jene Zeit denke, ein lichtes, freundliches Zimmer mit hoher Decke, das Geraschel eines wogenden Baumes vor dem Fenster, eine weiche, helle Stimme, die ich auf eine unmittelbare, nichtbegriffliche Weise verstand. War das *ihre* Stimme? Und dann das Begräbnis, die schwarz verhängten Pferde, die Träger mit den schwarzen Hüten, den Rosmarinbuschen in der Hand. Das Schweigen zwischen Häusern und das donnernde Geräusch der Hufe auf Pflastersteinen.) Niemand habe erwartet, fuhr Othmar fort, daß sie die schwere Krankheit so kalt und besonnen hinnehmen würde, wie sie es tat. Sie war ja eine ganz unerfahrene junge Frau gewesen, die außer ihrem kleinen ländlichen Kreise nichts von der Welt kannte. Nachdem ihr Gatte gestorben war, habe sie mit größter Hellsichtigkeit alles Notwendige geordnet;

ganz besonders sei ihr meine Vermählung am Herzen gelegen, denn sie sei davon überzeugt gewesen, daß das Glück eines Mädchens in der Ehe liege, und er, Othmar, habe ihr versprechen müssen, daß er nichts unversucht lassen werde, einen guten Mann für mich zu finden.

Ich fragte, wie sie starb.

Er sprach: »Ich saß an ihrem Bett und schlug das Buch auf, um die Krankengebete zu lesen. Da wandte sie mir ihr holdes – und doch von den Blattern so schrecklich entstelltes! – Antlitz zu und verlangte mit fester Stimme, das Sterbegebet zu hören. Nicht lange danach ist sie verschieden.«

Wir waren nun beide sehr bewegt; mein Zorn war verraucht, und ich fühlte nur Dankbarkeit und Verbundenheit und wollte vor ihm zu Boden sinken. Es war wirklich, als hätte sich meine tote Mutter unsichtbar zu uns gesellt und uns besänftigt. Er fragte, ob ich mich wohl nach einer gewissen Frist zu einer Entscheidung in seinem Sinn – und im Sinne meiner Mutter! – verstehen könne?, und, weich geworden durch das Vorangegangene, stimmte ich zu. Die Frist hat er sehr großzügig auf ein halbes Jahr festgelegt. Die Verbündeten haben den Rhein passiert, und seine Verwundung ist bald ausgeheilt; man erwartet ihn in Frankreich, so daß er sich in nächster Zeit nicht um häusliche Angelegenheiten kümmern kann. Auch Friedrich Ferdinand wird an dem kommenden Feldzuge teilnehmen. Doch sobald er zurück ist, erwartet er meine Einwilligung.

Der Abschied war recht herzlich. Doch als er mich verlassen hatte, saß ich noch lange wie versteinert in dem kalten Gemach. Das Fräulein kam – ich schickte es mit barschen Worten fort. Es ist Nacht. Meine froststarren Finger können die Feder nicht mehr halten.

Nun denn, so soll es sein. Diesen Sommer wird eine neue Epoche beginnen.

12. *Februar* – Abends der Pfarrer von St. Crispus, diesmal ohne Hermanseckler, zu Gast. Er erzählte, daß er den Kirchendiener letzte Woche bei einem sündhaften nächtlichen Gottesdienst mit einer Handvoll irregeleiteter Gemeindemitglieder in der Krypta ertappt habe. Schon lange habe er Hermanseckler unchristlicher Umtriebe verdächtigt; er schäumte vor Zorn auf seine frechen »Predigten«, in denen der einzige und allmächtige Gott verhöhnt werde. Der Oheim fand das Ganze höchst kurios. An die Reformierten und die Freimaurer habe man sich gewöhnt, sagte er, nun gebe es also auch echte Heiden in unserer Gegend, so würde man zum Missionieren wenigstens nicht mehr in fremde Länder fahren müssen.

26. *Februar* – Im Küchengarten blühen die Schneeglöckchen.

27. *Februar* – Auf meinem einsamen Spaziergang über die Wiesen im knirschenden Schnee traf ich Zimmermann und sprach mit ihm über die heilsame Einwirkung der Natur auf unser Gemüt. Er ist beliebt bei alt und jung und hat bei den Weibern am Spinnrad und den alten Männern am Ofen schon viele interessante Lieder und Sagen eingeheimst, die er demnächst veröffentlichen will. In seiner stillen, liebenswürdigen Art erkundigte er sich nach meinem Befinden. »Man fragt sich«, sagte er, »warum Sie mittwochs beim Trictrac-Spielen so hartnäckig fehlen und nicht einmal beim Eislaufen sich mehr sehen lassen.« Was sollte ich sagen? Würde mir die Stafette den *einen* Brief bringen, den ich erwarte, könnte ich wieder ganz die alte sein.

Im Frühjahr, wenn die Wege trocken sind, wird er mich einmal mitnehmen nach Steinsdorf, wo er seltsame, spielerische Bildungen einer älteren Natur entdeckt haben will, die womöglich Anregung gaben zur Bildung einer im ganzen Umkreis bekannten Sage über einen unheimlichen

Wassergeist. Die frühesten Vorfahren der jetzigen Deutschen hätten in regelmäßigen Abständen eine Art Wasserorakel abgehalten. Dabei sollen solche Geister oder Nixen auch eine Rolle gespielt haben.

Der Oheim ist in bester Stimmung mit seinen Soldaten abgerückt. Ludwig hustet wieder; er kujoniert die Dienstboten und prügelt sich mit allen, die seinem Jähzorn in die Quere kommen – z. Ex. gestern mit dem Fechtmeister, der mir nachher halb nachsichtig, halb empört die blauen Flecke an seinen Armen zeigte und sagte, er habe Weib und Kind zu ernähren, er könne es sich nicht leisten, die Schläge des Prinzen zu parieren, ob ich nicht einen Weg wisse, ihn zu zähmen?

Ihn zähmen? Mein armer Bruder fühlt sich nutzlos und fehl am Platze, weil man ihn daran hinderte, an dem Kampf teilzunehmen, bei dem es um *alles* geht – wie uns Bausewein und sein Organ einzuschärfen nicht müde werden. Kein Wunder, daß sich nun üble Neigungen einstellen. Wir sind ja alle nutzlos geworden, seit in Frankreich die Freiheit verkündet worden ist, denn was bedeutet Freiheit anderes, als daß nun jeder, der an sich glaubt und die Mittel dazu besitzt, seinen Anspruch auf Obrigkeit anmelden und durchsetzen kann? An die Stelle von Herkunft und Geburt treten Ehrgeiz und Vermögen. Und was tun diejenigen, die nichts davon besitzen? Der Fürst meint, indem er von Deutschland spricht, seine Macht zu befestigen; aber Bausewein, in seinem Schatten segelnd, hat seine Mühlen im Sinn, wie Geyer sein Tuchgeschäft, Bernpanthner seine Arzneien, Stuntz und Kapp ihre Büchsenmacherei. Was soll daraus werden? Und was haben wir Nuzlosen noch zu schaffen in dieser Welt?

8. *März* – Von Fanny habe ich einige schön marmorierte Schneckenhäuser bekommen; Suzanne schenkte mir Nie-

buhrs *Beschreibung von Arabien,* Ludwig ein allerliebstes Blumensträußchen aus farbigen Edelsteinen, mit Blättern aus gelber und grüner Seide, in einer Vase aus Bergkristall (wer weiß, bei wem er sich das Geld dafür erbettelt hat, denn erst vorletzte Woche hat er sich ein Paar neue sündteure Stiefel mit Sporen machen lassen). Doch auch die schönsten künstlich geschliffenen Blüten können nicht darüber hinwegtäuschen, daß wir alle im Griff dieses endlosen Winters ächzen. Wieviel herrlicher ist jedes echte, duftende Veilchen gegen unser bestes Menschenwerk. In den Weiten unseres Himmels gibt es Sterne, die zwanzig oder dreißig Mal so groß sind wie unsere Sonne; wer weiß, ob es nicht auch eine andere, bessere Erde gibt in dem großen All? Wer weiß, ob nicht auch auf dem Monde Palmbäume wachsen, in deren Schatten sich schöne und weise Menschen versammeln und auf die Erde blicken als auf einen wilden und wüsten Trabanten? Wenn man mutlos ist, dünkt einen alles unendlich; das Bestehende wiederholt sich und nutzt sich ab, nichts verändert, nichts erneuert sich, man sieht nur immer, was man schon weiß. Was kann ich noch hoffen? Das *Ungeheuer* hat sich der Alliance geschlagen gegeben. Das gelbe Taftband, das ich letztes Jahr mit solcher Freude um meinen Basthut wand, ist verschossen, und das weißgestickte Batistkleid, um das mich meine Freundinnen beneideten, hat die Fasson verloren. Dem Kutscher Johann haben die Franzosen das Bein weggeschossen, und die Eidechse, die sich letztes Jahr auf dem Mäuerchen hinter der Küche zu sonnen pflegte, wurde vom Schnabel eines Storchen aufgespießt. Was lehrt uns das? Die Erde dreht sich, aber die Verhältnisse ändern sich nicht. Die Starken herrschen über die Schwachen, und den Schwachen fällt nichts anderes ein, als sich an ihrer Dummheit und Rachsucht zu berauschen. Wie seltsam, daß mein letzter Geburtstag erst ein Jahr her ist, mir ist, als würde ich täglich hundert Jahre älter – und doch höre ich allenthalben, ich wäre *jung*. Wenn ich in den Spiegel sehe, blickt mir ein Gesicht entgegen, so glatt und leer, daß es mir rein gar nichts sagt in seiner Ausdruckslosigkeit. Wohin geht es mit mir? Es ist, als hätte mich mein mutwilliger Bruder auf ein ungezähmtes Pferd gesetzt. Die Zeit ist mit mir davongaloppiert, mit beiden Händen in die Mähne gekrallt, hänge ich hilflos an dem stampfenden Leib und und starre dem harten Boden entgegen, auf den ich fallen werde. Das kann man allerdings auch ganz einfach ausdrücken: Seit letzten Mai sind mir ein paar liebgewordene Illusionen abhanden gekommen. Wie viele Mädchen haben erlebt, was ich erlebe? Und sind doch brave Ehefrauen geworden.

10. *März* – Nicht die Natur ist trügerisch, sondern das, was wir von ihr wissen. Man wähnt, auf sicherem Boden zu stehen, aber wenn sich unter der dünnen, eisstarren Schneedecke eine Vertiefung befindet, bricht man ein, manchmal metertief, weil es heimlich längst angefangen hat zu tauen.

12. *März* – »Die Erde vergißt nichts«, schreibt Srotzniowsky, »die Formen ihrer Landschaften, die Materie des Bodens, die Beschaffenheit der Steine selbst bilden ihr Gedächtnis, welches aufzublättern und zu entziffern uns, ihren vergeßlichen Bewohnern, aufgegeben ist.«

21. *März* – Selbst wenn der ersehnte Brief noch vor dem Sommer käme, er könnte doch die Schmerzen nicht zum Verschwinden bringen, die ich erlitten habe.

25. *März* – Hermanseckler ist gebunden nach Eichthal in die Irrenanstalt gebracht worden. Fanny hat ihn gesehen. Er trug noch immer sein blau-silbernes Gewand, was einen

seltsamen Kontrast zu den trostlosen Umständen bildete, in denen er sich jetzt befindet, darüber einen schwerlich wärmenden alten Otterpelz. Die Gendarmen beschimpfte er als gottlose Gesellen, und er schrie und zeterte unaufhörlich, der Herr Crispus werde sich diese Schmach nicht mehr lang gefallen lassen, der Herr Crispus zeige bald wieder sein greises Haupt, vor dem wir alle zittern müßten, etc. Von ihrer Tante erfuhr Fanny, daß Hermanseckler aufsässig und faul gewesen sei, weshalb ihn der Pfarrer ständig gescholten und mit Stockschlägen traktiert habe. Man habe ihn in der Krypta der Kirche gefunden, dort habe er sich in dem alten Brunnen mit dem Mosaikboden zu ertränken versucht.

7. April – Die Verbündeten sind in Paris eingezogen. Ein reitender Bote brachte uns vorgestern die Nachricht. Leute aller Stände in bunten Kleidern versammelten sich bei herrlichem Sonnenschein auf dem Marktplatz der Residenz. Sie zogen zum Schloß und ließen den Fürsten und uns alle hochleben. In der Ostermesse freute sich der Pfarrer über Gottes Gericht und Rache und die große *Völkererlösung*. Er sprach lange über das Jahr voller Schrecken und Drangsale, das hinter uns liege, und rief uns die Grausamkeiten der Franzosen und all unsere Leiden in Erinnerung; ich sah Ludwigs Gesicht, das überströmt war von Tränen, und fing selbst an zu weinen, wiewohl in dem Bewußtsein, daß mein schlichter menschlicher Kummer den Elevationen der Patrioten Hohn spricht.

15. April – Großer Ball zur Feier von Napoleons Thronentsagung. Ich lächle, lobe, juble, charmiere, singe und tanze und fühle mich, als wären unter meinen Füßen nicht Blumen, sondern Nägel gestreut.

3. *Mai* – Seckels kleines Ruinenbild, das so lange an der Wand meines Kabinetts hing, übte schon immer einen seltsamen Zauber auf mich aus. Doch als ich dem alten Gemäuer gestern gegenüberstand, war es, als ob ein Traum unvermittelt Wirklichkeit geworden wäre – zwei Welten schienen sich zu vermischen, und böse Vorahnungen beschlichen mich, als ich mit Zimmermann von der Steinsdorfer Seite nach Osten wanderte und die Charlottenhöhe mit ihrer uralten Bekrönung vor mir auftauchen sah.

Zimmermann ist der einzige, der die wahre Verfassung meines Gemüts zu ahnen scheint. »Wenn ich mir die Bemerkung erlauben darf, Prinzessin«, hatte er mir diesen Sonntag gesagt, »Sie sollten sich ein wenig Muße gönnen und der freien Natur gestatten, auf den beengten Kreis Ihrer Gedanken einzuwirken. Wissen Sie überhaupt, wie viele eigentümliche Flecken es hier herum gibt, die einen Besuch nicht weniger lohnen als die Sehenswürdigkeiten einer Stadt?«

Er hatte mir ja schon im Winter versprochen, mich einmal zu einem interessanten Spaziergang mitzunehmen, und nun ließ ich mich gern von ihm führen. Wir brachen früh auf, tafelten im Goldenen Krug von Steinsdorf und erblickten nach weniger als einer halben Stunde die alte Kapelle über dem Hirtenbach, einem Seitenarm der Ries. Den Eindruck, den die Ruine auf mich machte, habe ich schon beschrieben. Zimmermann hatte einige Mühe, mich zum Weitergehen zu bewegen. Begleitet vom Gemurmel des Wassers und dem aufgeregten Gezwitscher der Bachstelzen wanderten wir am Grund des kleinen Hirtentals entlang, bis wir zwischen blühenden Schlehen und Weißdorn die halbzerfallenen Stufen fanden, die uns bergauf führten. Auf dem Hügelkamm herrschte fast vollständige Stille; man war von allem Alltäglichen wie entrückt und sah nur am Horizont eine Staubwolke aufsteigen, als die Mittagspost von Happach nach der Residenz abging.

Von der alten Kapelle sind nur die Mauern aus bunten Feldsteinen übrig. Im Westen steht noch ein Taufbecken. Es ist aus einem schönen, bläulich schimmernden Quarzitblock gefertigt und mit zwei merkwürdigen Reliefs im ernsten und monumentalen, unräumlichen Stil des frühen Mittelalters verziert. Eines zeigt eine Taufszene: Zwei Engel mit großen Flügeln stehen oberhalb eines durch Wellenlinien zu ihren Füßen angedeuteten Gewässers. Am anderen Ufer steht ein Mann mit haarigem Schädel und langem Bart halb im Wasser. Er hat die Arme ausgebreitet. Die Engel sind ebenfalls bärtige und langhaarige Männer. Sie halten eine etwas kleinere menschliche Gestalt an der Taille umfaßt. Die menschliche Gestalt trägt eine Krone auf dem Kopf und beugt sich nach vorn; sobald die Engel ihren Griff lockern, wird sie ins Wasser steigen – oder fallen? Auch Zimmermann hatte die Szene zuvor als eine christliche Taufszene begriffen, doch als wir sie nun im hellen Licht studierten, mutete sie uns eher wie jenes altgermanische Opferritual an, von dem er in den vergilbten Handschriften unserer Bibliothek gelesen hatte. Könnten die bärtigen Männer nicht archaische Priester sein, die man als so mächtig erachtete, daß man ihnen Flügel andichtete? Das hilflose Königskind in ihren Händen könnte das Abbild eines auserwählten Menschen sein, den sie in den Fluten der Ries zu versenken pflegten, um einem barbarischen Wassergott zu huldigen; dann wäre der große Mann mit dem dichten Haupthaar nicht Christus, sondern ein heidnischer Gott, wie er triefend aus den Fluten auftaucht, um den Geopferten in Empfang zu nehmen. Ich erinnerte mich an das Bild des römischen Flußgottes in unserem Lateinbuch. Als ich Zimmermann meine Gedanken mitteilte, sagte er nachdenklich, es habe ihn bei seinen Forschungen zuweilen verblüfft zu sehen, wie lange sich gewisse Vorstellungen unbekümmert um alle äußeren Veränderungen und Grenzziehungen im Volke bewahren. Gerade in Zeiten von Krisen und Not sei zu beobachten, daß in den Köpfen der Bedürftigen älteste, verschüttet geglaubte magische Auffassungen wieder zu spuken begännen. Es verhalte sich mit diesen wie mit den sonderbaren, oft uralten Wörtern der Mundart, die zuweilen im vertrauten Kreise einer Dorfstube, eines ländlichen Festes zu hören seien, ohne daß die Sprechenden wüßten, wo sie sie gelernt haben. Im kindlichen Gemüt unseres Volkes sei die Furcht vor der Gewalt der Natur tief eingewurzelt, so daß viele der alten poetischen Schöpfungen von ihr durchdrungen seien. An diesem Becken habe sie sich mit den noch fremden und womöglich halbherzig übernommenen Vorstellungen des Christentums gemischt. Auch wenn die Münder der Heiden das Glaubensbekenntnis sprachen, erinnerten sich ihre Körper beim Untertauchen im geweihten Wasser vielleicht an jene Handlungen eines älteren, angstvollen und schreckensreichen Daseins, das sie noch nicht ganz abgestreift hatten.

Doch wir machten an diesem Ort eine weitere seltsame Entdeckung: An der Chormauer fanden sich etliche Steine mit sonderbaren Zeichnungen, die Sternen, Rädern oder Haarwirbeln glichen. Diese Formen, kindlich-unbeholfen geritzt und doch von sicherer, selbstgewisser Perfektion, erkannte ich sogleich als dieselben, die (wenn auch in etwas anderer Anordnung) dem Opferstein am Stillen Loch eingraviert sind. Zimmermann aber vertrat vehement die Überzeugung, es handle sich nicht um Abbildungen von Menschenhand, sondern um Fraßspuren oder Abdrücke ausgestorbener Tiere, also um Bildungen der Natur. Ich wollte das nicht gelten lassen, und der Ton unseres kleinen Streitgesprächs wurde schärfer. Dabei hatte Zimmermann selbst mich darüber belehrt, daß man in unseren frühen Kirchen oft in Bodennähe Steine verbaute, die die Bildnisse oder Wappen heidnischer Götter trugen, um anzuzeigen, daß jene Götter ihre Macht verloren hätten und vom Licht Christi überstrahlt würden. Doch als ich ihm das nun entgegnete, hörte er mir kaum zu, sondern beharrte starrsinnig auf seiner Meinung, worauf ich sagte: Nun, dann solle Srotzniowsky unser Schiedsrichter sein!, und meinen Stift herauszog, um einige Zeichnungen anzufertigen. Als ich indessen die Steine erneut betrachtete – Zimmermann stand schweigend neben mir und folgte meinem Blick –, spürte ich, daß etwas unvermittelt anders geworden war.

Was sich nun ereignete, ist so sonderbar, ja gespenstisch, daß ich mich frage, ob es wirklich geschehen ist oder ob es nicht vielmehr eine Vermischung zweier Welten gegeben hat, wie ich sie schon beim ersten Anblick der alten Kapelle befürchtete. Bin ich dort oben in der alten Kapelle, erschöpft vom Anstieg und der Mittagshitze, vielleicht eingenickt? War das Ganze nur ein kurzer, böser Traum?

Von einem Augenblick zum andern war Zimmermann nicht mehr der liebenswerte, gütige, väterliche Freund, den ich kannte, sondern ein gefährlicher Gegner, ein Scheusal, ein Todfeind, und ich war nicht mehr ich, sondern eine haßerfüllte, wutschäumende Furie, die keinen anderen Wunsch mehr hatte, als diesen Feind zu zerschmettern. Er schien mich ebenfalls aus tiefstem Grund zu hassen; ich nahm erschrocken seine gefurchten Gesichtszüge, seinen harten Mund, seinen eisigen, abweisenden Blick wahr. Und so standen wir uns bebend und sozusagen mit geballten Fäusten gegenüber. Mir lagen die unflätigsten Ausdrücke auf den Lippen, und ich hatte keinen größeren Wunsch mehr, als diesen Mann zu demütigen und zu schmähen, und so wäre es ohne Zweifel zu einer schauerlichen Szene gekommen, wenn wir nicht im gleichen Moment die hellen Rufe eines Bachstelzenpärchens vernommen hätten, das dicht über unseren Köpfen hin und her flatterte. Sie brachten uns zu uns selbst zurück. So schnell, wie sich das unheimliche Zerwürfnis angebahnt hatte, löste es sich auch wieder auf; ich fühlte, wie meine Glieder weich wurden, als fiele ein Panzer von mir ab.

Das Ganze hatte eine halbe Minute, vielleicht noch kürzere Zeit gedauert, doch unsere Verlegenheit und Verwirrung waren unbeschreiblich. Zimmermann wandte sich ab, bat mich mit krächzender Stimme untertänigst um Verzeihung und sagte, daß wir uns besser auf den Heimweg machen sollten, da das Wetter umschlage. Von einem Wetterumschlag war allerdings nichts zu spüren. Ich packte hastig meine Zeichnungen ein und folgte ihm, doch mit welchen Gefühlen! Vor Scham wagte ich ihn kaum anzusehen und hatte am ganzen Körper Gänsehaut. Am Ende verabschiedeten wir uns voneinander mit gegenseitigen Beteuerungen unserer Ehrerbietung und Freundschaft, doch waren wir wohl beide froh, das Abendessen ohne einander einnehmen zu können.

26. *Mai* – Gestern hörte ich die Nachtigall in den Fliederbüschen am Rondell. »Was Neues hat sie nicht gelernt, Singt alte liebe Lieder …« Aber wieviel Neues habe *ich* gelernt in diesem Jahr!

16. *Juni* – Um diese Zeit sah man in früheren Jahren das ganze Land belebt von tätigen Leuten – nun ist alles um uns her verwaist. Die liebe Sonne scheint auf vernachlässigte Straßen und heruntergekommene Hütten, angefangene und nicht zu Ende geführte Feldarbeit, brachliegendes Land. Die Obstbäume hängen voll, aber wer wird sie abernten? Der Fürst weilt in Berlin; Friedrich Ferdinand

hat sich in den letzten Kämpfen sehr hervorgetan und ist offenbar immer an seiner Seite. Nun zittere ich nicht mehr in freudiger, sondern in banger Erwartung, wenn mittags die Stafette kommt, denn bald wird Othmar mir seine Rückkunft mitteilen. Der Tuchhändler Geyer ist gekommen und hat uns die schönsten Stoffe angeboten, aber wir konnten nichts kaufen, da wir unser Geld jetzt für das Notwendigste zusammenhalten müssen. Ich vertreibe mit Fanny und Suzanne die Spatzen von den Stachelbeersträuchern – das einzige Küchenmädchen, das wir noch haben, hat Wichtigeres zu tun –, aber diese einfache Tätigkeit gibt uns wenigstens Gelegenheit, ein wenig zu laufen und zu lachen und die frische Luft zu genießen, weil es sonst keinerlei Abwechslung mehr gibt. Ludwig macht Schießübungen und ist trübsinnig. Wenn das Wetter weiter schön bleibt, werden wir bald wieder einmal zum Wäldchen wandern können.

25. *Juni* – Zimmermann ist mir jetzt der vertrauteste Mensch auf Erden. Das schreckliche Erlebnis auf der Charlottenhöhe, über das wir einhellig Schweigen bewahren, hat eine merkwürdige Komplizenschaft zwischen uns hergestellt. (Aber kann ich meinen Eindrücken trauen?) Zur Unterhaltung erzählte er uns Sagen, die er im letzten Jahr in unseren Dörfern gesammelt hat. Es gibt viele Geschichten von unheimlichen Wasserelben, genannt Grimmer, Knurrer, Krausnix u. ä., greisen, öfters alterslosen, doch stets grausamen und blutdürstigen Wesen. Daß meist noch immer mit Andacht von ihnen gesprochen wird – obgleich nur noch die zahnlosen Weiber genaueres Wissen über sie besitzen –, erklärt Zimmermann mit der naiven Weltbetrachtung des Volkes, das nach einer Erklärung für Naturerscheinungen aller Art suche und sich desto engstirniger an seinen Wunderglauben klammere, je ohnmächti-

ger es unter der vernichtenden Wucht von Stürmen, Überschwemmungen, Eiszeiten und ähnlichem zu leiden habe. (Ähnliches äußerte er schon bei unserem Spaziergang zur Charlottenhöhe; doch ist seine Auffassung des Volkes nicht selbst ein wenig naiv?) In einer Handschrift aus dem Kloster Wexfeld hat er den Beweis dafür gefunden, daß die Ries in früheren Jahrhunderten nach Flutperioden bisweilen unerwartet ihren Lauf änderte, was mit großen Verlusten von Gebäuden, Vieh und Menschenseelen und – proportional hierzu, wie er meint – dem störrischen Festhalten an heidnischen Gebräuchen einhergegangen sei. In der Gegend der heutigen Residenz hätten diese sich so lange gehalten, daß die Mönche von Wexfeld vor ein paar hundert Jahren eine Bittschrift an den Bischof richteten, mit der sie ihn aufforderten, Soldaten zu schicken, um den Götzenanbetern endlich den Garaus zu machen. Was daraus geworden ist, weiß man nicht.

28. *Juni* – Nun sitze ich (es regnet unablässig) wieder in meinem Kabinett, aber es gelingt mir nicht, aus all diesen glanzlosen Schalen und zerrupften Federn, mürben Schmetterlingen und staubigen Fossilien das Bild eines wirklichen Lebens zu extrahieren. Wie sind wir nur dazu gekommen, all diese Dinge der Natur zu entreißen, sie in einen staubigen Kerker zu sperren und sie unserer kümmerlichen Ordnung zu unterwerfen?

30. *Juni* – Srotzniowsky schreibt, offenbar in großer Erregung. Die sonderbaren radförmigen Spuren, die ich auf der Charlottenhöhe zeichnete, sind von bisher unbekannten altertümlichen Lebewesen hinterlassen worden. Er hat sie sogleich mit einem Namen versehen. Nach mir, ihrer Entdeckerin, heißen sie nun *Rotula sternauii,* und ich bin sehr stolz auf sie. Seit ich am Ries-Ufer die ersten Bachmu-

scheln und Tellerschnecken sammelte und auf der Wiese am Mühlgraben Schwalbenschwänzen nachjagte, fühle ich mich allen Erforschern der Natur befreundet; seit meine kindliche Einbildungskraft aus einem unvollständigen steinernen Skelett einen herrlichen weißen Ibisvogel erschuf, der mir an so vielen einsamen Abenden die Zeit zu vertreiben half, habe ich als unbedeutende Dilettantin davon geträumt, daß mein Name in die Annalen der Wissenschaft aufgenommen werde, und nun ist dieser Wunsch auf gänzlich unerwartete Weise in Erfüllung gegangen.

Die *Rotula* sind Hervorbringungen der Natur, dessen ist Srotzniowsky gewiß; allerdings, so fährt er fort, handle es sich nicht um echte Fossilien, sondern um *Abdrücke* unbekannter weicher, knochenloser Organismen im Gestein. Ähnliche Gebilde kenne er aus dem Vogelstein-Massiv, wo man auch unseren graublauen Quarzit in großen Mengen finde. Er bittet mich, ihm sogleich Mitteilung zu machen, falls ich auf weitere Vorkommen stieße. Er hält den blauen Stein für ungeheuer alt, die *Rotula* für Beweise eines Lebens, das Hunderte Millionen Jahre vor unserer Zeit entstanden ist.

Er will mir auch ein gutes englisches Mikroskop schikken.

1. *Juli* – Die ersten Kirschen! Und Schwärme von Staren, die sie genauso lieben wie ich.

2. *Juli* – Es ist auf einmal so heiß geworden, daß das Fräulein alle unsere Fenster hat verhängen lassen, und doch schwitzen wir unsäglich. Ludwig ist wieder ganz der alte. Er hat sich eine gelbe Nangkinghose machen lassen und trägt die karierte Weste dazu, und er kann höchst liebenswürdig zu den Damen sein! Morgens weckt uns die Gundel mit lautem Gebell und Schwanzwedeln. Sie weiß, was wir

vorhaben! In aller Frühe reiten wir durch unser schattiges Wäldchen zum Stillen Loch, das uns mit tausend blinkenden Augen anlockt. Das Wasser ist noch recht kühl, doch Ludwig schwimmt wie ein Fisch; gestern ist er von einem Ast ins Wasser gesprungen und untergetaucht, und gerade als ich anfing, unruhig zu werden, tauchte er lachend ganz nah vor mir auf und warf mir Steine ans Ufer. Meine Petrefaktenleidenschaft ist wieder erwacht und verdrängt alles andere. Mit meiner kleinen Schaufel grabe ich im Uferschlamm und breche manchmal große Stücke aus dem tonigen Boden, die ich dann mit dem größten Behagen vor mir ausbreite, um zu sehen, ob etwas Brauchbares darunter ist. Das Gestrüpp zerkratzt meine Arme, und die Schnaken haben mich schon ganz zerstochen, aber ich merke nichts von alledem.

In der Dämmerung kommen die Fledermäuse, Hunderte von ihnen taumeln vor uns in der Luft. Wie liebe ich diese anmutigen und verschwiegenen Tierchen! Ein, zwei Stunden nur sind sie ganz lebendig, schwirren auf unvorhersehbaren Zickzackbahnen über dem dunklen Wasser – dann bricht die Dunkelheit herein, und sie sind plötzlich verschwunden. So ist es auch mit mir, denke ich, so taumele auch ich durch eine kurze Dämmerung, bis der Oheim zurückkommen wird, und mit ihm Friedrich Ferdinand.

16. Juli – Was die Petrefakten betrifft, so haben wir außer zerrissenen Zweigen und Blättern, hie und da auch einigen regelmäßigen Strukturen, die Stacheln, Schuppen oder Teile von Flossen sein könnten, nichts Nennenswertes finden können. Bruchstücke eines Riesenfarns, einen dunkel gebänderten Flügel, der vielleicht einer Zikade gehörte, einige winzige Mollusken, ein Vogelfußfragment mit deutlich ausgeprägten Hornschuppen (eine Nachtschwalbe?), mehr habe ich in den letzten zehn Tagen nicht bestimmt.

Es war eine völlig unbegründete Annahme, hier mehr entdecken zu können als im Kanalgestein von Dillisberg und Happach. Aber wir wollen es weiter versuchen; Ludwig wird noch tiefer tauchen.

Mittags packen wir im Schatten der alten Buche am Südufer unseren Picknickkorb aus. Abgesehen von den weißen und rosaroten Seerosen und den kleinen Fröschen, die auf ihren Blättern dösen, sind wir allein in unserem Idyll, obgleich ich ständig ein merkwürdiges Gefühl habe, als würden wir beobachtet.

19. Juli – Ludwig hat sich in diesen Tagen verändert. Er ißt mit wolfsmäßigem Appetit und hustet auch nicht mehr. Seine Schultern sind breiter geworden, sein Gesicht ist sonnenverbrannt und männlich. Ich sitze mit offenem Haar und bloßfüßig unter der Buche, das Tuch mit unseren Steinen vor mir, dazu die Bürsten, mit denen ich sie säubere. Gestern sind ein paar Bauernkinder dagewesen. Ich habe ihnen von unseren Bisquits, unserer Konfitüre, unserer Johannisbeer-Limonade angeboten, aber sie drängten sich nur scheu aneinander, die Mädchen knicksten, die Knaben zogen verlegen den Hut, keines brachte ein Wort über die Lippen.

Als der seltsame Knabe mit dem struppigen Schopf und dem zerlumpten Kittel auf einmal hinter mir im Schatten stand, habe ich einen gehörigen Schreck gekriegt. Die Gundel hat ihn auch bemerkt und mit ihrem wütenden Gekläff vertrieben. Als Ludwig ins Wasser ging, ist der Knabe ihm behende nachgesprungen; er schwamm so rasch, so geschmeidig, daß man nur eine schmale silberne Spur von ihm sah – man hätte ihn für einen großen Otter halten können –, immer vor Ludwig hin und her, wie um ihn zu locken oder herauszufordern.

20. *Juli* – Dieser Sommer scheint uns für alles vergangene Unglück entschädigen zu wollen, so strahlend fällt morgens früh die Sonne ins Fenster, so strotzen alle Pflanzen nach einem kurzen nächtlichen Regen von Saft und Kraft; unser Wäldchen glänzt von dunkelgrünen Buchen und Fichten, und die großen, wogenden Zitterpappeln an der Ries halten lebhafte Zwiesprache mit der sanften Brise, die uns mittags angenehm erfrischt. Pfauenaugen und Zitronenfalter schweben über den Disteln am Wegrand, zwitschernd sausen die Schwalben hin und her, und die Grillen bedecken das ganze Land mit einem dröhnenden Teppich. Licht und Wasser haben meinen Körper verändert; ich atme tiefer, und lebhafter denn je nehmen meine Sinne auf, was ihnen diese Welt zu geben hat. Diese Welt ist mein Zuhause. Diese Welt kennt und braucht keinen Friedrich Ferdinand.

21. *Juli* – Wir müssen das Nordufer erkunden. Ludwig ist fest entschlossen, morgen hinzugehen. Ich dachte an den Opferstein und an das, was ich letztes Jahr dort erlebte, und widersprach heftig, und dann stritten wir uns, wie schon lange nicht mehr, bis die Tränen flossen. Warum bin ich so erbittert gewesen? Hat er denn nicht recht? Von Einbildungen soll man sich nicht leiten lassen.

22. *Juli* – Gestern abend, nach dem Streit mit Ludwig, zog ich mich in meine Klause zurück, doch statt Frieden zu finden, wurde ich wieder von jenem Traumbild gequält, das mich vergangenes Jahr im Winter zum erstenmal heimsuchte und sich nun auf die grausigste Weise fortsetzte. Wieder stand ich vor einem spiegelnden Gewässer; die Luft war erfüllt von zahllosen Tierstimmen, die zusammen einen unregelmäßig aufbrandenden und abebbenden Hymnus sangen. Man fesselte mich und setzte mir den Schilfkranz

auf. Bebend vor Angst sah ich ins Wasser. Die schwarzen Fichten ringsum verloren sich in unendlicher, saugender Tiefe. Da und dort kräuselte sich die glatte Oberfläche des Sees, es bildeten sich Strömungen, die immer stärker und wilder wurden. Oh, und jener entsetzliche, tiefe Laut, den ich mehr als alles fürchte! Ein unnennbares Grauen preßte meine Brust zusammen. Ich wußte, daß mir nichts mehr helfen konnte – daß ich verloren war.

Als ich zu mir kam, machte die Angst sehr bald einem eigenartigen Hochgefühl Platz. Ich bin ganz sicher, daß wir bald etwas Bedeutsames entdecken werden.

24. *Juli* – Aus dem Schatten trat uns die schmale Gestalt des struppigen Knaben entgegen. Die Gundel hatte ihn schon vor uns bemerkt. Erst bellte sie, bis sie heiser war, dann schmiegte sie sich ganz dicht an den Boden und stellte zitternd die Ohren auf. Mir war ganz ängstlich zumute; ich wandte mich schon zum Gehen, aber Ludwig trat keck auf den Knaben zu und fragte, was er wolle. Dieser öffnete den Mund, aber statt Worten stieß er nur unverständliche, dumpfe Tierlaute hervor. Seine ganze Haltung war so bestimmt, so herrisch, daß wir ohne weiteres begriffen, was er uns mitteilte: Er wollte nicht, daß wir uns an diesem Orte aufhielten. Ludwig ärgerten seine barbarischen Äußerungen. Er schrie ihn an, wie er dazu komme, uns etwas verbieten zu wollen, und übrigens seien andere vor uns dagewesen, beim Huntarifest – denn man sah noch vertrocknete Kränze um den Opferstein liegen – oder bei anderer Gelegenheit. Darauf entgegnete der Knabe – wieder ohne zu sprechen, doch in unmißverständlicher Weise –, das Huntarifest sei dieses Jahr noch nicht gefeiert worden. »Du lügst!« schreit Ludwig, vor Wut schäumend. Der Knabe steht da, stumm, ohne sich zu rühren. Ludwig geht zu ihm, versetzt ihm einen Schlag mit der flachen Hand ins Ge-

sicht, so daß der andere taumelt, und schlägt noch einmal zu. Ich wußte nicht, wieviel Kraft er hat. Der andere wehrt sich nicht. Er lächelt nur auf unerträglich abschätzige Art, wendet sich um und verschwindet im Wald. Nun ist der Weg frei, aber die Gundel bleibt an der Stelle, wo sie sich hingelegt hat. Ludwig traktiert sie mit Tritten, die sie vor Schmerz aufjaulen lassen. Auf dem Heimweg kann die lahmende Hündin kaum mit uns Schritt halten.

25. *Juli* – Die Gundel kann nicht mehr aufstehen und frißt nicht.

26. *Juli* – Wir haben eine sehr verheißungsvolle Stelle entdeckt, knapp unter der mächtigen Wurzel einer Fichte, die aus einer dünnen Lehmschicht wächst. Darunter liegt schwarzes, toniges, glimmerhaltes Gestein, vom Wasser teilweise unterspült und ausgehöhlt. Ludwig wird morgen mit einer Hacke und dem Scharriereisen, das wir uns von Seckel geborgt haben, ans Werk gehen.

27. *Juli* – Wir haben die Gundel begraben.

28. *Juli* – Zwei Tage lang hat Ludwig große Stücke des tonigen Schiefers unterhalb des Wasserspiegels herausgebrochen. In allen Stücken finden sich Abdrücke der *Rotula*! Es sind kleine, radartige Wesen mit gewellten oder gesägten Säumen und einem Kranz haarfeiner Wimpern oder Strahlen um den Mittelpunkt. Größere Gruppen von ihnen kleben zusammen und sind von einer Art Kissen aus ungegliedertem Material umgeben. Die Feinheit und Weichheit ihrer skelettlosen Körper ist mit dem Brennglas gut zu erkennen. An manchen Stellen finden sich dieselben Gebilde in gewaltiger Größe, auch dem unbewaffneten Auge gut sichtbar, mit deutlich ausgeprägten, vielleicht verhornten,

scharf gezackten Rändern. Die größten *Rotula* haben einen Durchmesser von einer halben Armlänge! Was bedeutet das? Sind es junge neben ausgewachsenen Tieren? Sind es überhaupt Tiere? Ludwig sagt, der härtere Quarzit direkt unterhalb der tonigen Schicht enthalte ebensolche Abdrücke, etliche davon noch größer. Er muß mir auch von dort Stücke heraufbringen. Gestern sind wir am Nordufer geblieben, bis die Nacht hereinbrach.

29. *Juli* – Ludwig hustet. Der Quarzit bereitet ihm Schwierigkeiten. Der Knabe ist wiedergekommen; er gibt keinen Laut mehr von sich, und wir akzeptieren nolens volens seine Anwesenheit. Er springt mit Ludwig ins Wasser, schwimmt vor ihm her, läßt sich sinken, taucht irgendwoanders wieder auf und imponiert meinem Bruder mit seinen Künsten so sehr, daß dieser nichts anderes mehr will, als es dem Konkurrenten gleichzutun.

30. *Juli* – Kann ich meinen Augen trauen? Ja, es scheint, als hätten wir endlich etwas wirklich Bedeutendes gefunden! Wenn Ludwig nur nicht schwach wird. Er hat oft ganz blaue Lippen, wenn er wieder auftaucht, und klagt über Stiche in der Lunge. Ich habe ihm ein Paar Pistolen und meinen Glasbecher mit den Schmetterlingen versprechen müssen, damit er weitermacht. Wir brauchen noch mehr Steine, um die Existenz dieses vorweltlichen Paradieses beweisen zu können.

Ich habe gleich an Srotzniowsky geschrieben.

1. *August* – In welcher Zeit lebten diese Organismen? Schwammen sie in einem urweltlichen Meer, an dessen Rand Farnbäume und Palmen standen? Sie müssen älter sein als alle Fische, Kröten, Echsen und Mollusken, deren Überreste wir letztes Jahr im Kanalschutt fanden, älter

auch als unser Ibis, denn sie haben mit keinem Tiere Ähnlichkeit, das in meinen Büchern verzeichnet ist. Unser eiserner Sommertisch im Küchengarten ist die Bühne, auf der ich eine versunkene Zeit heraufbeschwöre, einen verwunschenen Garten, bestehend aus phantastischen Wesen, die offenbar weder Knochen noch Skelette noch Stacheln oder sonstige harte Teile besaßen. Wie überaus anziehend wirken diese rätselvollen, amorphen Körper auf mich! Ich habe sie eingehend unter der Lupe betrachtet; jetzt fange ich an zu zeichnen; dabei begnüge ich mich nicht mit dem Vorhandenen, da es zu oft schadhaft oder uneindeutig ist. Ich repariere also gleichsam mit meinem Stift die zerbrochenen Stücke, setze die gequetschten oder verschobenen Teile an ihre ursprüngliche Stelle, vervollständige die fehlenden Umrißlinien, und so entstehen allmählich die richtigen Formen auf meinen Blättern: große, quallenartige Wesen mit wunderlichen Schirmen, zottige Würmer, Schwämme und Wedel, feenhaft zarte Sterne, komplexe Räder und Spiralen, lippenartige gefiederte Blumen und lange, gestielte Lamellenblätter – heterogene Formen, die gleichwohl einer geheimen Symmetrie zu folgen scheinen und in der Weise ihrer Anordnung ein augenfälliges Bild des Gleichgewichts und der Harmonie ergeben.

Aus ihrem heimatlichen Element gerissen, verändern sich die Steine in kürzester Zeit. Vor allem brauchen sie Feuchtigkeit. Wenn wir die Gebilde nicht gleich nach der Bergung mit nassen Tüchern bedecken, sind sie am nächsten Morgen so bröselig, daß man nichts mehr von ihnen erkennt.

2. *August* – Der größte und spektakulärste Teil der Fundstelle befindet sich zwanzig bis dreißig Schuh unter Wasser. Es wird jedoch immer schwieriger, unbeschädigte Stücke des Urgesteins ans Tageslicht zu fördern.

Ludwig nimmt die Sache nicht recht ernst; ihm ist es nur um das Schwimmen und Tauchen zu tun, in diesen Disziplinen will er glänzen.

3. *August* – Wenn jede Form des Lebens Vorformen hat, bei denen die Natur gleichsam probte, so kann es aber doch Formen geben, für die es keine Weiterentwicklung gab, Irrläufer, Blindgänger, die geprüft und verworfen wurden. Die Organismen aus den tieferen Gesteinsschichten unserer Gegend hatten offenbar keine Nachfahren. Warum nicht? Eine Antwort ist, daß die Natur sie irgendwann als fehlerhaft und unbrauchbar verwarf. Aber gibt es nicht noch eine andere Möglichkeit? Die nämlich, daß die Natur gar keinen Grund hatte, sich weiter an ihnen zu versuchen, weil ihre Lebensform bereits die Stufe der Vollkommenheit erreicht hatte.

5. *August* – Es ist still auf der Welt. So still, daß die Glocken von St. Crispus auch bei uns zu hören sind.

6. *August* – Srotzniowsky hat endlich das Mikroskop geschickt, auf das ich nun schon so lange warte. In jeder freien Minute betrachte ich meine Funde und sinne über ihre Bedeutung nach. Sind es Pflanzen oder Tiere? (Oder etwas Drittes, wovon wir bis jetzt noch gar keine Vorstellung haben?) Ohne Panzer, ohne Zähne, ohne harte Teile irgendwelcher Art müssen sie für ihre Feinde leichte Beute gewesen sein. Oder hat es eine Zeit gegeben, in der sie die Erde ganz für sich hatten? Eine Zeit, in der die Lebewesen keinen Schutz vor Räubern ausbilden mußten, weil sie sich gar nicht zu verteidigen brauchten? Vielleicht ist die Vorstellung, einer sei des anderen Feind, für jene Zeit so absurd gewesen wie für unsere Epoche das Gegenteil. Man soll mich ruhig für närrisch halten, aber es gefällt mir nun

einmal, mir vorzustellen, wie diese jetzt völlig erstarrten Wesen im flachen Wasser ihre schwerelosen Spaziergänge machten, ganz gemächlich und vergnügt, ringsum grüßend mit ihren flatternden Schirmen und flirrenden Federarmen, wie ihre durchsichtigen, schwammartigen, zart pulsierenden Körper, einander begehrlich umschwebend, unaufhörlich anschwollen und schrumpften, aufquollen und sich zusammenzogen, wie sie mit ihren Mundfransen nährendes Wasser einstrudelten und mit ihren Gallertaugen Licht tranken. Welche Katastrophe hat diesen wahren Garten Eden verheert? Welcher Satan hat das friedliche Dasein dieser Schutzlosen so abrupt beendet?

8. *August* – Ludwig hat wirklich eine kolossale Begabung dafür, Fünfe gerade sein zu lassen. Er hat schon die Freude an der Sache verloren, während ich geradezu besessen bin von meiner Wasserwelt. Auch bin ich von Natur aus hartnäckiger, und wenn er nach dem Mittagessen laut gähnt und sich in den Schatten schlafen legt, brenne ich schon auf die nächsten Funde. Doch wie lange wird es mir noch gelingen, ihn zu immer waghalsigeren Tauchgängen anzuspornen? Spätestens wenn das Wetter sich ändert – Schoch*, der gestern abend wieder einmal unser Gast war,

* Daniel Adam Schoch, geboren 1761 in Schifferstadt, gestorben 1843 in Konstanz, war von 1792 bis 1825 Professor für Mathematik und Physik an der Fürstenschule (heute Naturwissenschaftliches Gymnasium) der Residenz. 1794 entwickelte er einen dampfgetriebenen Wagen (heute im Besitz des Stadtmuseums), der zwischen Marstall und Michaelitor auf Schienen fuhr. 1796 gründete er die »Witterungsanstalt« an der Bleichwiese (in Betrieb bis 1925). Am 16. April 1799 schickte er das erste Telegramm des Landes, bestehend aus 223 Buchstaben, vom Turm des Alten Raths nach Schloß Haag. Er schrieb ein Lehrbuch der Physik, das bis 1876 in elf Auflagen erschien, und verfaßte 1838 eine *Anleitung zur Ausführung und Visitation der Blitzableiter*. In

prophezeite baldige Gewitter –, wird er genug haben von meinem Petrefaktenfeldzug und sich seinen zivilen Liebhabereien widmen.

Ich muß aber über den wichtigsten Punkt noch Klarheit gewinnen: Warum finden sich die rädchenförmigen

der näheren Umgebung der Stadt wurden nach seiner Anleitung 9 Regen-, 2 Schnee-, 32 Gewitter- und zahlreiche Hagelmeßstellen errichtet. Auch die Ausrüstung aller höheren Gebäude des Landes mit Blitzableitern ist auf Sch. zurückzuführen. Nach seiner Pensionierung unternahm er Reisen an Rhein, Donau und Bodensee, um die »Elementarkraft des Wassers« und deren Einfluß auf das menschliche Gemüt zu studieren. Zu seinen belletristischen Schriften gehören die 1842 erschienenen *Streifzüge eines Wetterfühligen*, in denen persönliche Erinnerungen mit meteorologischen Studien verknüpft werden. Einige aufschlußreiche Passagen sind dem Schicksal Prinzessin Luises gewidmet. Leicht gekürzt geben wir sie hier wieder:

»Auch in den umliegenden Dörfern verehrte man Luise als eine freundliche, am Unglück der Leute stets Antheil nehmende junge Herrin, zumal man, besonders in ihrem letzten Lebensjahre, im Blick ihrer schönen grauen Augen eine schauervolle Traurigkeit zu lesen vermeinte, welche zu allerlei Muthmaßungen, über eine geheimnisvolle Liebschaft o. dgl., Anlaß gaben. Der Tod des jungen Prinzen durch Ertrinken wurde allgemein mit größter Gleichgültigkeit zur Kenntnis genommen. Ludwig war wegen seines fühllos-grausamen Wesens im Volke nicht beliebt. Es mag jedoch zusätzlich ein besonderer Umstand ins Gewicht gefallen sein, die fast ehrfurchtsvolle Scheu nämlich, welche man in der Ries-Gegend von jeher dem ungebärdigen Element des Wassers entgegenbringt. Das Baden und Schwimmen, bei der städtischen Jugend inzwischen ein fast selbstverständliches sommerliches Vergnügen, war aus ebendiesem Grunde in der Haager Gegend noch eine durchaus ungewohnte Übung. Die Vermuthung liegt nah, daß Prinz Ludwig die Grenze des Schicklichen übertrat, als er sich in jenem Sommer mutwillig und vor aller Augen in Bächen und Seen tummelte, und zwar gerade an solchen Stellen, die wegen der sich unvermittelt bildenden Wirbel (›Krispen‹ oder ›Krausen‹ im dörflichen Idiom)

Abdrücke in jenen ältesten Gesteinsschichten des blauen Quarzits *zusammen* mit einer unendlichen Vielfalt friedlicher knochenloser Urwesen, indessen all diese eigenartigen Federn, Blätter, Blüten, Sterne und Spiralen in den jüngeren Schichten (i. e. dem obenliegenden Quarzit und dem ufer-

als besonders gefährlich, oft auch unheimlich galten. Nach seinem tragischen Tode sagte man wohl in den Dörfern, das Wasser habe sich wieder einmal ein Opfer geholt, doch blieb man dabei ganz desinteressiert. Seiner verzweifelten Schwester hingegen brachte man die größte Sympathie entgegen. Wenn sie, schwarz gekleidet und leichenblaß, in jenen kurzen Wochen zwischen dem wohl schrecklichsten Ereignis ihres jungen Lebens und dem Tag ihrer Verheiratung bei seltenen Gelegenheiten das Schloß verließ, kamen die Leute zu ihr gelaufen, um ihr die Hände zu küssen.

Ich wollte der armen Prinzessin, welche ich selbst an etlichen kurzweiligen Abenden als eine allen Richtungen der Naturforschung aufgeschlossene, kluge und liebenswürdige Tischgenossin kennengelernt hatte, mein tiefempfundenes Beileid übermitteln und wanderte in der letzten Augustwoche jenes Jahres von der Residenz nach Schloß Haag. Einem lang anhaltenden Wetterleuchten am westlichen Horizont waren an den tieferliegenden Orten nächtliche Regengüsse gefolgt. Der folgende Tag zeigte sich aufgrund des raschen Wechsels der atmosphärischen Schichtung als von außergewöhnlicher Klarheit, und an erhöhten Punkten sah man meilenweit entfernte Gegenstände, als wären sie nah. Auch der Schall reiste weiter als gewöhnlich, so daß man, wie ich mich entsinne, vor Haag noch deutlich das Glockengeläut von St. Crispus vernehmen konnte. Indessen näherte sich im Westen eine graue Wolkenwand, welche unter Aussendung vereinzelter Windstöße wie ein von unsichtbaren Händen gezogener Vorhang die heitere Sphäre des Sonnenlichts immer mehr von uns abtrennte. Im Schloß fragte ich nach der Prinzessin. Man führte mich in einen Vorraum, wo ich warten sollte. Aus dem Fenster sehend, bemerkte ich einen sich rasch nähernden reitenden Boten. Da ich, ein Gewitter befürchtend, an den langen Heimweg dachte, der vor mir lag, wollte ich weiteres Ausharren vermeiden. Ich ließ ausrichten, daß ich an einem der nächsten nahen Schiefergestein) bis auf geringe Reste verschwunden sind – während die *Rotula* sich, größer und deutlicher als früher, erhielten? Es kann sich nicht um einen bloßen Zufall handeln. Äußere Schwankungen der Lebensgrundlage scheiden aus, denn all diese Wesen, auch die *Rotula*, müssen

Tage bei besserem Wetter meinen Besuch wiederholen werde, und schlug einen Weg ein, welcher durch den Küchengarten des Schlosses direkt zur Haager Landstraße führte. Die Prinzessin – in der Nähe ihres eisernen Gartentischs, auf welchem verschiedene steinerne Fundstücke, Brenngläser, Pinsel u. dgl. ausgebreitet waren – hielt einen Brief in der Hand. Er war ihr eben von der Stafette überbracht worden; auf Abfertigung wartend, stand der Postillon noch neben ihr. Nun wird die Prinzessin auf mich aufmerksam und winkt mich zu sich. Sie fragt mich – stolz und hart, wie ich sie nie kannte – nach meinem Woher und Wohin, doch als ich sprechen will, läßt sie mich nicht zu Wort kommen. Sie hebt den Brief vor ihre Augen, buchstabiert langsam ihren Namen und die Adresse und spricht, ohne mich anzusehen: ›Ob ich das bin? Was ist Ihre Meinung? Glauben Sie, daß dieser Name mir gehört? Oder gibt es womöglich gar keine Luise mehr?‹ Sie wendet sich nun zu dem Postillon, reicht ihm den ungeöffneten Brief und befiehlt, ihn an den Absender zurückzuschicken. Der Mann ist für einen Moment verwirrt, doch sie wiederholt streng den Befehl, und er trollt sich. Ohne zu begreifen, was vorgeht, spüre ich doch hinter Luises kaltem Gebaren die Erschütterung. Es ist wahrhaftig, als hätte sich im nämlichen Augenblicke die Sonne verfinstert. Einer unwillkürlichen Regung folgend, rufe ich: ›Nein, nicht! Thun Sie das nicht! Versündigen Sie sich nicht – an Ihnen selbst!‹, weil ich plötzlich zu wissen meine, daß hier, mit den schlimmsten Konsequenzen, etwas verlorengeht – oder preisgegeben wird –, doch in der gleichen Sekunde fährt, meine Worte übertönend, mit lautem Geräusch ein Windstoß in die herrliche alte Linde am Rande des Rondells. Einige abgerissene, vorzeitig gelb gewordene Blätter wehen vor unsere Füße. Die Prinzessin scheint wie aus tiefem Schlaf zu erwachen. Ein deutliches Beben überläuft sie von Kopf bis Fuß (ein Phänomen, welches von Opfern eines Blitzschlags bekannt ist!). Darauf bückt sie sich mit einer überraschend zaghaften und unsicheren sich auf ähnliche Weise von den im Wasser schwebenden Nährstoffen ernährt haben, über Jahrtausende, Jahrmillionen hinweg. Ludwig muß mir noch mehr Material liefern! Ich bin sicher, daß wir auf aufschlußreiche Stücke stoßen werden, wenn wir nur jetzt nicht aufgeben.

Bewegung, hebt eines der herbeigewehten Blätter auf, streicht es glatt und legt es sorgsam zu den Steinen auf den Tisch. Ich spreche sie an – sie zittert unablässig – ich sage irgendeine Belanglosigkeit – sie starrt mich an, als kennte sie mich nicht, und läuft schließlich wie ein ängstliches Kind vor mir davon.

(…) Ich glaube ohne Anmaßung sagen zu dürfen, daß ich als Erster die Anzeichen der beginnenden Geisteszerrüttung unserer unglücklichen Prinzessin wahrnahm, obgleich später behauptet wurde, schon als Kind sei sie wegen ihres melancholischen Wesens aufgefallen, und überdies seien Anwandlungen von Traurigkeit und Verwirrung vor der Heirat bei jungen Leuten nichts Anomales. Da die Luft an jenem denkwürdigen Tage stark mit Elektrizität aufgeladen war und sich die Prinzessin höchstwahrscheinlich bereits seit dem frühen Morgen im Freien aufgehalten hatte, liegt die Vermuthung einer fatalen Einflußnahme nahe. Anzunehmen ist, daß der durch die Trauer geschwächte Organismus der jungen Frau von der Wetterstrahlung in einen starken Zustand der Spannung versetzt wurde. Da die Spannung keine Abfuhr fand, mußte sie im Körper verbleiben, wo sie sich in schädliche Energie umwandelte, welche den harmonischen Fluß der Säfte unwiderruflich hemmte und zerstörte.

Auf meinem langen Weg in die Stadt zurück vernahm ich immer wieder die Stimmen der Weidetiere, die mir wegen ihres gespenstigen Halls schauerlich in den Ohren klangen. Was jene Kühe und Ochsen vermochten – ihren von der Wetterstrahlung angegriffenen Körpern durch lautes Brüllen Erleichterung zu verschaffen –, blieb der in unseren menschlichen Konventionen gefangenen Prinzessin versagt. (…) Als sie wenige Wochen später am Arm des schneidigen und strahlenden Friedrich Ferdinand beim großen Erinnerungsfest am Jahrestag der Schlacht zu Leipzig erschien und Fürst Othmar ihre Verlobung bekanntgab, fielen manchen, die sie besser kannten, ihre erstarrten, totengleichen Gesichtszüge ins Auge.«

12. August – Brütende Hitze. Weitere *Rotula* gefunden. Ludwig ist nicht wiederzuerkennen. Er zeigt allen, daß er kein Zärtling mehr ist. Aber er ist unberechenbar. Wir reden – anders als sonst, argwöhnisch, ängstlich, wie Fremde.

Gleich nach dem Abendessen setzte ich mich an das Mikroskop, um die winzigen Partikel zu untersuchen, aus denen die kissenartige Substanz in der unmittelbaren Umgebung der Ur-Räder besteht. Es handelt sich offenbar um zerrissene, zerfetzte, zermahlene Schuppen und Knochen, Panzer von Krebsen und Asseln, aber auch Skeletteile einer Beutelratte, eines Wasservogels – Tieren also, die meist um ein Vielfaches größer waren als die *Rotula*! Ist es denkbar, daß die Rädchen mit ihren Speichen oder Strahlen in Wahrheit wirbelnde, alles vernichtende Mahlwerke waren, die vor nichts haltmachten? Irgendwann wandten sie sich gegen ihre Artgenossen, mit denen sie Millionen Jahre lang friedlich auskamen; irgendwann fingen sie an, die anderen als gefährliche Konkurrenten, als Feinde zu betrachten; irgendwann müssen sie vom Tötungstrieb überwältigt worden sein, und wo vorher alle leben konnten, war nun das Nichtleben der einen die Bedingung des Überlebens der anderen. Von da an gab es nur noch Starke und Schwache, Sieger und Verlierer. Die *Rotula* wuchsen sich zu Ungeheuern aus, die keine anderen Organismen mehr aufkommen ließen. Wo sie waren, verödete die Welt. Das ist also der Grund dafür, daß sich in dem Sediment ringsum nichts findet.

An Schlaf ist nicht zu denken. Die *Rotula* glänzen und glitzern vor mir auf dem Tisch; fast will es scheinen, als wären sie größer als noch vor einigen Stunden. An diesem Eindruck ist die unruhige Kerzenflamme schuld – oder die schreckliche Unruhe in mir. Seit einigen Tagen bin ich so; ich fürchte mich und weiß nicht wovor; etwas scheint sich aus dem Untergrund ins Freie zu wühlen, und ich kann nicht anders, als auf sein Erscheinen zu warten.

13. August – Arten und *Entartete*. Im ersten Begriff steckt schon die Möglichkeit des zweiten, wie im zweiten die Erinnerung an den ersten, aus dem er sich entwickelte. So wären Gut und Böse kein Gegensatz, und der Urgarten, in dem sich alle Geschöpfe friedlich umtanzen und umschweben, enthielte auch die Wurzel der Hölle.

14. August – Eine ungeheure Schlacht muß das gewesen sein, eine Vertilgungsaktion wahnwitzigen Ausmaßes. Danach war die Welt wüst und leer, und ein neuer Gott konnte sich daranmachen, sie nach seinem Willen zu ordnen. Nur diese Steine bewahren das Andenken an ein Paradies.

17. August – Ich war ausersehen, ich trug den Brautkranz. Daher wußte ich ja, was kommen mußte, und empfand den heftigsten Drang, auf dem Fuße kehrtzumachen und zurückzueilen in die sicheren Mauern einer freundlichen, menschlichen Behausung, in der wir Kinder sein durften, beschützt von der väterlichen Hand des gütigsten aller Fürsten. Doch wurde ich gewahr, daß es keinen Weg mehr gibt, der dorthin führt.

19. August – Unsere Zeit wird verschwinden, und unsere armselige kleine Welt wird als weitere Schicht des Bodens in der Tiefe der Erde begraben sein. Was ist der Tod? Nach welcher Seite hin gibt es jetzt noch Grenzen? Es kommen neue Sonnen und Monde, und das öde All wird sich mit neuen Geschöpfen füllen. Wir werden keine Ruhe mehr finden. Auch die Steine leben und warten.

18. September – Sie haben einen Kongreß einberufen, um die neue Ordnung zu beschließen. So hat der alte Vorsteher Patz doch recht behalten, der den Franzosen von Anfang an mißtraute, weil sie den Kindern das Alphabet und den jungen Mädchen beibringen wollten, sich ihre Ehemänner selber auszusuchen. Unsere Mamelucken haben das Ungeheuer niedergeworfen, aber das Blut, das in die Erde floß, hat einem älteren Feinde das Maul gewässert, und da merken sie nun, daß gegen *den* kein Kraut gewachsen ist, denn er verschlingt die Mutigen und zersägt die Ängstlichen nach Gusto und wartet keine hundert Jahre auf sein nächstes Mahl. Die schönsten Ibisse, Stichlinge, Engel, Teufel, Karpfen und Salamander, ja auch Kröten, Störche, Fürstentöchter, Posthornschnecken und Tränende Herzen sind heute nur noch bröckelnde Bildnisse, die die Wissenschaft mit ihren stammelnden Täfelchen versieht, indessen draußen die Bäche rauschen, aber die Eingesperrten halten sich die Ohren zu, und wer jetzt noch von Freiheit und Gleichheit faselt und um die Bäume tanzen will, muß wahnsinnig sein wie die arme Luise.

Das Krokodil

Am nächsten Tag ließ ich mich von Ted zu Schwind fahren und wies ihn an, mich nach zwei Stunden abzuholen. Der große Otter im Hof kam mir noch abstoßender vor als am Vortag; ich war froh, daß Schwind schon nach dem ersten Klopfen öffnete. Er schien auf mich gewartet zu haben. In seinem Keller war es kühl und dunkel wie in einer Höhle. Nur der große Tisch mit den darauf verstreuten Steinen war beleuchtet, und im Aschenbecher lag eine Zigarette, die ihren süßlichen Duft verströmte.

Schwind war weniger ängstlich als beim ersten Mal; er sprach unbefangen, fast ohne zu stocken.

»Sie haben nach den Grabungen des 20. Jahrhunderts gefragt«, sagte er, nachdem er Licht gemacht und mich von dem Tisch mit den steinernen Fragmenten des Urkrokodils zu dem Besuchersessel geführt hatte. »Es gab zwei Kampagnen, 1980 und 1981–82; geleitet wurden sie von Professor Schäflein. Kurt Schäflein. Haben Sie von ihm gehört?«

Ich nickte.

»Bei der ersten Kampagne war er ein junger Mann, sehr fleißig, sehr ehrgeizig. Später wurde er ein weltweit renommierter Paläontologe, Autor vieler Bücher, auch populärer Werke. Die Stadt verdankt ihm viel.«

Angespornt von wenigen Fragen meinerseits, sprach er flüssig weiter. Einige Male sprang er auf, holte Bücher aus dem Regal – uralte Bücher mit vergilbtem und welligem Papier. In einem war auf dem Vorsatzblatt die Fassade des alten Paläontologischen Instituts zu sehen, erbaut um 1890, mit steinernen Chimären und einem vergoldeten Schriftzug im Giebel: »Vaterland und Wissenschaft«. Er gab mir auch ein Buch mit, aus dem ich mir später einige Stellen kopierte.

Zusammengefaßt erfuhr ich folgendes:

Bei der ersten Grabung, die unternommen worden war, um die Frage einer weiteren industriellen Nutzung des Geländes zwischen Dillisberg und Haag zu klären (wie ich bereits wußte, hatte man in der Gegend lange Zeit Tonschiefer abgebaut), fand man versteinerte Skeletteile eines riesigen Reptils, die auf eine ergiebige Lagerstätte von Fossilien aus dem Eozän hinwiesen und in Schäflein und allen Beteiligten hochfliegende Hoffnungen weckten. Doch die nächste Kampagne erwies sich als enttäuschend. Von den allermeisten Pflanzen fanden sich nur wenige Reste; und die zahllosen Tiere, die sich lange vor dem Auftreten der ersten Hominiden im warmen Wasser jenes urzeitlichen Sees getummelt hatten, Fische und Krebse, Mollusken, Amphibien, Insekten, Wasservögel und urzeitliche Kleinsäuger, waren untergegangen, ohne mehr als fragmentierte und undeutliche, wissenschaftlich kaum ergiebige Spuren zu hinterlassen. Die Ausnahme bildete das erwähnte furchteinflößende vier Meter lange Skelett des *Asiatosuchus germanicus*, das, fachmännisch präpariert, bis ins 21. Jahrhundert als »Dillisberger Krokodil« im Ausstellungsraum des Paläontologischen Instituts zu bestaunen gewesen war. Nur wenige Besucher wußten allerdings, daß es sich keineswegs um ein im Ganzen erhaltenes Fossil handelte. Man hatte es vielmehr mit Hunderten teilweise mikroskopisch kleiner Einzelstücke zu tun, die von Professor Schäflein und seinen Mitarbeitern in jahrelanger mühsamer Kleinarbeit kunstgerecht zusammengefügt worden waren. Das riesige Urkrokodil mit seinem aus knöchernen Platten bestehenden Panzer, seinem langen schuppigen Schwanz, seinem gewaltigen Schädel und dem mit furchterregenden spitzen Zähnen besetzten Kiefer war keines natürlichen Todes gestorben, das zeigten sowohl Lage wie Beschaffenheit der Fundstücke. Weithin verstreut, fanden sich Teile des Schädels neben einzelnen Zehengliedern oder Schwanzsegmenten, die Panzerplatten von Bauch und Kehle lagen neben Wirbelknochen, die Zähne waren mit den Hinterfußknochen vermengt. Alle Fragmente wiesen Spuren eines gewalttätigen Angriffs auf. In *Panzerträger und Kannibalen. Die Fauna des eozänen Sees von Dillisberg-Haag* (7. Auflage, Neuwied 1985) schreibt Kurt Schäflein: »Die Attacke kam von allen Seiten – es ging blitzschnell. Bevor das Opfer Zeit hatte, seinen gewaltigen Kiefer zu öffnen, wurden ihm auch schon die Zähne herausgerissen, und bevor es sich in Bewegung setzen konnte, um zu fliehen, waren Hinterbeine und Schwanz bereits vom Rumpf getrennt und zerkleinert worden; Knochen und Panzer wurden wahllos, doch rasch und ungeheuer effektiv zersägt, zerstückelt und zermahlen und verteilten sich im aufgewühlten Wasser; in einem spritzenden, rasenden, blutigen Wirbel wurde der mächtige Körper des *Asiatosuchus* binnen Sekunden regelrecht zerfetzt.«

Die Gelehrten sind sich darüber einig, daß kurz nach diesem Ereignis der Uferrand des Sees plötzlich abrutschte, was dazu führte, daß sich der atomisierte Kadaver des Opfers mit luftundurchlässigem Schlamm bedeckte und sich so über Jahrmillionen erhalten hat. Doch über den Grund des Angriffs und die Art des Angreifers kann nur spekuliert werden. Das furchteinflößende Krokodil hatte keine Freßfeinde, und eine Fehde zwischen rivalisierenden Riesenechsen scheidet aus, da es keinerlei Spuren eines

Kampfes gibt. Der Angriff kam ohne Vorwarnung, wie aus dem Nichts. Noch einmal zitiere ich Schäflein:

»Welcher unvorstellbar tückische und grausame Widersacher war hier am Werk? Und ist dieser überlegene, uns bis jetzt noch völlig unbekannte urzeitliche Feind womöglich auch dafür verantwortlich, daß von der großen und vielfältigen Lebensgemeinschaft, die dem *Asiatosuchus* seine tägliche Nahrung bescherte, außer wenigen fragmentierten Knochenteilen bis heute nichts mehr übrig ist? Wir wissen es nicht.«

Wußte Schwind mehr? Immerhin hatte er viel Zeit und eine lebhafte Phantasie, die durch seine einsame Lebensweise zu den übermütigsten Kapriolen angestachelt wurde, und er hatte in den Hinterlassenschaften seines Großvaters anscheinend einiges gefunden, was ihn zum Spekulieren anregte. Außerdem hatte seine Beschäftigung mit dem Urkrokodil dazu geführt, daß er den Glauben an gewisse Geschichten verlor, die ihm erzählt worden waren. So hatte er sich seine eigene Meinung über die Dinge gebildet, die er bis zu diesem Zeitpunkt wahrscheinlich noch nie jemandem anvertraut hatte.

Die Frage beschäftigte ihn, wie die Wissenschaft zu der Vorstellung gekommen war, es habe sich bei dem tödlichen Angriff auf das Krokodil um etwas Einmaliges gehandelt. Warum sei man denn so blind? Alles deute doch auf das Gegenteil hin. Warum wolle man das nicht sehen?

Er starrte mich an.

Ich hatte keine Ahnung, worauf er hinauswollte. Ein unbehagliches Schweigen entstand. So fragte ich ihn einfach, was er von den Ereignissen des Jahres 2014 wisse.

»Unsere Eltern – unsere Eltern – sie haben uns –« (er begann wieder in seine alte, stockende Redeweise zurückzufallen), »sie haben uns immer gesagt, es sei eine – eine Überschwemmung gewesen.«

»Und Sie? Was glauben Sie?«

Wieder starrte er mich an. Dann ging er zu seinem Präpariertisch und holte eine Pappschachtel mit Fotos. Einige davon breitete er vor mir aus.

Es waren offenbar Luftbilder des Stadtzentrums aus jener Zeit. Auf einem der Bilder stand eine Datumsangabe: »2/6/14.« Ich erkannte den charakteristischen Verlauf der Luisenstraße mit dem Haymann-Hochhaus, den Neuen Graben, Burgplatz, Moraltplatz, St. Crispus, Michaelitor, dazwischen die Ries mit Bäumen am Ufer, zwei Bäche, die in sie mündeten, Brücken. Ähnliche Bilder befanden sich auch in unseren Unterlagen.

»Und?« sagte ich.

»Sie sehen es – Sie sehen nichts?«

Ich sah noch einmal genau hin. Die Ries war breiter als auf den Fotos, die ich kannte. Viel breiter. Auf den Straßen am Ufer fuhren keine Autos. Der Mathildensteg war leer. Alles dort war merkwürdig leer.

Ich zuckte die Achseln.

»Diese Fotos – sie wurden – sie sind *danach* gemacht worden, sehen Sie?«

Ich sah nichts. Nichts von dem belagerten Rathaus, nichts von dem Großeinsatz der Polizei, den es gegeben haben sollte, dem Menschengewühl am Flughafen, am Hauptbahnhof, nichts von den Fahrzeugkolonnen, die die Stadt verließen. Nichts von Panik und Gewalt. Nur leere Straßen, grüne Bäume und einen gekurvten Fluß mit glitzerndem Wasser.

Schwind legte weitere Bilder vor mich hin – Vergrößerungen mit sehr niedriger Auflösung. »Hier«, sagte er und zeigte auf eine kaum sichtbare dunkle, wellige Linie an einem Brückenpfeiler. »Und hier –« Er zeigte auf eine ähnliche Linie an einem der nah am Ufer stehenden Wohnhäuser mit hübschen Erkern. »Und hier, sehen Sie, hier an der

Bank –« Ich sah einen Gegenstand, halb aus dem Wasser ragend. Vielleicht war es tatsächlich einmal eine Bank am Uferweg gewesen. Nicht weit davon entfernt, unter einem Baum, stand, wenn ich mich nicht irre, ein mit Plastiktüten behängtes Fahrrad – auch heute noch ein obligatorisches Attribut von Obdachlosen und Stadtstreichern. An der Lehne der Bank war ebenfalls eine unregelmäßige Linie zu sehen; sie glitzerte ein wenig, wie eine Schneckenspur, wie der Rückstand einer weichen, schleimigen Substanz.

»Und nun kommen Sie bitte hierher«, sagte Schwind, worauf ich ihm noch einmal an seinen Arbeitstisch folgte. »Die Wissenschaft hatte damals noch nicht die Mittel, die wir heute haben«, fuhr er fort. »Deshalb ist Schäflein und seinen Präparatoren etwas sehr Wichtiges entgangen. Sehen Sie, dieses Schädelstück zum Beispiel –« Er ließ mich durch das Mikroskop blicken, das er eingeschaltet hatte. Doch wieder sah ich – nichts! Denn um zu sehen, was Schwind sah, hätte ich geübtere Augen haben müssen. Ich hätte schon tausendmal durch dieses Mikroskop gesehen haben müssen, hätte mit dem versteinerten Schädelknochen des Krokodils vertraut sein müssen wie mit Annabels Gesicht, hätte wissen müssen, daß jene winzigen, schwärzlich gepunkteten kissenartigen Ausbuchtungen an dem versteinerten Fragment nicht zum Schädel des Krokodils gehören konnten. Dann wäre ich vielleicht, wie Schwind, zu dem Schluß gekommen, daß es sich nicht um Knochen oder Schuppen, sondern um einen viel weicheren Stoff handeln mußte, dessen Abdruck hier erhalten worden war, und vielleicht wäre es mir dann auch weniger schwer gefallen, die Verbindung zu ziehen zu dem, was die Luftaufnahmen zeigten.

Als ich mich wieder aufrichtete, sah mich Schwind an wie ein Kind, das gelobt werden will. Das ärgerte mich. Ich fragte ihn (etwas heuchlerisch), ob ihm bewußt sei, daß er der einzige sei, der die Hypothese vom Hochwasser anzweifelte.

Er empfand es offenbar als Beleidigung. Sofort schaltete er das Mikroskop aus und stellte sich so vor seinen Präpariertisch, daß ich nichts mehr darauf erkennen konnte. Es blieb mir nichts anderes übrig, als mich wieder auf meinen Sessel zu setzen und abzuwarten. Was für ein überaus empfindlicher Mensch Schwind doch war! Stumm und mit heruntergezogenen Mundwinkeln sammelte er die Fotos ein und verschloß sie in der Pappschachtel.

»Jedenfalls habe ich noch nie –« sagte ich vorsichtig.

»Jeder – jeder denkende Mensch«, brauste er unvermittelt auf, »jeder denkende Mensch muß doch darauf kommen, daß ein Hochwasser, eine Überschwemmung – ein Hochwasser kann viel anrichten, ja, aber ein Hochwasser ist – ist nicht in der Lage, die Seele – die *Seele* einer Stadt zu zerstören.«

»Die Seele?« fragte ich skeptisch.

Dann begann er wieder zu sprechen, stockend und sich verhaspelnd und offenbar sehr erregt. Sei die Stadt nicht ein Organismus, sagte er, in dem alle einzelnen Teile aufeinander einwirkten und ein Ganzes ergäben? Könne man nicht, wie bei einem einzelnen Menschen, bestimmte grundlegende Eigenarten und Verhaltensweisen unterscheiden, die sich nur durch tiefgreifende Erlebnisse in der Frühzeit erklärten? Gebe es nicht Krankheiten, die durch Traumata ausgelöst würden? Nun also, die Krankheit seiner Stadt sei offenkundig, seit hundert Jahren befinde sie sich in einer Art Schockstarre, überall zeigten sich Symptome, die darauf hinwiesen, daß der Organismus im Herzen getroffen worden sei wie ein Baum an seiner Wurzel. Er aber – beziehungsweise sein Großvater, Ernst Schwind –, sie seien die einzigen, die es wagten ... Er verstummte.

»Wovon reden wir eigentlich?« sagte ich so sachlich

wie möglich. »Sie untersuchen doch die Überreste eines versteinerten Krokodils, eines *Fossils*, oder nicht?«

»Es gibt Dinge –«, begann er und verstummte erneut.

»Aber es gibt nichts, was gleichzeitig tot und lebendig ist«, sagte ich.

Er nahm etwas aus dem Tabaksbeutel, der herumlag, und drehte sich eine Zigarette. Als er fertig war, zündete er sie an und sog gierig den Rauch ein, dessen betäubender Duft bald den ganzen Keller erfüllte. Mir kam der Gedanke, daß er Drogen konsumieren könnte. Er schwieg wie ein gekränkter Junge. Doch ich spürte, daß er noch etwas auf dem Herzen hatte.

»Ihr Großvater – hat er vielleicht etwas erzählt?« fragte ich. »Hat er etwas gesehen? Er ist doch damals hier gewesen? Er hat Ihnen doch etwas gesagt?«

Schwind nickte. Dann nahm er plötzlich die Brille ab und sah mich mit seinen rotgeränderten kurzsichtigen Augen fast flehend an. »Wenn man – so etwas – erlebt«, stieß er hervor, »so etwas, was man nicht begreift – nicht begreifen *kann* – etwas so Entsetzliches – und – Grundloses – wenn man das erlebt, kann man nicht davon sprechen. Verstehen Sie? Es ist nicht die Zahl der Opfer – nein, das ist nicht das Erschreckende. Sondern wie – *wie* sie aussahen. Sie sind – man hat es mit etwas zu tun, was keine Maßstäbe kennt, verstehen Sie? – und dann – dieser Ton, ein Ton – als würde sich die Hölle nach außen stülpen, sagte er. Alle hörten es. Alle, die in der Nähe waren. Er hat erst am Ende – am Ende seines Lebens konnte er davon sprechen. Ich sehe ihn vor mir – der arme Mann – er hielt meine Hand fest – so fest – es hat wehgetan. Wer das hörte – diesen Ton – und ein paar Leute haben auch etwas gesehen, verstehen Sie, es waren nur ein paar – und doch hat es fast im gleichen Augenblick die ganze Stadt gewußt – die ganze Stadt war betroffen, obwohl nur ein paar gesehen haben, wie das Wasser – die

Ries – brodelnd, wirbelnd – über die Ufer stieg – und wie – und dann dieser Ton – und – alle fühlten sich bedroht, keiner war mehr sicher, alle wußten – «

Ein leises Klopfen ließ sich vernehmen. Er fuhr auf, setzte mit zittrigen Händen seine Brille wieder auf, erstarrte.

Das Klopfen wurde lauter. Er war totenbleich. »Da sind sie«, flüsterte er.

Ich gestehe, daß ich, von seinen Andeutungen beeindruckt, weiche Knie hatte, als ich zur Tür ging (denn Schwind war offenbar zu keiner Regung mehr fähig).

Draußen stand Ted.

Auf der Rückfahrt berichtete ich, was ich von Schwind erfahren hatte. Aber hatte ich überhaupt etwas Substantielles erfahren? Waren es nicht nur überspannte Gedanken und haltlose Spekulationen gewesen, die mir der seltsame Eigenbrötler aufgetischt hatte? Ich fragte Ted, was er von dem bronzenen Otter in Schwinds Hof halte. Er hatte ihn kaum wahrgenommen. Statt dessen wußte er von zwielichtigen Gestalten an den Fenstern der oberen Stockwerke, die ihn nicht aus den Augen gelassen hätten. Kurz bevor er bei Schwind klopfte, sagte er, habe jemand von oben einen Ziegelstein fallen lassen, dem er glücklicherweise habe ausweichen können; doch an den bösen Absichten dieser Leute könne man nicht zweifeln.

Es wurde ein langer Abend. Wir warteten auf Annabel – sie kam erst nach Mitternacht zurück und legte sich ohne weitere Erklärung ins Bett. Ted ging auch irgendwann schlafen. Aber ich blieb im Konferenzzimmer und dachte noch einmal über alles nach, was Schwind gesagt hatte.

In unseren Unterlagen wurde immer wieder darauf hingewiesen, daß der Niedergang (die »Wüstung«) der Stadt damit begonnen habe, daß sich die Wirtschaft zurückzog (die Doignon-Gruppe bereits 2016, es folgten Jacob, Haymann, Fischer-Jolly, Bernpanthner, Bausewein, um nur einige der größeren Arbeitgeber zu nennen, den Schlußpunkt bildeten die Schachner-Werke, die 2021 Insolvenz anmeldeten). Doch schon vor dieser Zeit war etwas anderes, für die politische und soziale Gesundheit Grundlegendes offenbar längst nicht mehr vorhanden gewesen, nämlich »Zusammenhalt«, »Verbundenheit«, »Identität« – schwer erklärbare und doch für das Gedeihen eines Gemeinwesens unverzichtbare Gegebenheiten. Ohne den Antrieb, etwas zu leisten und zu verdienen, Gewinn zu ziehen aus dem Vorhandenen (der Psychologe C. E. O. Zadonsky sprach von der »Flucht des mentalen Kapitals«), konnte man sich nicht mehr gegen andere behaupten – man fiel zurück, blieb auf der Strecke, kurz, das, was einst ein Ganzes gewesen war, zerfaserte, zersplitterte, verkümmerte, löste sich schließlich auf. Das war das Übel, das der Stadt in langen Jahrzehnten das Herz abfraß und sie schließlich erstarren ließ. Es hatte sie als Gesamtheit befallen; es machte keinen Unterschied zwischen Armen und Reichen, Gebildeten und Unwissenden, Einheimischen und Immigranten; jeder wurde in seinem natürlichen Drang, sich zu bewegen und vorwärtszukommen, gehemmt. Jeder war von Lähmung bedroht. Natürlich konnte es verschiedenartige Reaktionen gegeben haben: Neben den vielen, die einfach ihre Sachen packten und wegzogen, in der Hoffnung, anderswo neu anfangen zu können, gab es andere, in denen vielleicht eine untergründige Panik zu gären begann und die ihre Ohnmachtsgefühle in fiebrigen Schüben, planlos und chaotisch auslebten; so war es zu einer Welle mutwilliger Zerstörungen gekommen, zu Plünderungen, Ausschreitungen, die man nicht mehr in den Griff bekam. Und wieder andere waren ganz still geblieben und abgetaucht, hielten sich versteckt und lebten in versiegelten Häusern, auf verlassenen Grundstücken heimlich und von den Behörden nicht kontrollierbar weiter. Bei genauerer Analyse lag all diesen Reaktionen jedoch ein und dieselbe Krankheit zugrunde – und Schwinds Überlegungen zur Natur dieser Krankheit waren wesentlich plausibler als alles, was ich bisher darüber gehört und gelesen hatte. Vielleicht sollte man, eingedenk seiner Worte, einfach von verschiedenartigen Antworten auf eine gemeinschaftliche Erfahrung sprechen. Denn alles wies darauf hin, daß es tatsächlich eine Art Urerlebnis gegeben hatte, das alle Bewohner dieser Gegend auf dunkle Weise zusammenhielt und die Gesundung – das heißt die Wiedererlangung des Selbstvertrauens, das Wiedererstarken des Glaubens an das eigene Potential – verhinderte.

Solche und ähnliche Gedanken hielten mich stundenlang wach. Es dämmerte schon, als ich auf der Suche nach weiteren Erklärungen die dritte Mappe öffnete, die wir in dem Koffer in der Eingangshalle des Schlosses gefunden hatten. Sie enthielt eine Reihe gescannter Zeitungsseiten mit (insgesamt fünf) handschriftlichen Quellenvermerken. Das Kürzel »Schr.« stand offenbar für »Schrottenstein«, den Verfasser einer Reihe von Artikeln, mit denen ich meine Leser im nächsten Kapitel bekannt mache.

Die Glocken von St. Crispus

Reportagen aus einem verrufenen Viertel

Wer sich heute in die Gegend um den Ochsenmarkt verirrt, muß gute Gründe haben. Für die meisten Menschen, die sich in den letzten Jahrzehnten dort ansiedelten, gab es nur einen Grund: die Hoffnung auf ein besseres Leben. Sie kamen aus den umliegenden Dörfern, in denen sie sich als Kleinbauern und Fischer nicht länger erhalten konnten, und mieteten sich in den alten Häusern um die Zettler-, Merk- und Kronenbittergasse ein, weil sie in der nahegelegenen Geyerschen Tuchfabrik, der Bauseweinmühle, dem Naglerwerk oder in einem anderen Betrieb dortselbst Arbeit zu finden hofften; und als ihnen kein Hausbesitzer mehr Obdach geben wollte, weil sie allzu oft die Miete schuldig blieben, zogen sie weiter in die Wohlmuthstraße, die Schneeweißstraße, die Brunthalerstraße, wo sie Hinterhöfe und Keller bewohnten; und als den ersten Ankömmlingen Onkel und Tanten, Nichten und Neffen, Schwippschwäger und Kreuzcousinen folgten und immer mehr von ihnen kamen, begannen sie, in der von Bächen durchzogenen Brache zwischen Burgplatz und Ochsenmarkt Bretterbuden und Verschläge zu bauen, in denen sie auf die armseligste Weise ihr Dasein fristeten. An Enge und Entbehrung gewöhnt, drängten sie sich an den Ufern des Großen Naglerbachs, des Spital-, Gerber- und Pfeufermühlbachs mit ihren zahlreichen Kindern in winzigen schmutzigen Zimmerchen zusammen und hielten mit zäher Beharrlichkeit an ihrer Hoffnung fest; und als das Geld ausging, die Kinder krank wurden, die Mütter sich als Straßendirnen verdingten, die Väter zur Branntweinflasche griffen oder sich aufs Betteln verlegten, um in der Mathilden- und

Luisenstraße und dem westlichen Stadtzentrum Passanten zu belästigen – in letzter Zeit (s. Abend-Echo *vom 4.3. d. J.) mußte die Polizei sogar die Theaterbesucher am Michaelitor vor ihnen beschützen! –, als sich das »bessere Leben« somit immer mehr verflüchtigte und das Elend immer weiter um sich griff, schien das diesen sonderbaren Leuten erst recht ein Grund zu sein, hierzubleiben und sich festzusetzen.*

Wir aber beobachten die Entwicklung mit Sorge. Wir wenden die Augen nicht ab, wie so viele, die heute politische Verantwortung tragen. Wir stellen uns der Wirklichkeit und fragen uns, wem diese Stadt denn eigentlich gehört? Was getan wird gegen das Anwachsen von Unrat und Schmutz, Arbeitsscheu und Verwahrlosung? Und wie man im Rathaus gedenkt, dem alarmierenden Sittenverfall Einhalt zu gebieten?

Nicht zu bestreiten ist, daß heute kein anständiger Bürger mehr freiwillig die Gegend um den Ochsenmarkt betritt. Mit treffender Ironie nennt sie der Volksmund auch das »Bäderdreieck«, was sich darauf bezieht, daß zur Gesunderhaltung der ärmeren Bevölkerung seit Jahren das Vorhaben besteht, neben dem alten Militärbad am Zieglerbach zwei weitere Bäder (am Trautmannplatz und am Ufer des Schmedererbachs) zu bauen. Doch wie im Falle so vieler anderer Verbesserungen, die hier schon erwogen und versprochen wurden, ist am Ende rein gar nichts geschehen. Das einst im ganzen Reich berühmte mittelalterliche Gewerbezentrum mit dem Alten Rath und dem Kornhaus in der Brunthalerstraße, der prächtigen Bauseweinmühle, den kleinen und großen Stadtbächen, die zum ausgedehnten Flußsystem der Ries gehören, und dem alles überragenden, uralten Turm von St. Crispus – es ist zu einem Schandfleck unserer Stadt geworden, einer Bedrohung für jeden, der hier in Ruhe und Sicherheit zu leben wünscht. Seit der rätselhaften Entführung der jungen Gräfin von Löwenfeld-Kniewitz (s. Abend-Echo *vom 22.5. d. J.) sind zudem allerlei Gerüchte aufgekommen; hinter vorgehaltener Hand spricht man über gewisse Geschehnisse in jenen düsteren Gassen, absonderliche und unheimliche Dinge ereignen sich, die dringend nach Aufklärung verlangen.*

All das war Grund genug für unseren beliebten Reporter Adrian Schrottenberg, *sich, bewaffnet mit Stift und Papier, den Herausforde-*

rungen dieses Viertels zu stellen! Männliche Tapferkeit und detektivische Neugier wiesen ihm den Weg in die finsteren Abgründe unserer Stadt, wo er schockierende Eindrücke gewann und ein Abenteuer erlebte, das an grausige Geschehnisse vergangener Epochen denken läßt. Den Lesern unserer Zeitung präsentieren wir an diesem und den folgenden vier Sonntagen seinen packenden Exklusivbericht.

Die Glocken von St. Crispus schlagen sieben Uhr. Ich wußte nicht, wie laut sie schlagen, wie feierlich und gewaltig sich diese Töne anhören, wenn man sich im Schatten des uralten Turmes befindet. Es ist, als vernähme man den Herzschlag der Stadt. Ein ehrfürchtiger Schauder läuft mir über den Rücken; verworrene und ängstliche Gedanken steigen auf. Fort mit ihnen! Ich muß klar denken und mich an das halten, was ich mir vorgenommen habe. Ich bin hier, weil ich der Redaktion einen Artikel versprochen habe. Ich befinde mich am Rande jenes verrufenen »Bäderdreiecks«, wo ich mich nach dem bis heute unaufgeklärten Vorfall bei der Ankunft des Großherzogs von Oldenbourg in unserer Stadt auf meine bewährte Art ein wenig umsehen will. Doch wie der Reisende, der vorhat, einen tropischen Dschungel zu durchqueren, kann ich es nicht riskieren, allein zu gehen. Ich bin fremd an diesem Ort, wo sich der Auswurf der Gesellschaft sammelt. Ich brauche einen Führer, am besten einen Einheimischen.

Vor mir befindet sich, etwa fünfzig Meter vom Portal der ehrwürdigen Kirche entfernt, der Seiteneingang der Gaststätte Wolfbauer am Moraltplatz. Mit mir stehen zwanzig, dreißig hagere, zerlumpte Männer teils auf dem Pflaster der schmalen, baumlosen Wohlmuthstraße, die nach einer leichten Biegung in die Mathildenstraße mündet, teils auf den baufälligen Stufen, die zum Täuffenbach hinunterführen. Noch vor einigen Jahren gehörte dieses Ufer den Brauereiknechten; hier wurden Pferde geschwemmt. Inzwischen hat man es mit Beton befestigt und zur Sicherheit der Anwohner sogar ein Geländer angebracht. Doch das Gurgeln des Wassers ist noch immer unüberhörbar, und der üble Gestank, der mir von dort unten in die Nase steigt, ist nichts für empfindliche Gemüter. Den wartenden Männern scheint er allerdings nichts auszumachen. Stumpf und schweigend stieren sie auf das mit einem Holzladen versperrte, von einer Dreckkruste überzogene Fensterchen, über dem ein halb abgeblätterter Schriftzug meldet: »Getränkeausgabe ab 7 Uhr, sonn- und feiertags geschlossen«.

Vergeblich versuche ich, mit dem einen oder anderen ins Gespräch zu kommen. Einen Graukopf mit feuerroter Nase, der mit gebeugten Schultern und hängenden Armen an der Mauer lehnt, frage ich zum Beispiel, wie lange er schon hier stehe. Aber der Mann schüttelt nur unendlich müde den Kopf. Ein Jüngerer mit einer Tätowierung auf dem Handrücken und einer böse aussehenden Platzwunde über dem Auge funkelt mich mißtrauisch an, als ich mich ihm nähere; ein Gespräch mit ihm ist unmöglich.

Der Haupteingang des Lokals ist nur ein paar Schritte weiter, um die Ecke. Doch wer dort eintritt, muß genug Geld in der Tasche tragen, um sich eine Mahlzeit, ein Glas Bier und ein Trinkgeld leisten zu können. Unbegreiflicher, sagenhafter Luxus! Die Männer in meiner Nähe träumen nicht einmal davon. Ihr Bewußtsein scheint verengt zu sein auf einen einzigen Punkt: das Fensterchen. Sie haben keinen anderen Gedanken mehr als dieses kleine schmutzige Viereck in der Mauer, und wenn ich etwas über sie erfahren will, muß ich mit ihnen warten und schweigen.

Drehe ich den Kopf nach links, so erblicke ich von meinem Warteplatz aus den Moraltplatz. Hier war ich im letzten Herbst bei der Hundertjahrfeier der Völkerschlacht zu Leipzig mitten in einer feiertäglich geschmückten, wogenden, singenden Menge eingezwängt. Ich hörte das

Knallen der Pistolen unseres Schützencorps und die begeisterten Rufe der Festbesucher, die den Bürgermeister, die Regierung und unseren Fürsten hochleben ließen. Diese geputzte, fröhliche Menge, aus Arm und Reich, Hoch und Niedrig gemischt, schien ein passendes Sinnbild für das von den erlauchten Rednern immer wieder beschworene große und einige deutsche Volk zu sein, das unbeirrt an der Erneuerung und Erstarkung des Vaterlandes arbeitet. In den mit grünem Laub geschmückten Wirtsgärten sah ich am Nachmittag jenes denkwürdigen Tages wildfremde Männer einander zuprosten; und Mädchen und Frauen aller Klassen und Schichten scherzten und plauderten miteinander, als wären sie die besten Kameradinnen.

Doch von solchem hochgestimmten Feiertagsgeiste ist heute nichts zu spüren. Die großen Bürgerhäuser, die hier stehen wie ein letztes Bollwerk gegen das Elend, sind von ihren Bewohnern offenbar schon vor längerer Zeit verlassen worden; die vielen blinden Fenster und verrammelten Tore verraten es. Von Pracht und Stolz und siegessicherem Selbstgefühl sieht man nichts mehr; statt dessen sind Traurigkeit und Einsamkeit eingezogen. Nicht einmal mehr Kinder sind zu sehen, und nur ein mit Fässern beladenes Fuhrwerk vor dem Wolfbauer, dem einzig übriggebliebenen Gasthaus am Moraltplatz (früher gab es deren sechs!), verleiht der trüben Leere ein wenig Abwechslung.

Drehe ich den Kopf nach rechts, so erblicke ich den Mathildensteg. Genau dort ist vor wenigen Tagen eine unschuldige junge Frau entführt worden. Welches verkommene Gehirn steckte hinter der ruchlosen Tat? Was waren die Absichten der Verbrecher? Ich rekapituliere, was ich weiß: Die bekannte Gräfin Löwenfeld, im Volke wegen ihrer zahlreichen mildtätigen Werke hochgeschätzt, befand sich im Gefolge des Großherzogs von Oldenbourg. Dieser war bei seiner Ankunft mit einem Extrazug am Hauptbahnhof von Vertretern der Obrigkeit feierlich begrüßt worden und stand im Begriff, sich in seinem offenen Automobil über die reichgezierte Luisenstraße zur Residenz zu begeben, wo er zusammen mit der fürstlichen Familie das bevorstehende Fronleichnamsfest verleben wollte. Auf dem Weg war es einer Gruppe unbekannter Männer gelungen, den Begleitsoldaten ein Schnippchen zu schlagen, die junge Gräfin mit brutaler Gewalt von ihren Begleitern zu isolieren und zu verschleppen. Man nimmt an, daß sich das Opfer immer noch irgendwo im dunklen Gassengewirr hinter dem Moraltplatz befindet. Trotz eines Großeinsatzes der Polizei hat man über den Aufenthalt der Gräfin jedoch noch nichts Näheres herausfinden können. Da eine Geldforderung bis jetzt nicht gestellt wurde, herrscht über das Motiv der Entführung nach wie vor Ratlosigkeit.

Der Mathildensteg ist eine Grenze. Er bezeichnet die Stelle, wo der Täuffenbach, von Beton überwölbt, im Untergrund verschwindet. Die bummelnden Spaziergänger der Luisenstraße, die Sekretärinnen und Ladenmädchen, die Geschäftsführer der eleganten Restaurants und Lichtspielhäuser, die Fahrgäste in den hellerleuchteten Straßenbahnen zwischen Hauptbahnhof und westlichem Zentrum kennen das wilde, dunkle, stinkende Gewässer zu meinen Füßen nicht mehr. Dort, keinen halben Kilometer entfernt, blitzt alles von Reinlichkeit und gewinnbringendem Schwung, dort genießt man bestens laufende Geschäfte. Man hütet sich vor Zeitverschwendung, der Sünde unserer Tage. Man spürt die frühlingshafte Zuversicht in der Luft, wenn man nach getaner Arbeit, den eingestrichenen Lohn und Ertrag im Beutel, zurückeilt zu den Lieben nach Hause, um in trauter Gemeinschaft, plaudernd und spielend den lauen Abend ausklingen zu lassen.

Hier aber, im Umkreis des kleinen, schmutzigen Fensterchens am Seiteneingang der Gaststätte Wolfbauer am

Moraltplatz, ist alles anders. Die Welt jenseits des Mathildenstegs scheint unerreichbar zu sein – so unerreichbar wie Gesundheit, Reichtum oder das Paradies. Was wissen die ergeben wartenden Männer, in deren Mitte ich mich befinde, von der Entführung der Gräfin? Was von jener anderen Welt, den glücklichen, geschäftigen Bewohnern der großen Straßen des westlichen Zentrums? Ihre Gesichter sind verhärmt, ihre Münder verschlossen, ihre Augen ohne Glanz. Diese Männer sind so abgestumpft, daß sie nichts mehr wahrnehmen außerhalb ihres Unglücks – und wenn einer unter ihnen die Fähigkeit des Wahrnehmens doch noch besitzt, so geht sie weder mit Neid noch mit Haß einher, sondern einzig mit tödlicher Gleichgültigkeit. Was bedeuten ihnen Vergangenheit und Zukunft? Wenn etwas in ihrem Leben zählt, so scheint es allein der Augenblick zu sein, der von ihnen verlangt, daß sie, komme, was wolle, an ihrem Platz bleiben und ausharren. Man könnte ihnen die schönste Arbeit in Aussicht stellen – sie würden sich nicht verlocken lassen, von hier fortzugehen. Fast ist man geneigt, sie zu bewundern für diese Fähigkeit des unbeirrbaren Wartens und zähen Festhaltens an ihrem schmachvollen Lebenszweck, wären da nicht die untrüglichen Zeichen dafür, daß Leben in ihren schwachen, kränklichen Körpern kaum noch anwesend ist. Ihre fahle Haut, ihre Triefaugen, die fröstelnd hochgezogenen Schultern und zitternden Hände sprechen von unabänderlicher Verwüstung. Sind sie einmal jung und froh gewesen? Haben sie Frauen und Kinder gehabt? Gaben sie durch frisches Tätigsein ihrem Dasein einen Sinn? Wenn ja, so ist heute nichts mehr davon vorhanden. Selbst das Traurigsein, das von Sorge und innerer Teilnahme zeugt, haben diese armen Säufer offenbar verlernt. Mit unheimlicher Ergebenheit, klaglos und stumm belagern sie das Fensterchen, Schatten, Gespenster ihrer selbst.

Nun aber – es ist inzwischen zwanzig nach acht – sehe ich, daß sich der schmutzige Holzladen bewegt. Eine zarte, weiße Hand schiebt den Riegel zurück. Kurz darauf schwingt das Brett nach außen, eine Öffnung wird sichtbar, und darin der Kopf eines etwa vierzehnjährigen Mädchens. Mit seinen blonden Zöpfen und seinem schwermütigen Blick erinnert es mich an das Bild der Gänsemagd in meinem alten Märchenbuch, die bekanntlich in Wahrheit eine Königstochter ist.

»Schön der Reihe nach!« ruft das Mädchen mit dünnem Stimmchen und klatscht in die Hände.

Die Ermahnung zeitigt keine Wirkung. Doch der Klang der Worte schlägt wie ein Blitz in die stumpfen Leiber der Wartenden ein. Köpfe werden gereckt. Ein Tumult bricht aus. Jeder will als Erster das Fensterchen erreichen. Keiner scheut davor zurück, Püffe und Hiebe zu verteilen. Unter wüstem Schreien und Fluchen kämpfen alle gegen alle. Der erste am Fenster hebt die Faust, in der er einige Münzen hält. Der zweite wedelt mit einem schmierigen Schein. Der dritte versucht, sich aus der Umklammerung eines vierten zu lösen, der nicht zurückbleiben will. Einen höre ich hilflos »Ich, ich!« krächzen. Ein anderer strauchelt im Handgemenge und bricht in lautes, wortloses Geheul aus. Ein weiterer kriecht auf der Suche nach verlorengegangenen Groschen verweifelt zwischen den Beinen seiner Konkurrenten herum. Das blonde Mädchen hat unterdessen in aller Seelenruhe den Obolus des ersten Bewerbers entgegengenommen und ihn in einem schmutzigen Beutel verstaut. Aus zarten weißen Händen empfängt der Glückliche nun, was alle Wartenden so sehr begehren.

Es ist eine Halbliterflasche Jacobs Kornbrand, widerlicher, gallebitterer Fusel, aus Branntweinresten gemischt und mit obskuren Substanzen gestreckt. Den Spottnamen Juck-Jacob verdankt er der mit ununterdrückbarem Juckreiz einhergehenden Nervosität, die nach dem Verklingen der berauschenden Wirkung unweigerlich eintritt. Doch vorerst ist davon noch nichts zu bemerken. Wer seine Flasche ergattert hat, vergißt Kampf und Streit und verzieht sich auf die mittlerweile von trübem Gaslicht beleuchtete Rückseite des Lokals. Dort, auf den flachen Steinstufen, wo der vom Wasser heraufziehende Gestank noch stärker ist als zur Straßenseite, wird das höllische Gesöff konsumiert, und im Handumdrehen verwandeln sich die erstarrten, halbtoten Elenden in rührige, munter plappernde Gesellen. Ihre Körper straffen sich, ihre Wangen färben sich rosig, und in ihre Augen kehrt der Glanz zurück.

»– in der Naglermühle gibt's jetzt Kurzarbeiterfürsorge –«

»– meine Schwiegermutter hat Eier gebraten –«

»– die macht es kostenlos, wenn du ihr sagst, du kennst sie von früher –«

»– Kronenbittergasse 25, da hat sich der Hausmeister aufgehängt –«

»– den ganzen Tag haben wir gewartet, und dann sagen sie, dafür sind sie nicht zuständig –«

Solche und ähnliche Sätze schwirren durch die Luft. Die Gesichter sind einander zugewandt, die Blicke irren hin und her. Doch es entsteht kein Dialog. Jeder erzählt seine eigene Geschichte, kaum einer hört dem anderen zu, alles scheint schon unzählige Male erzählt worden zu sein. Erwarten diese Männer überhaupt, daß man ihnen eine Frage stellt, eine Antwort gibt? Die Sätze, die ich aus ihren Mündern vernehme, sind so abgegriffen wie die dünnen Geldscheine, die ich in ihren Händen sah. Eine sonderbar hitzige, automatenhafte Ausdruckswut hat sich ihrer bemächtigt, doch jeder von ihnen ist im Netz seines eigenen Gefasels gefangen.

»– er sagt, noch nicht. Aber wir sollen uns bereithalten –«

Irgend etwas an dieser geflüsterten Äußerung ist anders als das übrige Gerede. Ich kann nicht genau bestimmen, was es ist. Die besondere Aufmerksamkeit und Gespanntheit der Sprecher? Die gewieften Blicke, die sie in die Runde werfen? Mein in langen Reporterjahren ausgebildeter Instinkt sagt mir jedenfalls, daß es hier etwas gibt, dem nachzugehen sich lohnt.

Ich versuche, konzentriert zuzuhören, verstehe, daß demnächst irgend etwas Außergewöhnliches stattfinden soll, doch dann werden die Stimmen noch leiser, und das Weitere entgeht mir. Besitzer der Stimme ist der Graukopf, der mir schon zuvor aufgefallen war. Ein massiger Mann mit einem schütteren, tabakgelben Schnurrbart und den Händen eines Riesen. Er sitzt nah am Ufer einem jüngeren Kumpan gegenüber. Dieser ist dabei, die Dinge zu ordnen, die er soeben aus einem mitgeführten Schnappsack schüttete: Lumpen, Zigarrenstummel, verknotete Schnüre, einen Gummischuh, einen Mützenschirm, den Rest einer Brille und ähnliches, was er offenbar auf der Straße aufgesammelt hat. Keiner der beiden nimmt meine Anwesenheit zur Kenntnis, doch als ich näher trete, beginnen die Flügel der zerfurchten Nase des Graukopfs zu zucken. Ich schließe daraus, daß er mich bemerkt hat. Seine riesige zittrige Hand führt übertrieben langsam die Flasche Juck-Jacob zum Mund, und als der schmutzige Jackenärmel zurückfällt, erkenne ich eine Tätowierung am Handgelenk. Mein Blick wandert zu dem Jüngeren, der nun damit beschäftigt ist, die verwirrten Schnüre aus seinem Sack aufzuknoten. An seinem Handrücken entdecke ich das gleiche Bild! Ein pelziges, geschmeidiges Tierchen mit dreieckigem Schwanz, breiter Schnauze und bösem Blick: ein Otter.

Ich prüfe nun alle Hände, die sich in meinem Gesichtsfeld befinden, und stelle fest, daß noch zwölf weitere eine Otter-Tätowierung aufweisen. Womöglich handelt es sich um ein Bekenntnis zur eigenen Herkunft, wie es in anderen Kreisen durch das Schwenken von Fahnen zum Ausdruck gebracht wird: Der Glockenturm von St. Crispus, in dessen Schatten diese Männer ihr Dasein fristen, heißt im Volke bekanntlich Otterturm. Oder sind diese Männer Mitglieder einer Verbrecherbande? Mir fallen Gerüchte ein, die mir in letzter Zeit zu Ohren gekommen sind. Am Ochsenmarkt, so hatte es geheißen, werde ein Komplott geschmiedet. Die Entführung der Gräfin Löwenfeld sei nur der Anfang gewesen. Alle möglichen schrecklichen Bluttaten, gegen Regierungsmitglieder und Geistlichkeit gerichtet, würden folgen. Ich hatte nicht viel auf das Gerede gegeben. In unsicheren Zeiten sind Verschwörungstheorien die Dampfwölkchen über einer stampfenden Lokomotive; sobald der Zug an Fahrt gewinnt, lösen sie sich schnell wieder auf.

»Darf ich mich zu Ihnen setzen?« frage ich den Graukopf höflich.

Er schweigt. Doch seine Nasenflügel zucken heftig.

Der Jüngere nuschelt etwas, was ich nicht verstehe.

Ich setze mich. Er schiebt mir die verbogene Brille ohne Gläser aus seinem Sack zu und nuschelt weiter.

»Wie bitte?« frage ich.

»Er fragt, was du dafür bezahlen willst«, sagt der Graukopf.

Ich sage, daß ich keine Brille brauche.

»Dann hast du hier nichts zu suchen«, entgegnet er in einem Ton, der nichts Gutes erwarten läßt.

Ich krame einen Groschen hervor. Eine unerwartet vorschnellende Hand reißt ihn mir weg. Einer unserer Nachbarn hat uns die ganze Zeit belauert. Der Jüngere läßt eine

Art Jaulen hören und stürzt sich auf ihn. Der Graukopf will ihm zu Hilfe kommen, taumelt beim Aufstehen, greift nach einem Pfosten des Ufergeländers, verfehlt ihn und rutscht vor meinen Augen in den Bach.

Ich beuge mich vor und bekomme ihn an der Schulter zu fassen. Er klammert sich an mich. Ich sage, er solle sich am Geländerpfosten festhalten. Er schreit. Ich beschwöre ihn, sich festzuhalten. Er versteht mich nicht. Ich stemme mich mit beiden Beinen gegen den Pfosten. Der schwere Mann schlägt wild um sich. Dazu kommt der unerträgliche, benebelnde Gestank des Wassers. Wo bleiben seine Kumpane? Warum kommt mir niemand zu Hilfe? Ich keuche vor Anstrengung, aber ich lasse nicht los. So gelingt es mir zuletzt, den Graukopf aus dem Wasser zu ziehen.

Schwer atmend liegen wir nebeneinander. Als ich mich umdrehe, sehe ich, daß die Steinstufen am Ufer leer sind. All diese Feiglinge haben die Flucht ergriffen! Nur das verbogene Metallgestell einer Brille ohne Gläser liegt noch da, wie zum Beweis, daß ich keine Geister sah.

(*Sonntags-Echo*, 31.5.1914)

Er heißt Fritz. Als er voll wortloser, doch tiefempfundener Dankbarkeit – ich lese dieses Gefühl am heftigen Zucken seiner Nasenflügel ab – meine Hand nimmt, spüre ich harte, schwielige Haut und die Kraft, die von der langjährigen Handhabung des Schmiedehammers herrührt. Denn Fritz ist einmal Schmied gewesen, in Philippseich und dann in der Naglermühle, bis sie dort eine Maschine bekamen, die ihn ersetzte. Danach hat er sich in der Drahtfabrik in Esterhammer verdingt, und als das Kind starb, das ihm das liebste war von seinen acht, war der Suff gekommen, der ihm nun langsam die Organe zerfrißt. Hin und wieder bekommt er noch Arbeit, als Steinträger, Kehrichtlader oder Abtrittreiniger, doch er kann nicht mehr so wie früher, die ständige Ruhelosigkeit zehrt ihn aus, und nun ist auch die Frau noch krank geworden, und die Kleinen sollen Milch trinken, hat der Amtsarzt gesagt, wenn sie keine Milch trinken, fallen ihnen die Haare aus. Der hat gut reden, der Amtsarzt! Der weiß ja nicht, was ein halber Liter Milch heute kostet!

Es ist ein gewöhnliches Schicksal in diesem Teil der Stadt, von dem mir Fritz fast beiläufig erzählt. Letzte Woche hat er als Handlanger bei einem Fuhrunternehmer an der Bleichwiese ein paar Mark verdient; heute legt er den größten Teil des Geldes in Alkohol an. Daß das schöne Geld weg ist, ärgert ihn, denn er hatte eigentlich vorgehabt, seinen Kindern Milch zu kaufen. Was ihn noch mehr ärgert, ist, daß ihm der Täuffenbach die Schuhe wegriß und die Fußlappen dazu. Es sind tadellose Schuhe gewesen, am rechten war nur die Sohle durchlöchert, und der linke hatte ein bißchen Schimmel abgekriegt; beim Kehrichträumen in Wexfeld hat er sie gefunden. Jetzt muß er barfuß gehen, dafür schämt er sich. Nur die Allerärmsten gehen bloßfüßig. Zu denen aber gehört Fritz noch lange nicht!

Ich verspreche ihm soviel Geld, daß er zwei Liter Milch für die Kinder kaufen kann. Dafür soll er mich mitnehmen in seine Wohnung mitten im verkommenen Gassengewirr am Ochsenmarkt. Er schüttelt zögernd den Kopf. Ich erhöhe mein Angebot um den Gegenwert einer Flasche Branntwein. Da kann er nicht mehr nein sagen.

Auf dem Weg erzählt er mir in abgerissenen Worten von seinen Plänen. Sobald er wieder Arbeit hat, wird er dafür sorgen, daß seine Söhne in die Schule gehen; seine Töchter sollen Putzmacherinnen werden und in einem Geschäft in der Lachnerstraße arbeiten. Er kennt das Geschäft. Er hat dort einmal vor Weihnachten die Scheiben säubern dürfen. Der Geschäftsführer gab ihm fünfzehn Pfennig dafür und dazu drei Pfennig Trinkgeld! Was für ein schönes Geschäft ist das gewesen! Hell und warm, die eleganten Hüte in den Vitrinen, die Damen mit ihren Wespentaillen, den Pelzen, Schleiern und Volants, und die bunten Schachteln bis unter die Decke. Der Geschäftsführer hieß Rosenstengel. Fritz wird einfach zu ihm gehen und ihm den Fleiß, die Demut und Herzensgüte seiner Töchter schildern. Der Geschäftsführer wird froh sein, seine Mädchen zu bekommen, heute, wo so viele Mädchen auf den Strich gehen, eine Schande! Und seine Frau wird Fritz, sobald er wieder einmal Lohn bekommt, in das neue Krankenhaus bringen, das sie in Esterhammer gebaut haben, weil sie dort gute Ärzte haben. Das sind Ärzte! Strahlend weiß sind sie, tragen Monokel und duften nach Pfefferminz. Und elektrische Geräte haben sie dort, die summen wie ein Bienenstock, und Dampf quillt aus ihnen heraus wie aus einem Automobil. Damit können sie auch den hartnäckigsten Husten heilen. Seinen Eltern auf dem kleinen Hof in Philippseich wird er endlich das Dach reparieren. Und seiner Schwester Maria, die in Amerika wohnt, will er schreiben, weil er gelesen hat, daß sie dort ein Mittel gegen die Trunksucht erfunden haben.

Den Moraltplatz haben wir inzwischen hinter uns gelassen. Die in östlicher Richtung abzweigende Kronenbittergasse besteht aus zwei Reihen schmaler, hoher Häuser. Einst wohnten kleine Handwerker hier, Schneider, Schuster, Sattler, die verblichenen Aufschriften an den Mauern künden noch von ihrem Fleiß. Doch längst gibt es keine Werkstätten mehr, und die Etagenwohnungen sind in einzelne Zimmer aufgeteilt. In jedem Zimmer drängt sich eine Familie; aus jedem Fenster dringt Lärm.

Fritz träumt immer noch von einer goldenen Zukunft.

Der verfluchte Branntwein! Wenn der ihn nicht krank gemacht hätte, könnte er jetzt Soldat sein, hätte eine schöne Uniform und würde vielleicht bald schon unter Beweis stellen, daß er im Ernstfall fähig wäre, seinem Vaterlande heldenhaft zu dienen, so wie der Großherzog von Oldenbourg.

Der Großherzog von Oldenbourg?

Ich fahre überrascht zusammen. Was weiß dieser elende, weltfremde Säufer vom Großherzog von Oldenbourg? Vielleicht hat er den Namen in der Zeitung gelesen. Vielleicht steckt aber auch etwas anderes dahinter. Die dunklen Geschichten von Attentaten und Meuchelmorden fallen mir wieder ein, die ich gehört habe, und ich merke, daß eine Gänsehaut meinen Rücken überzieht. Ich will etwas fragen, doch es gelingt mir nicht, den mäandernden Redestrom meines Führers zu unterbrechen. (Inzwischen beschäftigt er sich wieder mit seinen Töchtern und malt sich verschiedene gewinnbringende Ehemänner für sie aus.) Zudem bin ich durch die ungewohnte Umgebung abgelenkt.

Die Gebäude haben immer weniger Ähnlichkeit mit den Wohnhäusern, die ich kenne. Sie scheinen vorzeitig gealtert zu sein durch ihre Aufgabe, dem Heer der Armen Obdach zu gewähren. Krumm und schief stehen sie da, als könnten sie jeden Augenblick in sich zusammenfallen. Der einstige Zierat ist abgenutzt und aufgebraucht, die Farbe abgeblättert; Fliesen sind zerbrochen, Gitter und Klinken verrostet.

Wer sich hierher verirrt, wird von vielerlei Gefahren bedroht. Von oben tropft nasse Wäsche auf den nichtsahnenden Passanten herab; unten aber wird man ständig von schmutzigen kleinen Händen befingert, die einem an den Beutel wollen. Größere Hände gibt es auch. Sie gehören zu allerlei zwielichtigem Gesindel und verstecken sich in Hosentaschen, in denen auch Messer bequem Platz finden. Qualm und Dunst stechen in die Augen. Gellende Rufe in einer fremden Sprache beleidigen das Ohr.

» – da – de – Schleiwerer – da – de – «

» – Keeeeessel – Keeeeessel – «

Fritz übersetzt mir die unverständlichen Laute: Der erste Ruf macht auf einen »Schleiferer« (d. i. Scherenschleifer) aufmerksam, der zweite annonciert die Dienste eines wandernden Kesselflickers.

Mit seinen großen, weißen Füßen trottet mein Führer neben mir her. Sein Redefluß ist versiegt. Allmählich macht sich die unheilvolle Wirkung des Juck-Jacob bemerkbar. Alle paar Schritte bleibt Fritz stehen. Nicht nur seine große Nase, sein ganzer Körper fängt an, unkontrollierbar zu beben, und der massige Mann ruckt und schüttelt sich und kratzt sich an allen möglichen Stellen, als würde er von einem ganzen Rudel Flöhe heimgesucht. Es scheint ihm nun peinlich zu sein, daß ich ihn begleite. Mehrmals bittet er mich flehentlich, ihm das Geld zu geben, das ich ihm versprochen habe, und den Rückweg anzutreten. »Sehen Sie nicht, wie schlecht es mir geht?« (Eben noch waren wir Freunde; nun spricht er, halb lamentierend, halb drohend mit mir wie ein verschlagener Knecht mit seinem Herrn.) Es gebe viele Leute hier, die nur darauf warteten, daß jemand wie ich ihnen in die Quere käme. Wenn mir etwas passiere, könne er für nichts garantieren.

Ich weiß bis heute nicht, warum ich in jenem Augenblick nicht einfach tat, was er verlangte. Bloße Neugier? Vielleicht. Irgend etwas machte mich hartnäckig. Irgend etwas sagte mir, daß ich in dieser Gegend auf etwas stoßen könnte, was interessanter wäre als die schäbige und schmutzige Oberfläche. Was? Ich hätte es nicht zu sagen gewußt. Aber ich wollte nicht zurückkehren in die Welt jenseits des Mathildenstegs. Noch nicht.

Wir sind in der Rupprechtstraße und biegen jetzt nach Osten in die Brunthalerstraße ein. Wie abgenutzt, greisenhaft schwach und morsch kommt mir alles vor, was ich dort sehe! Mit jedem Schritt stoße ich ebensosehr in einen unbekannten Raum wie in eine fremde Zeit vor – eine Zeit, die längst vergangen ist und doch auf irgendeine Weise lebendig erhalten wird und der in der übrigen Stadt unumschränkt herrschenden Gegenwart auf unheimliche Weise Konkurrenz macht. Düster ragen schwarze Mauern auf, Fabriken am Ufer des Großen Naglerbaches; sie können nicht älter sein als ein Jahrzehnt und werden doch offenbar schon seit einer Ewigkeit nicht mehr betrieben. An einer Stelle liegt ein riesiges geborstenes Rad halb im Wasser. Anderswo steht ein Kran mit abgeknicktem Arm über einem mit Unrat gefüllten Graben. In den alten Höfen und Kellern, den stillgelegten Maschinenhallen, den Anlagen, die einst der Produktion nützlicher und gewinnbringender Güter dienten, haben sich Bretterhütten mit Dächern aus Blech oder Stroh angesammelt. Unzweifelhaft gibt es Leben in diesen Ruinen, doch dieses Leben hat nichts Gedeihliches an sich. Menschen leben hier, doch was sie tun und wovon sie leben, kann ich nicht einmal erraten. Ich sehe nur Faulenzer und Herumtreiber, abstoßendes, verkommenes Lotterleben.

Die Bäche sind noch nirgends überbaut. Einst gab es hier überall Stellen, an denen man Tiere tränkte; es muß eine Zeit gegeben haben, in der sich auch Menschen dem fließenden Wasser unbeschadet anvertrauen konnten; heute jedoch sind die Bäche kaum mehr als Kloaken. Die ungereinigten Abwässer führen zur Ausbreitung schrecklicher Krankheiten, doch viele Hausbesitzer weigern sich noch immer, die Kosten für den Anschluß an das städtische Kanalnetz zu übernehmen. Da und dort sehe ich Warntafeln, die auf die Verpestung hinweisen. Doch Geländer und Rettungsleinen fehlen fast überall. Unwillkürlich schlage ich meinen Kragen hoch, als könnte mich der dünne Stoff vor den aus dem schwärzlichen Wasser aufsteigenden Miasmen schützen. Ich denke an die Warnungen, die ich gehört habe; an die Forderungen unseres hochgeachteten Stadtrats und Armenarztes Dr. Stulberger zum Beispiel, der sich immer wieder für die Beseitigung der Stadtbäche ausgesprochen hat, weil sie eines der größten Hindernisse darstellen für die dringend notwendige Erziehung des Volkes zu Reinlichkeit und Sittlichkeit.

Der Burgplatz ist nicht mehr weit. Nun gibt es nur noch selten Häuser, die sich über das Erdgeschoß hinaus erheben; die Straßen haben keine Namen mehr, und an manchen Stellen sind sie offenbar zu Schlafplätzen geworden – in einer Ecke sehe ich entsetzlich magere Kinder, die auf schmutzigen Lumpen lagern.

Ein Knabe verkauft Zwiebeln, winzige braune Zwiebeln. Er hat weder einen Verkaufsstand noch Waage oder Papier zum Einwickeln des Gemüses. Fritz bleibt stehen. Offenbar kennt er den Knaben, aber er spricht nicht mit ihm, sondern teilt ihm durch Handzeichen irgend etwas mit. Der Knabe muß taubstumm sein. Aufmerksam sieht er Fritz an. Dann läßt er die Zwiebeln fallen und dreht blitzschnell das Handgelenk, so daß der darauf tätowierte Otter sichtbar wird.

Fritz ist daraufhin wie verwandelt. Er wirkt kalt und ruhig. Nach einem kurzen Innehalten wirft er mir einen raschen Blick zu und stürzt im Laufschritt davon.

Es ist klar, daß er mich abhängen will. Doch da ich kräftiger und schneller bin als er, gelingt es mir, ihm auf den Fersen zu bleiben. Nach einem hektischen Zickzacklauf durch dunkle Gassen verschwindet er in einem schmutzigen und baufälligen Gebäude, auf dem in riesigen, verblaßten Buchstaben zu lesen steht: »A. Fischer, Drechslerwaren en gros«. Bevor ich die Schwelle erreiche, wird die Tür zugeschlagen und von innen verriegelt.

Was tun? Ich bin noch nicht bereit, den Rückzug anzutreten. Also warte ich. Ich biege um die Ecke und behalte das Haus im Auge. Ich verhalte mich unauffällig. Ich zwinge mich zur Ruhe.

Und mein Instinkt läßt mich nicht im Stich: Zehn, fünfzehn, zwanzig Minuten vergehen, dann erblicke ich den stummen Knaben, der sich mit unheimlicher Geschmeidigkeit auf leisen Sohlen dem Hauseingang nähert. Im Handumdrehen bin ich hinter ihm. Ich bemerke, daß er etwas in der Hand hält. Einen Zettel. Er horcht – er klopft – doch bevor er weiß, wie ihm geschieht, gelingt es mir, ihm den Zettel zu entreißen.

Es ist ein schmutziges Stück karierten Papiers, aus irgendeinem abgegriffenen Notizheft herausgerissen. Mit ungelenken Buchstaben ist ein kurzer Satz darauf gekritzelt: »CHR. der HERR ruft unzall. Das Warten hat ein ende. Sammstag am Teufenbrunnen.«

(*Sonntags-Echo*, 7.6.1914)

Eine Zeitung ist eine schöne Sache. Man selber weiß ja fast gar nichts, aber es gibt Kollegen, die ein bißchen mehr wissen, und wenn man das ziemlich wenige mit dem etwas mehr mischt, kommt am Ende genug heraus. Die tiefere Bedeutung der sonderbaren Worte auf dem zerknitterten Zettel, den der stumme Knabe meinem verschwundenen Kameraden Fritz hatte übergeben wollen, wurde mir klar, als ich Herrn Dr. Schleich aus dem Ressort »Kunst und Architektur« unserer Zeitung konsultierte. Dieser verdienstvolle Kollege kam darauf, daß es sich bei dem »Teufenbrunnen« nur um den *Taufbrunnen* in der Krypta von St. Crispus handeln könne, einem tief in die Erde gegrabenen steinernen Becken, dessen Boden aus einem römischen Mosaik aus der Zeit um 150 n. Chr. besteht. Das Mosaik zeigt den Kopf eines Flußgottes. (Das Becken wurde in grauer Vorzeit vom *Täuffenbach* gespeist. Neuere Untersuchungen haben gezeigt, daß der heute unscheinbare Seitenarm der

Ries früher direkt unter dem Kirchenbau verlief; nach dem großen Hochwasser 1813 grub sich der Bach auf dem damals noch landwirtschaftlich genutzten Gelände ein neues Bett, und heute fließt er zwei Kilometer weiter östlich in einer Schlaufe am Rand des Moraltplatzes zum Mathildensteg.) Mit diesem Hinweis war auch der Name »Chr.« am Anfang des Satzes geklärt: Nicht der Herr *Christus* schien gemeint zu sein, sondern vermutlich der heilige *Crispus*, der, laut Dr. Schleich, in unserer Gegend die Merkmale einer unbekannten heidnischen Gottheit annahm und von jeher besondere Wertschätzung genießt. Für das unwissende Volk, das sich auch zweitausend Jahre nach Einführung des Christentums nicht von seinem eingefleischten Aberglauben abbringen läßt, hat der Kirchenpatron offenbar heute noch die Macht, alle möglichen Krankheiten zu heilen und Übel abzuwenden.

Ein kleiner, zerknitterter Zettel mit ein paar hastig hingekritzelten Wörtern in der Hand eines stummen Knaben … Ich hatte mich unter die Säufer am Moraltplatz gemischt, weil nicht weit von dort die Entführung der Gräfin Löwenfeld stattgefunden hatte; der zuständige Redakteur nahm an, daß das sonntägliche Publikum gern einen kleinen Einblick gewönne in jenes schmutzige und verkommene »Bäderdreieck« östlich des Mathildenstegs, und hatte mich als geeigneten Cicerone auserkoren. Ich hatte vorgehabt, mich mit Fritzens Hilfe in den elenden Gassen, den Behausungen, den Kaschemmen der Gegend umzutun, Augen und Ohren offenzuhalten und allerlei Dinge aufzuschnappen, die meine Leser interessieren könnten. Aber dann kam alles anders. Fritz verschwand und tauchte vorerst nicht mehr auf, und alle weiteren Versuche, das Vertrauen eines Ortskundigen zu gewinnen, schlugen fehl. Drei Tage lang treibe ich mich nun schon in den Straßen und Gassen am Burgplatz herum; aber sobald ich – am Waschplatz des Naglerbachs, in der Vorhalle der »Arbeitsvermittlungsstelle für männliche Erwachsene« in der Brunthalerstraße, im Lichtspieltheater Correggio am Gerberbogen – mit jemandem ein Gespräch anknüpfen will, stoße ich nur auf Mißtrauen und Feindseligkeit. Außer jenem armseligen Zettel habe ich nichts, was mir als Orientierungshilfe dienen kann.

Da auf dem Zettel von Samstag die Rede ist, bin ich an diesem Tag besonders aufmerksam. Schon am Vormittag fahre ich mit der Straßenbahn zum Mathildensteg. Auf der Luisenstraße herrscht lebhaftes Treiben. In den Schaufenstern kündigt sich durch herabgesetzte Preise der Sommer-Ausverkauf an. (»Eine Phiole Allerfeinstes Pariser Ideal-Parfüm für nur einen Groschen!!!«) Sogar die Automobile drängen sich dicht an dicht. Eifrige Händler laufen auf und ab und rufen die Morgenzeitungen aus. In den Restaurants werden Tische gedeckt und Gläser poliert. Frische grüne Bohnen und erste Kirschen werden offeriert. Die Stadt zeigt ihr modernes Gesicht. Moderne, zuversichtliche, anspruchsvolle und weltgewandte Bürger leben und wirken um mich herum. Hier fühle ich mich zu Hause.

Als ich den Täuffenbach überquere, beschleicht mich ein unbehagliches Gefühl. Über den menschenleeren Moraltplatz hallen die tiefen, ernsten Glockenschläge von St. Crispus. Wie beim ersten Mal, als ich diese Töne hörte, läuft mir ein Schauder über den Rücken, und ich überlege kurz, ob ich nicht einfach umkehren soll. Habe ich nicht schon mehr als genug Material für den versprochenen Artikel? Doch etwas fehlt noch. Ich brauche Aufschluß über die Frage, was der Zettel des stummen Knaben bedeutet. Ich fühle mich wie ein Kriminalist auf der Suche nach dem entscheidenden Mosaikstein, mit dessen Hilfe der Fall schlagartig gelöst sein wird. Ich darf jetzt nicht aufgeben!

Um das Ergebnis vorwegzunehmen: Eine Lösung wird es nicht geben. Am Ende dieses warmen Junitages, als ich verwirrt, erschöpft und mit den Zähnen klappernd vor Kälte, mit wackligen Knien den Mathildensteg in westlicher Richtung überquerte und endlich meine Wohnung erreichte, zweifelte ich ebensosehr an dem, was meine Augen gesehen hatten, wie an der Verläßlichkeit dieser Augen und all meiner Sinneswerkzeuge und fürchtete um die Unversehrtheit meines Verstands. Die Fragen sind geblieben – bis heute. Doch vielleicht, lieber Leser, gibt es die ersehnte Lösung ohnehin nur im Roman, und das wirkliche Leben wäre daran zu erkennen, daß es uns die Antworten schuldig bleibt.

Zurück zum Anfang jenes Tages. Während der vier oder fünf Stunden des samstäglichen Vormittags, in denen ich zwischen Moralt- und Burgplatz umherlaufe, vernehme ich in regelmäßigen Abständen die Glockenschläge von St. Crispus. Das letzte Mal, als ich mit Fritz hier war, hatte ich sie nur *einmal* bemerkt und später nicht mehr. Jetzt aber höre ich sie ständig! Seltsamer Effekt, hervorgerufen möglicherweise durch anormale Windverhältnisse. Die Töne kommen mir unendlich klangvoll, tief und schaurig vor. So tief und schaurig, als kämen sie aus einer Gruft.

Ein weiterer auffälliger Umstand ist, daß die Leute gepflegter und besser gekleidet sind als bei meinem letzten Hiersein. Die Menge der barfüßigen Kinder, die ich in den schmutzigen Hinterhöfen, auf den Holzplätzen und Kiesbänken der Bäche spielen sah, hat sich nicht vermindert, doch heute sind die Kinder gekämmt und haben gewaschene Gesichter, und nur die Kleinsten machen Lärm. Auch die Erwachsenen wirken ansehnlicher; die Frauen haben sich herausgeputzt, soweit dies bei ihren dürftigen Mitteln möglich ist, die Männer tragen gebürstete Anzüge mit vorgewölbter Brust, einige schwarze Zylinder.

Ein bloßfüßiger Knabe huscht an mir vorbei, der eine Lotterietrommel um den Hals hängen hat. Ein paar Augenblicke lang kommt er mir vor wie jener Stumme, dem ich den Zettel aus der Hand riß. Dann höre ich ihn rufen: »Alle Herzen werden froh! Angst und Bedrängnis weichen! Rettung ist nah!« Das löst eine seltsame Beunruhigung in mir aus; doch bald empfinde ich nichts anderes mehr als eine zunehmende Mattigkeit – während meine Sinne womöglich besser denn je ihre Arbeit tun. Überwach registriere ich alle möglichen Einzelheiten, wie die an einer Stelle aufgehängten Tücher, die in der Sonne trocknen, das Graugrün eines verwitterten Bretterdachs, die fettige Rußschicht auf einem Fensterbrett, das Laubgewirr der Bäume, die nackten weißen Knöchel einer Brezelverkäuferin. Ich schiebe meine sonderbare Empfindungsfähigkeit zusammen mit der körperlichen Schwäche vorerst auf die Tatsache, daß ich schlecht geschlafen habe in dieser Nacht. Doch später komme ich zu der Überzeugung, daß – wie kann ich es erklären, und wer wird mir glauben? – in Wahrheit *jene Glocken* daran schuld sind. Mit jedem neuen ihrer mächtigen, dröhnenden Schläge trennen sie mich mehr von dem, was mich umgibt. Ich sehe und höre und rieche alles so deutlich wie nie und verliere gleichzeitig die *Verbindung* zu den Geschehnissen um mich herum. So weiß – oder *spüre* – ich, daß irgend etwas vor sich geht, und kann doch nur willenlos und mit gleichsam abgeschaltetem Verstand darauf reagieren.

Es ist unversehens Nachmittag geworden. Meine Füße schmerzen, und der jagende Puls an meinen Schläfen gibt mir das sonderbare Gefühl, als könnte ich mir der Abmessungen meines Kopfes nicht mehr sicher sein. Doch obwohl nichts darauf hinweist, daß sich in nächster Zeit irgend etwas Nennenswertes ereignen wird, kommt es mir nicht in den Sinn, das Viertel zu verlassen und mich jenseits des Mathildenstegs irgendeiner ersprießlicheren Tätigkeit zuzuwenden als diesem zwecklosen Herumlaufen. Währenddessen hallen die Glockenschläge des Otterturms unablässig zwischen den baufälligen Mauern der elenden Behausungen wider. Ohne daß ich mir dessen gewahr geworden bin, habe ich mich in einem großen Kreis vom Burgplatz in südwestlicher Richtung über die Perner- und Wollenweberstraße wieder dem Moraltplatz genähert. Dort angekommen, bemerke ich, daß ich nicht der einzige bin, den es dorthin zieht.

Es beginnt zu dämmern. Der Platz belebt sich. Schattenhafte Gestalten lösen sich aus dem Dunkel der Gassen, formieren sich zu kleinen Gruppen und setzen sich zielstrebig in Bewegung. Immer mehr Menschen sammeln sich, und alle strömen auf St. Crispus zu, der sie mit dem betäubenden Dröhnen seiner Glocken zu sich ruft. Auch ich empfinde nun diesen Ruf als eine seltsame Verlockung, ein vom tiefsten Innern meines Körpers ausgehendes, ruheloses Drängen zu jenem Gebäude hin, wo die Töne ihren Ausgang nehmen. Die Glocken füllen mich aus und übertönen alle Gedanken; es scheint nichts anderes mehr zu geben zwischen Himmel und Erde als ihren abgründigen, majestätischen Klang.

Ich stehe vor dem Portal. Wie oft bin ich schon hier gewesen, wie oft ist mein Blick achtlos an dem mit plastischen Szenen verzierten steinernen Bogen abgeglitten. Nun aber bemerke ich plötzlich die eigenartige Schönheit, die archaische Kraft der gemeißelten Figuren.

Im oberen Drittel des Bogens stehen bärtige, geflügelte Männer mit beschwörend ausgebreiteten Armen an einem hügeligen Ufer mit Bäumen. In der Mitte ist eine menschliche Gestalt zu erkennen, die bis zum Hals in ein Gewässer eintaucht. Nur noch ihre großen, weit offenen Augen und das wirre Haar, das sich in den Wellenlinien des

Wassers fortsetzt, sind sichtbar. Es handelt sich offenbar um eine Taufe.

Mir fehlt plötzlich der Mut, die Schwelle zu überschreiten. Mein vielbeschworener Reporterinstinkt rät dringend zur Umkehr. Keine Viertelstunde Fußweg von diesem Ort entfernt wartet das Café Nussbaum in der Himbselstraße auf mich. Dort ist die Luft von vertrautem, lärmendem Geplauder erfüllt. Von aufmerksamen Kellnern werden die Gläser gefüllt, und kennerisch breitet man die neuesten Zeitungen vor sich aus. Während man aufs Essen wartet, wird gemütlich debattiert: über die Sommerpläne des Kaisers, den Besuch des englischen Geschwaders in Kiel, die Wirren im fernen Albanien ... Wie sicher fühlt sich im Café Nussbaum die Welt an! Ja, dort könnte ich einen angenehmen Abend verbringen.

Doch ich gehe nicht hin. Wie so oft in meinem Leben erliege ich der Anziehungskraft des Unbekannten, die sich all meinen Bedenken als überlegen erweist.

(*Sonntags-Echo*, 14.6.1914)

Es dauert eine Weile, bis sich meine Augen an die Dunkelheit gewöhnt haben. Dann erkenne ich am Ende des Mittelganges in der Apsis einen mit weißen Blumen geschmückten Altar. Ich bin allein in der alten Kirche, in der es nach Staub und Schimmel riecht. Habe ich nicht eben noch eine große Menge feiertäglich gekleideter Menschen gesehen, die über den Moraltplatz nach St. Crispus strömten? Wo sind sie geblieben? Haben sie sich womöglich an einem ganz anderen Ort gesammelt?

Als ich mich über den mit Leichensteinen gepflasterten Mittelgang dem Altar nähere, sehe ich im Lichte einiger angerissener Zündhölzer, die ich glücklicherweise in der Tasche trage, daß die Blumen auf dem Altar aus Papier bestehen. Reste heruntergebrannter Kerzen stecken auf schweren schmiedeeisernen Ständern. Hier und in den Seitenkapellen liegt überall fingerdick der Staub. Mäuse haben das Wachs der Kerzen angefressen; die Brokatdekken sind voller Mottenlöcher. Die hohen Glasfenster im Chor sind schwarz vom Ruß; kühle Zugluft strömt durch zerbrochene Scheiben. In einem Winkel nisten Tauben. Ich steige die Empore hinauf, wo ein Organist die Noten für die kommende Meßfeier aufgeschlagen hat: »Du hast uns, Herr, gerufen ...« Doch das vergilbte Heft auf dem Notenhalter sieht aus, als wäre es seit Jahrzehnten nicht umgeblättert worden.

Im hinteren Teil der Kirche, nah dem Eingang, befindet sich ein Tisch, auf dem die Gemeindemitteilungen ausliegen. Daneben entdecke ich die Broschüre eines Dr. phil. J.A. Heinzelmann mit dem Titel: *St. Crispus. Ein Wegweiser für Ortsfremde.*

Meine Leser wissen, daß ich ganz und gar nicht der Typ bin, der an Sätzen wie »Der siegreiche Markgraf beschloß, seine neue Burg in das Ries-Gebiet zu verlegen und sich der Bekehrung der Heiden zu widmen ...« Gefallen findet. Wenn es sich um Geschehnisse handelt, die sich in grauer Vorzeit abspielen, fällt es mir schwer, länger als drei Sätze hindurch aufmerksam zu bleiben. Wie die meisten meiner Zeitgenossen habe ich nämlich mehr als genug mit der Bewältigung der Gegenwart zu tun! Das Wühlen in der Vergangenheit überlasse ich für gewöhnlich jenen, die sich in muffigen Archiven und in der Gesellschaft verstaubter Folianten wohler fühlen als unter lebendigen Menschen in frischer Luft. Auch jetzt überblättere ich die langatmigen Ausführungen Dr. Heinzelmanns, die sich mit der Errichtung des romanischen Vorgängerbaus von St. Crispus befassen, und nehme ohne besonderes Interesse die Tatsache in mich auf, daß Fürst Othmar I. im letzten Drittel des 17. Jahrhunderts den Neubau der Kirche in Auftrag gab, nachdem der größte Teil seiner Stadt von einer Schar wahllos mordender und plündernder Marodeure in Schutt und Asche gelegt worden war. Bemerkenswert finde ich allerdings, daß der alte Glockenturm als einziger Überrest des Vorgängerbaus stehengeblieben war und die örtlichen Handwerker sich weigerten, auch nur einen Stein an ihm zu verändern. Den Beinamen Otterturm hatte der Turm erhalten, weil im Jahre fünfzehnhundertsoundsoviel eine Gruppe »verstockter Sektierer, Wiedertäufer vielleicht«, die im Volke nur Otter hießen, vor der Kirche auf dem Scheiterhaufen verbrannt worden waren. Einer ihrer Führer rief kurz vor seinem Tod den heiligen Crispus an, worauf die Glocken des Turmes angeblich von selbst zu läuten begannen.

An derselben Stelle des Büchleins ist die Photographie einer dieser Glocken eingefügt, die angeblich zu den ältesten Glocken Europas gehört. Die Krone ist als bärtiger, stark behaarter Kopf ausgebildet. Die Inschrift kann ich nicht entziffern. Darunter sind einige radförmige Verzierungen unbeholfen in das Metall geritzt. Um mit Dr. Heinzelmann zu sprechen, hat »die Wissenschaft« es bisher nicht vermocht, Inschrift und Ornamente der großen Crispusglocke »einer befriedigenden Deutung zuzuführen«.

Im nächsten Kapitel geht es um einzelne Bauteile, Statuen, Schnitzwerke, Säulen, Bilder u. dgl., Dinge, die mich nicht weniger langweilen als historische Unterweisungen. Ich blättere also weiter, bis ich zu einem Absatz komme, in dem es um die Krypta geht. Alle Bauteile des uralten Gewölbes, vor allem aber der Taufbrunnen mit einem spätrömischen Mosaik, einen Flußgott vorstellend, werden wegen ihrer künstlerischen und technischen Vollendung von Dr. Heinzelmann mit höchstem Lob bedacht. Gerüchte, wonach sich an diesem verschwiegenen Orte bis in die jüngste Vergangenheit versprengte Mitglieder der alten Täufersekte versammelten, weist er »mit aller Entschiedenheit« zurück. Die Stadt sei bereits im frühen 18. Jahrhundert von den Ottern vollkommen befreit gewesen.

Plötzlich höre ich ein Geräusch – einen klagenden, dumpfen, geisterhaften Laut, der aus dem tiefsten Erdenschoß heraufzuquellen scheint und mir die Haare zu Berge stehen läßt.

Das kleine Buch noch in der Hand, stehe ich wie angewurzelt an meinem Platz unter der Empore. Ich zwinge mich, genau hinzuhören – und komme zu dem Schluß, daß der Laut von menschlichen Kehlen erzeugt worden ist und aus einem Raum unterhalb des Altars aufsteigen muß. Hastig blättere ich weiter, bis ich zu der Stelle komme, an der es heißt (ich zitiere aus dem Gedächtnis): »Der Zugang zur Krypta befindet sich hinter dem Altar. Nach dem tragischen Ertrinkungstod seiner Gemahlin hatte Othmar I. ihn zumauern lassen. Später wurde in unmittelbarer Nähe des Epitaphs für Louise Charlotte eine neue Treppe gebaut.«

Bei meinem ersten Rundgang hatte ich weder den Epitaph noch eine Treppe gefunden, aber nun lasse ich Dr. Heinzelmann fluchtartig im Stich und suche im Lichte meiner letzten Zündhölzer noch einmal sorgfältig die Wände ab. In einer Nische bemerke ich einen schweren Vorhang aus dunkelblauem Samt. Ich schlage ihn zurück. Da ist der Stein! Unter dem Reliefbild einer gekrönten Frauenfigur entziffere ich die Inschrift:

Zum Gedenken an
die Edle Frau
Louise Charlotte
Fürstin von Sternau
so das Wasser hinweckgenommen hat.
A. D. 1714
EHRE DEM HERRN

Erneut vernehme ich in diesem Moment den unheimlichen Laut, einen dumpfen, ekstatischen Gesang. Menschliche Stimmen, die aus einer nur etwa schulterhohen Öffnung in der Wand dringen.

Ich ducke mich, um in die Höhlung hineinzuspähen. Eiskalte Luft schlägt an mein Gesicht; ich sehe eine abwärts führende gewundene Treppe, die gerade so breit ist, daß der Körper eines Menschen Platz hat, und einen schwachen Lichtschein in der Tiefe.

Mit eingezogenem Kopf taste ich mich die Stufen hinab. Ich habe keine Ahnung, wie lange der Abstieg dauert – er kommt mir *sehr* lang vor, aber ich weiß heute, wie stark meine Angst die Wahrnehmung der Zeit beeinflußt haben muß. Als ich die schmiedeeiserne Gittertür am Fuß der Treppe erreiche, befinde ich mich nach objektiven Maßstäben weniger als zehn Meter unterhalb des Bodens der Kirche; nach meiner eigenen Wahrnehmung könnten es hundert Meter oder mehr sein.

Jeder Schritt kostet mich Überwindung, denn ich muß gegen das Entsetzen ankämpfen, das mir der unablässig an- und abschwellende Lärm einer tobenden, verzückten Menschenmenge in der Tiefe einflößt, und doch denke ich längst nicht mehr an Umkehr. Kann ich überhaupt noch denken und urteilen wie ein normaler Mensch? Unendlich langsam und vorsichtig setze ich einen Fuß nach dem anderen auf die ausgetretenen Stufen, bis ich die Gittertür am Fuß der Treppe erreiche, wo ich mich im tiefen Schatten niederkauere.

Was ich dann mitansah, erregt noch immer ein so sonderbares, schauervolles Gefühl in mir, daß ich versucht bin, es als einen im Wachzustand erlebten Alptraum zu bezeichnen. Und wie man mit der Erzählung von Träumen ihre Wirkung abzuschwächen versucht, berichte ich das Folgende in der Hoffnung, mich von der tiefen Beunruhigung zu befreien, die mich – ich gestehe es – seit jenem Abend nicht mehr verläßt.

Die Gittertür war verschlossen. Wäre sie nicht verschlossen gewesen – ich weiß nicht, ob ich heute noch leben würde. Denn der grausigste Effekt jener Szene, die ich, an die kalten Stäbe geklammert, mitansah, bestand darin, daß ich die Fähigkeit verlor, mich als ein von jenen Rasenden abgesondertes Wesen zu empfinden. Während ich das Geschehen betrachtete, war ich nicht mehr nur Beobachter; wie die taumelnde, flehende, klagende, schreiende Menge, die sich um ihr ohnmächtiges Opfer versammelte, hatte ich mich selbst vergessen.

Die Krypta, in die ich hineinsah, war ein ausgedehntes, von zahlreichen Pfeilern getragenes steinernes Gewölbe. In den Nischen brannten Kerzen. Ihr flackernder Schein ergab ein ruheloses Licht, in dem alle Dinge nur kurz hervortraten, um im nächsten Augenblick zu gestaltlosen Schemen zu zerfallen. Nichts blieb, was es war; alles löste sich binnen weniger Sekunden in ein ungreifbares, wahnhaftes Schauspiel auf.

Der ganze Raum war mit Menschen gefüllt, Männern, Frauen und Kindern. Da und dort erkannte ich ein bekanntes Gesicht – den Mann mit dem Schnappsack und seine Kumpane vom Moraltplatz, das blonde Mädchen, das den Juck-Jacob ausgegeben hatte; auch Fritz war da, aber er hatte sich verändert. Sein Körper schien größer, breiter, stärker geworden zu sein, und selbst seine Zähne, neulich erst braun und lückenhaft, hatten sich erneuert und schimmerten schneeweiß unter seinem üppigen Schnurrbart. All diese Menschen – ich zweifelte nicht daran, daß es *Verworfene* waren, und doch ging etwas Stolzes und Herrliches von ihnen aus. Es gab eine Gemeinschaft, eine geheime Ordnung, in der jeder von ihnen seinen Platz hatte und seine Rolle spielte. Lärm, Geschrei, Tumult, alles, was diese Menge tat, wirkte ebenso ausgelassen wie kontrolliert – obwohl ich vorerst nicht ausmachen konnte, wer die Fäden in der Hand hielt.

Zu sagen: die Leute tanzten, oder: sie sangen, wäre eine Verharmlosung. Es war ein allgemeines Schwanken und Schwingen, ein Schweifen, ein Schmelzen, bei dem Einzelne kaum mehr zu unterscheiden waren. Die Masse miteinander verschwimmender, aneinander klebender Körper feierte ein verzücktes Huldigungsritual. Mit erhobenen Armen und verdrehten Augen schienen die Versammelten in ein bizarres, wortloses Gebet versunken zu sein, das allerdings keine Ähnlichkeit mit irgendeiner gesitteten Andachtsübung hatte, sondern an die Äußerungen von Wilden gemahnte, jammervolles, tierisches Geheul, wie es die Erde erschütterte, bevor es geistige Wesen gab.

Das unstete Licht, die flirrende Unrast, die sich immer mehr auch meiner selbst bemächtigte, verhinderten, daß ich das Geschehen ruhig und gesammelt wahrnahm. Nur undeutlich erkannte ich in Lärm und Aufruhr einen Mittelpunkt: das große runde Taufbecken. Daneben, mir genau gegenüber, war eine aus Brettern gefertigte Plattform errichtet worden, auf der sich zwei Gestalten befanden. Vom Rauch der Kerzen umwallt, bewegten sie sich spukhaft hin und her.

Das Objekt der Anbetung der Menge war unzweifelhaft ein Mädchen oder eine Frau – doch in ihrer seltsamen Aufmachung wirkte sie wie die Teilnehmerin eines obskuren Karnevals. Sie trug ein weißes, altertümliches Gewand im Empirestil. Der fließende, gazeähnliche Stoff war durchscheinend und ließ bei den abrupten und hastigen Bewegungen, die sie machte, alle Teile ihres Körpers deutlich hervortreten, so daß sie fast nackt erschien. Ihr Kopf war unmäßig vergrößert durch eine hellhaarige Perücke, die sich bei abrupten Bewegungen verschob und ihr dunkles

Haar darunter erkennen ließ. Auf dem hoch aufgetürmten künstlichen Lockenhaar saß ein Schilfkranz.

Fassungslos beobachtete ich, wie diese sonderbare Gestalt hin und her lief, vor und zurück sprang und ihr Kleid zuweilen nur mit knapper Not vor der andrängenden Menge, den nach ihr tastenden, fassenden, schnappenden Händen in Sicherheit bringen konnte. Auf einmal fiel mir ein, wo ich dieses Kleid, diese Locken schon einmal gesehen hatte. Ja, es war genau der gleiche fließende Stoff, der die weiblichen Reize eher hervorhob als verhüllte, es war die gleiche auffällige Frisur, wie sie jedem Bewohner unserer Stadt von unserem Luisendenkmal her vertraut sind.

Ein warmer, lebendiger Mensch sollte zurechtgemacht worden sein wie das Steinbild vor der Residenz? Was für ein absurder Gedanke! Und doch konnte kein Zweifel daran bestehen, daß genau das geschehen war.

Das Gesicht dieses Menschen hatte allerdings mit dem Standbild nicht das geringste zu tun. Es war schwer zu erkennen, da es unter der tief in die Stirn gezogenen Lokkenperücke verborgen war. Doch dann und wann, wenn ein Lichtstrahl es traf, sah ich es deutlich. Dann traten die Züge einer hübschen jungen Frau hervor – oder vielmehr einer einst hübsch und jung *gewesenen* Person. Was von ihnen übrig war, hatte nichts Anziehendes mehr: schwarze, tiefe Linien, die Wangen durchschneidend; die Augen aufgerissen, fast pupillenlos; der Mund ein offenes Loch, von fahlem, bebendem Fleisch umrahmt. Es war ein Bild tiefster Verstörung, das unsäglich entstellte, maskenhaft erstarrte Gesicht eines geschlechts- und alterslosen, panisch erschrockenen Geschöpfs, in dem von allen menschlichen Empfindungen, die dieser Körper je gefühlt und erlebt haben mochte, nur noch eine einzige lebendig war: *Angst*. Bis zu meinem Tod werde ich es nicht vergessen.

Was geschah mit dieser jungen Frau? Wer hatte sie an diesen schrecklichen Ort gebracht? Wozu?

Ich habe schon angedeutet, daß das Rätsel bis heute nicht gelöst ist. Mehr als den wahrheitsgemäßen Bericht dessen, was ich sah und hörte, kann ich meinen Lesern nicht bieten. Ob die wahrhaft monströse Schlußfolgerung, die sich mir später aufdrängte, der Wahrheit entspricht, wird niemand je bestätigen können, denn beim Anrücken der Ordnungskräfte – die ich nach meiner geglückten Flucht per Fernsprecher alarmierte – hatte sich die teuflische Versammlung in der Krypta schon in alle Winde zerstreut.

Doch nun muß ich mich der weiteren Gestalt zuwenden, die ich auf der Plattform neben dem Taufbecken sah: Es war ein Mann, an dessen unsäglich abstoßendes Äußeres ich mich nicht erinnern kann, ohne Übelkeit zu empfinden. Im ersten Moment erinnerte er mich an den stummen Knaben, den ich verfolgt hatte; dann aber sah ich, daß er viel älter sein mußte. Von kleiner, gedrungener Statur ähnelte er mit seinen kurzen Beinen, dem starken Nacken, dem dreieckigen Gesicht einem bösartigen, marderartigen Raubtier. Dieser Eindruck wurde verstärkt durch einen sonderbaren Umhang aus schütterem Pelz mit zwei krallenbewehrten Vorderläufen, die seinen Hals rahmten. Zunächst schien er mir eine Art Bewacher zu sein. Er achtete nämlich darauf, daß die junge Frau nicht von der Menge herabgezogen wurde, indem er oft im letzten Moment vorsprang und sie wieder auf die Plattform zog (dabei entblößte er seine kurzen, muskulösen Arme); aber ich sah auch, daß seine Augen freudig aufblitzten, wenn die Frau vor Entsetzen aufschrie und ihren Angreifern flatternd und schlotternd entwich.

Nach einer Weile hob er die Hand; jetzt sah er aus wie ein Priester; er schien predigen zu wollen. Doch war das, was ich dann hörte, eine Predigt? Stieß er nicht lediglich eine Reihe tiefer, kehliger Laute hervor? Darüber konnte ich mir bis zuletzt keine Klarheit verschaffen, weil ihn die Menge immer wieder überschrie und seine Epistel – falls es sich um eine solche handelte – im Getöse der wirren und erregten Rufe seiner fehlgeleiteten Herde unterging.

Aber andere Stimmen vernahm ich – die von Fritz zum Beispiel. Er schrie, daß sie mutige, treue und brave »Kinder« seien, auch wenn sie in der Welt nichts gälten. Wenn getan sei, was getan werden müsse, würden sie bald ihre gerechte Belohnung erhalten. Ein vielstimmiger hysterischer Schrei war das Echo seiner Rede. Ich hatte es mit Wahnsinnigen zu tun! Ein anderer Mann, der einen schwarzen Zimmermannshut in der Hand hielt, verkündete unter lautem Weinen und Wehklagen, ihm sei in Träumen und Gesichten nichts weniger als das Ende der Welt verkündet worden. Feuer, das vom Himmel falle, Löcher, die sich auftäten, um ganze Städte zu verschlingen ... Der Freund wende sich gegen den Freund, der Mann gegen die Frau, die Kinder gegen ihre Eltern, jeder kenne nur noch Feinde und suche sich ihrer mit grausigen Waffen zu erwehren. Die Luft dröhne von tödlichen Explosionen, die Erde verwandle sich in einen blutigen Morast, sich zersetzende Leichen vergifteten das Wasser, die letzten Überlebenden litten unablässig unter quälendem Durst ... Weitere Einzelheiten dieser Schreckensrede will ich meinen Lesern ersparen. Die Menge der Hörer jammerte, schrie und heulte zum Gotterbarmen dazu, und der Mann im Pelz wand sich voll boshaften Entzückens wie eine Schlange hin und her.

Die junge Frau hatte sich indessen auf dem Boden der Plattform niedergelassen. Sie umschlang ihre Knie mit den Armen und starrte den Priester mit schreckgeweiteten Augen an. Aus seinem Verhalten schien sie etwas herauszulesen, was mir entging. Die panische Angst, die sie am

Rande des hölzernen Aufbaus über dem Becken hin und her getrieben hatte, schien sich zu einer entsetzlichen Gewißheit zu verdichten. Hatte sie zuvor vielleicht noch auf Rettung gehofft, so gab es nun nichts anderes mehr als das Unausweichliche – das blanke Grauen.

Ihr verstörter Blick irrte über die Köpfe der Menge, die sich in tobendem Aufruhr befand. Dann entdeckte sie die Gittertür, und dahinter eine kauernde Gestalt – mich.

Werden mir meine Leser glauben, wenn ich sage, daß ich erst jetzt, als dieser Blick mich traf, aus meiner seltsamen Lethargie erwachte? Plötzlich wurde mir klar, daß es außer mir keinen Menschen gab, der das Leben dieser jungen Frau retten konnte. Doch allein konnte ich nichts ausrichten. Ich mußte sofort von hier verschwinden, um die Polizei zu verständigen!

Im nächsten Augenblick erkannte ich, daß es zu spät war. Ich selbst befand mich in Lebensgefahr! Denn Fritz – nur ein paar Schritte von mir entfernt, jenseits des Gitters – war dem Blick der jungen Frau gefolgt und hatte mich entdeckt. Zusammen mit ein paar anderen kräftigen Männern bahnte er sich einen Weg durch die Menge. Sie kamen direkt auf mich zu. Ich wußte, was sie vorhatten. Ich sah Fritz' große rote Nase, deren Flügel sich heftig bewegten. Ich sah die dicken Adern an ihren Hälsen, die versteinerten Kiefer, die geballten Fäuste. Für die junge Frau konnte ich jetzt nichts mehr tun. Als ich aufsprang, spürte ich, daß mir die Knie weich geworden waren. Mein Körper fühlte sich an wie eine weggeworfene alte Zeitung. Tattrig wie ein Greis stolperte ich die Wendeltreppe hinauf, zwängte mich durch den Eingang und lief, ohne mich umzublicken, ohne auf die schweren Schritte meiner Verfolger zu hören, den dunklen Mittelgang entlang. Wenig später spürte ich die eiserne Klinke des Portals in der Hand, und frische, kräftigende Abendluft strömte in meine Lungen.

Ich sah mich nicht um. Ich rannte – lief – stolperte weiter, über den menschenleeren Moraltplatz, die dunkle Wohlmuthstraße entlang. Ich dachte nicht mehr an die junge Frau, den Priester im Pelz, die rasende Menge in der Krypta von St. Crispus. Ich dachte nur noch an mich selbst. Wenn es mir nicht gelang, vor meinen Verfolgern den Täuffenbach zu überqueren – so mein halb unbewußter Gedankengang –, würde ich zum Schreiben nicht mehr fähig sein, was bedeutete, daß die Redaktion des *Echos* auf die versprochene Artikelserie und ich auf mein Geld warten müßte bis zum St. Nimmerleinstag. Diese Befürchtung spornte mich zum Äußersten an. Der Mathildensteg lag vor mir – nur noch ein paar Schritte, und ich hatte ihn überquert. Das Knattern der Automobile, das Klingeln einer Straßenbahn, der Lichterglanz der Luisenstraße – ich war zurück in der Stadt, die ich kannte. Der Alptraum war vorbei.

(*Sonntags-Echo*, 21.6.1914)

An unsere Leser!

Angesichts der aktuellen Ereignisse erscheint es der Redaktion geboten, den Abdruck des fünften und letzten Teils der Artikelserie »Die Glokken von St. Crispus« von A. Schrottenberg *auf unbestimmte Zeit zu verschieben. Die gräßliche Untat, die heute vormittag das Ableben des österreich-ungarischen Thronfolgers und seiner Gemahlin zur Folge hatte (vgl. den vorderen Teil dieser Zeitung), löste im ganzen Reiche wie auch im Ausland tiefste Erschütterung aus. Die politischen Wirkungen sind heute noch gar nicht zu übersehen. Ob das überraschende Wiederauftauchen der vermißten Gräfin von Löwenfeld-Kniewitz in bizarrer Kostümierung vorgestern abend mit dem Mordkomplott von Sarajewo in Zusammenhang steht, konnte bis jetzt nicht ermittelt werden, da sich das Entführungsopfer im Zustand geistiger Zerrüttung befindet und womöglich das Licht der Vernunft niemals wiedergewinnen wird. Nach Aussage des Wachtmeisters* Erich Rembold, *der nach der halsbrecherischen Flucht unseres Reporters mit einem Aufgebot von dreißig bewaffneten*

Ordnungshütern in die menschenleere Krypta von St. Crispus eindrang, gab es – abgesehen von einem zerknüllten Flugblatt, in dem in bekannter Manier von der Notwendigkeit eines »Reinigungsbades« des deutschen Volkes die Rede ist – keine Anzeichen illegaler Aktivitäten. Ob sich diese Sache jemals gänzlich aufklären wird, ist höchst ungewiß, und zu nebulösen Spekulationen wollen wir uns nicht hergeben. Mit dem Charakterbild des ermordeten Erzherzogs Franz Ferdinand, das wir an dieser Stelle einrücken, entsprechen wir dem berechtigten Bedürfnis unserer Leser nach gesicherten Tatsachen in unsicherer Zeit.

(*Sonntags-Echo*, 28.6.1914)

Annabels Flucht

Unter den Büchern, die wir in der Eingangshalle gefunden hatten, entdeckte ich bald darauf einen alten und noch halbwegs lesbaren Stadtatlas. Mitten in der eng bebauten ehemaligen Altstadt war St. Crispus eingezeichnet. Nach der Lektüre des Schrottenstein-Dokuments beschloß ich herauszufinden, ob das Gebäude noch stand.

Auf der sechsspurigen Autobahn fuhr ich mit Ted in Richtung Osten. Die leeren Werbetafeln an Schallschutzwänden und hohläugigen Fassaden rechts und links sahen aus wie geheimnisvolle Wegzeichen – nicht für Erdenbewohner, sondern für Überirdische. Als die ersten Hochhäuser vor uns auftauchten, merkten wir, daß irgend etwas Ungutes im Gang war. An einem Parkplatz hielten wir an. Überall lag Unrat verstreut; ein Hund nagte an einem Plastikteil, das aussah wie eine altertümliche Druckerpatrone. Als er uns kommen sah, bleckte er die Zähne und verzog sich erst, als wir ihn mit Steinen bewarfen. Wir spürten den Boden vibrieren. Das abgerissene, gellende Signal einer Ambulanz erklang und verschwand; Hubschrauber mit behelmten Schützen donnerten im Tiefflug über uns hinweg. Als wir weiterfuhren, sahen wir eine Kolonne langsam vorrückender Polizeifahrzeuge. Dann rochen wir Tränengas. Wir kamen an eine Sperre mit Schlagbaum und Stacheldraht und wurden von einem Bewaffneten angehalten, der unsere Ausweise studierte und erklärte, er dürfe niemanden durchlassen. Warum? – Es habe »Unruhen« gegeben. Konkretes ließ er sich nicht entlocken. Weit weg sah ich einen alten Steinturm mit bogenförmigen Öffnungen unterhalb der dunkel schimmernden Haube – der Turm von St. Crispus? Ich beobachtete ihn mit dem Feldstecher. Eine Gruppe von Leuten stand auf dem Platz davor und sah nach oben – hörten sie Glockengeläut? Wir hörten jedenfalls nichts außer Hubschrauberlärm, und es erwies sich als unmöglich, sich dem Gebäude zu nähern. Überall gab es irgendwelche Hindernisse, einmal einen querliegenden Mast, ein andermal Löcher in der Fahrbahn, denen wir unsere Achsen nicht aussetzen wollten. Wir sahen Menschen, die sich vermummt hatten, vielleicht wegen der Tränengasschwaden überall. Sie waren unbewaffnet, und ich kann nicht sagen, daß sie uns in irgendeiner Weise bedrohten, aber dennoch kam es uns nicht ratsam vor, unser Fahrzeug zu verlassen.

Wir gelangten dann in eine Gegend, die einen etwas gepflegteren Eindruck machte als die Straßen ringsum. Es gab große Bäume und alte Häuser mit Schieferdächern, keines mehr als fünf Stockwerke hoch. Nirgends war ein Mensch zu sehen. Wir stiegen aus. Das Gefühl, etwas Unwirkliches, der Zeit Enthobenes zu erleben, beschlich mich. Ein großes Gebäude aus Stein, von der Straße zurückgesetzt, erhob sich vor uns. Über dem offenen Portal stand: Rathaus. Der Sockel und ein Teil der oberen Mauer waren von Löchern zerfurcht. Es sah aus, als wäre da und dort mit schwerem Gerät versucht worden, das Gebäude zu rammen. Man hatte diese Stellen nicht repariert, sondern lediglich mit Plexiglasscheiben überdeckt.

Wir traten ein. In der dunklen Eingangshalle ein leerer Schalter, daneben ein Plakat, das die »sehr geehrten Museumsbesucher« über Öffnungszeiten und Eintrittspreise informierte. Kameras hingen an der Decke, aber sie schienen nicht in Betrieb zu sein. Eine rote Kordel war die einzige Sperre. Wir kletterten darüber, stiegen die teppichbelegte Treppe hoch. Das Geländer war aus dunklem, poliertem Holz. Leere Räume, die einmal Büros gewesen sein mußten, reihten sich aneinander. Ein langer holzgetäfelter Flur. Ein großer runder Saal, in den durch ein gläsernes Dach der Himmel leuchtete. Absteigende Bankreihen im Halbrund vor einer Rednertribüne. Die Bänke abgenutzt, aus dunklem Holz. Am Rednerpult ein Mikrophon, eine Karaffe, ein Wasserglas – im nächsten Augenblick, so kam es mir fast vor, würde sich dort jemand einfinden – ein Mensch, dem die Geschicke seiner Stadt am Herzen lagen –, um dem Plenum seinen Standpunkt vorzutragen. Hinter ihm an der Wand, ihm über die Schulter blickend, die Porträts seiner Vorgänger in Öl.

Ted wußte nichts von der Funktion dieses Saales, aber er empfand wie ich seine feierliche Unwirklichkeit. Hier hatte das Herz der Stadt geschlagen, hier hatten die gewählten Vertreter der Bürger über die Angelegenheiten ihrer Kommune debattiert, ihren Weg bestimmt. Mit einer gewissen Ehrfurcht näherten wir uns den Bildern. Die schwarzen Rahmen ließen die ernsten und seelenvollen Gesichter der altertümlich gekleideten Männer und Frauen fast plastisch hervortreten. Unter dem Porträt eines Graukopfs mit freundlichen Augen, Adlernase und schmalem, ernstem Mund las ich: »Kurt Schäflein, Sprecher des Ältestenrats.« Nicht weit von ihm entfernt hing das Bildnis eines Mannes mit rundem Kopf, feinen Zügen, dunklen, sanften, schwermütigen Augen hinter Brillengläsern, weißem Haar, gepflegtem Bart. Sein Name war mir ebenfalls geläufig, und es berührte mich seltsam, als ich ihn las: »Wolfgang B. Mayer, Direktor des Stadtarchivs«. An einer nicht besetzten »Info-Theke« flimmerten Monitore. Ich suchte ziellos herum, klickte das und jenes an und gelangte schließlich auf eine Seite mit bedeutenden Reden, die in diesem Haus gehalten worden waren. Ein Dokument interessierte mich besonders: die »Rede des Stadtverordneten Prof. Dr. Kurt Schäflein (fraktionslos, Mitglied des Ältestenrats) zum Antrag der Fraktion *Die Freunde der Schöpfung* auf Renaturierung der Ries und ihrer Zuflüsse im Stadtgebiet«. Als Datum war der 12.7.2013 angegeben. Die Sitzung der Stadtverordnetenversammlung war nicht öffentlich gewesen. (Einem kurzen Begleittext war zu entnehmen, daß der Antrag, um den es in der Rede ging, am 15.7.2013 mit 59:13 Stimmen mehrheitlich angenommen worden war.)

Die wenigen Seiten waren rasch gedruckt; ich steckte sie ein und nahm mir vor, sie später zu lesen. Kurz darauf machten wir uns auf den Rückweg. Immer wieder stießen wir auf Sperren und mußten Umwege fahren; einmal sahen wir in einer düsteren Straße mit halbverfallenen Häusern einen Trupp betrunkener Männer, die mit Stangen auf Autos und Verkehrszeichen eindroschen, wodurch sich der Eindruck verstärkte, daß die »Unruhen« auch für uns selbst bedrohlich werden konnten. Als wir in die Schloßeinfahrt einbogen, sah ich Pfeufers Limousine.

Da kam mir dieser lächerliche Mensch auch schon entgegengerannt. Von seiner früheren Munterkeit und Jovialität war nichts übrig. Er roch nach Alkohol, fuchtelte heftig in der Luft herum, redete, schrie: »Wo waren Sie? Was haben Sie gemacht? Sie haben dort nichts verloren – «

Ich brauchte eine Weile, um zu begreifen, was ihn so wütend machte. Er sagte, ich hätte ohne seine Einwilligung nicht in die Stadt fahren dürfen. Außerdem hätte ich Schwind besucht, ohne ihm Meldung zu machen, und mich überhaupt auf seinem Territorium bewegt, wie es mir gefiel, ohne ihn um Erlaubnis zu fragen. Die ganze Aufregung war völlig absurd, und sie wäre mir höchstens ein Schulterzucken wert gewesen – wenn nicht Annabel plötzlich neben Pfeufer aufgetaucht wäre. Ich merkte sofort, daß sie auf seiner Seite war. Sie war bleich; sie stand hochaufgerichtet und mit seltsam steif am Körper anliegenden Armen da und sah mich unverwandt an. Pfeufer kläffte wütend weiter. Ich achtete nicht auf ihn, begriff kaum, was er sagte – aber Annabel …! Nur ihretwegen wagte er es – nur ihretwegen hatte er den Mut, mich derart zu provozieren! Ein- oder zweimal drehte sie den Kopf zu ihm und nickte verständnisvoll. Dann sah sie mich wieder mit diesem Blick an – einem haßerfüllten Blick, einem Blick voller Kälte, voller Feindseligkeit – einem Blick, der mich zittern ließ.

Ich sagte etwas zu ihr. Sie schien weit weg zu sein. Ich legte meine ganze Kraft in meine Stimme, ich *brüllte* – aber Pfeufer ließ nicht zu, daß sie mir antwortete. Ich gab nicht auf. Ich beschwor sie, zu mir zu kommen, Pfeufer nicht auf den Leim zu gehen. Da sagte sie – es ist der einzige Satz, der mir von der ganzen Auseinandersetzung im Gedächtnis geblieben ist: »Diese Luise hat dir den Kopf verdreht.«

Wahrscheinlich hatte sie recht. Aber ich hörte nicht ihre Worte, sondern nur ihre Stimme, in der ich Kälte und Abscheu entdeckte, und ich sah, daß sie bei Pfeufer stehenblieb, sogar noch näher zu ihm hinrückte und nicht zurückwich, als er den Arm um sie legte, als gehörte sie ihm.

Ted rief mich. Es kümmerte mich nicht. Links stand Pfeufers Limousine. Ich sah etwas auf dem Beifahrersitz: Annabels Jacke – eine Jacke, die ich sehr gut kannte, denn ich selbst hatte sie ihr geschenkt, grün, mit Perlmuttknöpfen. Rechts stand Teds Werkzeugkasten. (Ted hatte unser Fahrzeug zu reparieren versucht; in der vergangenen Nacht war es wieder beschädigt worden – trotz unserer Alarmanlage und trotz der Schutzgitter, die wir inzwischen an allen vier Türen und am Heck angebracht hatten.) Ich ging nach rechts. Ich nahm etwas in die Hand. Es war etwas, was sich richtig anfühlte, schwer und kalt, etwas, was mir die Kraft zurückgeben würde, die ich verloren hatte – ich will nicht ausschließen, daß es tatsächlich eine Brechstange war, aber das Wort hätte mir in jenem Moment nichts gesagt, ebensowenig wie andere Wörter, mit denen man mich zu mäßigen, zurückzuhalten, zur Vernunft zu bringen versuchte – ich nahm dieses schwere und kalte Etwas in die Hand und ging auf den Mann zu, der weiterredete wie aufgezogen und sich in Sicherheit wiegte, weil Annabel bei ihm war.

Dann war Ringelmann da. Wie aus dem Nichts aufgetaucht. Er sagte etwas wie: »Schlagen Sie mich tot, wenn Sie dazu fähig sind.« Ich ließ das fallen, was ich in der Hand hielt, und gewann die Kontrolle über mich zurück.

Etwas umschloß meine Brust wie mit eisernen Ketten. Ringelmann saß neben mir, tätschelte meinen Arm, murmelte Sätze, die mir wie magische Beschwörungsformeln vorkamen. Ringelmann mit seinem Stiernacken, seinem schweren Bauch, seinen guten, großen Händen mit den abgenagten Nägeln, seinem Geruch nach Küche, nach Erde. Als ich wieder normal atmen konnte, merkte ich, daß Annabel nicht mehr da war. Da auch Pfeufers Wagen nicht mehr vor dem Eingang stand, glaubte ich natürlich, er habe sie mitgenommen, aber Ted und Ringelmann sagten, sie sei allein weggegangen. Ted sei ihr nachgelaufen, aber sie habe sich nicht halten lassen. Pfeufer sei neben ihr hergefahren mit offener Beifahrertür. Sie sei nicht eingestiegen und habe wahrscheinlich nicht einmal gehört, was er ihr zurief, so groß sei ihre Verstörung gewesen. Sie hatte nichts mitgenommen, nicht einmal ihr Telefon.

Ringelmann war freundlich zu mir, die ganze Zeit. In den Tagen, in denen wir überall herumfuhren und Annabel suchten. In den Nächten, in denen mich das Entsetzen über mich selbst überwältigte, in den Nächten, in denen ich schweißgebadet auffuhr und mich an fürchterliche Träume erinnerte. Ich konnte nicht mehr schlafen. Ich brauchte den Anblick, die Nähe eines Menschen, ich brauchte die Gewißheit, daß das Grauen, dem ich mich genähert hatte, nicht alles war, daß es neben dem alles verdunkelnden Schrecken noch Licht und Wärme und menschliche Verbundenheit gab, ich brauchte die Hoffnung, daß ich Annabel nicht für immer verloren hatte. Ich hatte Hunger. Ich ging zu Ringelmann in den unterirdischen Raum, wo er kochte und schlief. Dort war ein alter Herd, den er mit Holz heizte. Wir saßen am Feuer. Er gab mir etwas zu essen. Sein Essen war meine Rettung. Er hatte nicht das gekocht, was wir mitgenommen hatten. (Die Säcke mit unseren Konserven standen unberührt in einer Ecke.) Wo hatte er all diese Dinge her? Wurzeln und Knollen, Blätter, Früchte, Samen, saftiges Fleisch, balsamische Flüssigkeiten … all das roch und schmeckte ungewohnt – würzig, mild, scharf, süß, bitter – unendlich vielfältig, überreichlich, üppig – ich hatte keinen Begriff dafür. Ringelmann sagte, er habe Leute kennengelernt, die ihm diese Sachen verkauften. Mehr wollte er nicht sagen, und ich drang nicht weiter in ihn. Ich aß, und dann saß ich am Feuer, während Ringelmann neben mir schlief, und wartete darauf, daß es hell wurde. Ich weiß nicht, was ich getan hätte in diesen schrecklichsten Tagen und Wochen meines Lebens, wenn Ringelmann nicht gewesen wäre.

In dieser Zeit war ich so sehr mit mir selbst beschäftigt, daß ich an nichts anderes denken konnte; unter meinem dumpfen, trostlosen Gegrübel hatte ich das Redeprotokoll, das ich aus dem Rathaus mitgebracht hatte, völlig vergessen. Doch eines Morgens, als ich nach einem kurzen Spaziergang in unser Quartier zurückkehrte, fand ich einen Umschlag auf der Schwelle. Er roch nach Heu, wie das Kraut, das Schwind zu rauchen pflegte, und auf einem beigelegten Zettel stand krakelig mit Bleistift geschrieben: »Für Lanzelot Squindo, zu treuen Händen.«

Ich öffnete den Umschlag. Er enthielt ein urtümliches Fototelefon und einen kleineren, aufgerissenen, gefütterten Umschlag mit einem elegant geprägten Absendernamenszug: »Wolfgang B. Mayer, Institut für Stadtgeschichte.« Das Telefon war natürlich längst nicht mehr funktionsfähig. (Ted hob nur mitleidig die Brauen, als er es sah.) Der Brief, den ich aus dem gefütterten Umschlag zog, war an Ernst Schwind gerichtet. Er bestand aus fünf eng mit Kugelschreiber beschriebenen, vergilbten Blättern, die offenbar aus einem Notizblock herausgerissen worden waren, und war nicht datiert. Das Datum auf dem Poststempel lautete: 30.5.2014. Es kostete mich einige Zeit, die sehr kleine und fahrige Handschrift zu entziffern. Als ich den Brief gelesen hatte, war ich so entgeistert, daß ich eine Stunde lang alle unsere Zimmer nach Schäfleins Rede absuchte; am Ende fand ich sie in der Innentasche meines Jacketts.

In den zwei folgenden Kapiteln präsentiere ich meinen Lesern beide Dokumente in der richtigen Reihenfolge.

Dringende Empfehlung eines Ewiggestrigen

Professor Schäfleins Rede

Sehr geehrter Herr Stadtverordnetenvorsteher, meine Damen und Herren!

Der Antrag, über den ich im Folgenden sprechen will, ist so gut wie beschlossen. Das ist mir bewußt. Ich danke Ihnen, daß Sie mir dennoch Gelegenheit geben, Ihnen meine Meinung darüber darzulegen. Vielleicht wird es mir gelingen, Sie in letzter Minute umzustimmen. Ich hoffe es! *(Unruhe.)*

Ja, Sie haben richtig gehört. Ich stehe hier auf dem Podium, um Ihnen meine Stellungnahme *gegen* den Antrag der jungen Kollegen von den *Freunden der Schöpfung* darzulegen. Sie kennen ihn alle. Nicht wenige unter Ihnen haben mit ihrer Arbeit, ihrem Engagement zum Zustandekommen der fünf oder sechs dicken Ordner mit dem Aktenzeichen F6.96/11–12a beigetragen, die uns nun schon seit so langer Zeit beschäftigen. Nach unser aller Erwartung sollte das große Projekt der Renaturierung der Ries und ihrer Zuflüsse noch vor der Sommerpause verabschiedet werden, damit der geplante Baubeginn nächstes Jahr eingehalten werden kann, und bis vor kurzem hatte auch ich vor, *für* diesen Antrag zu stimmen. Doch inzwischen ist etwas geschehen, was mich zu radikalem Umdenken gezwungen hat.

Sie wundern sich, liebe Kolleginnen und Kollegen? Erlauben Sie mir, ein wenig weiter auszuholen.

Sie alle kennen mich und wissen, daß ich mich als Bürger und Mensch meiner Stadt tief verbunden fühle. Hier liegen meine Wurzeln, hier wurde ich, was ich bin. Manchmal habe ich allerdings den Eindruck, mich gewissermaßen außerhalb der Zeit zu befinden. Nennen Sie mich konservativ, nennen Sie mich rückständig, nennen Sie mich einen Ewiggestrigen – man liebt es ja heutzutage, Dinge und Menschen ständig neu zu etikettieren. Ich habe mich jedenfalls immer bemüht, meiner Stadt zu dienen und, soweit es in meiner Macht steht, Böses von ihr abzuwenden. Sie wissen auch, meine Damen und Herren, daß ich mich bei den Debatten der letzten Jahre, in denen es um den Wiederaufbau von St. Crispus, des Alten Raths, der Bernpanthnerschen Apotheke und anderer mittelalterlicher bzw. barocker Gebäude ging, die im letzten Krieg zerstört worden waren, *für* diese ehrgeizigen und prestigeträchtigen Bauvorhaben ausgesprochen habe. Ein alter Mann – oder sagen wir, jemand, der dem Stereotyp eines alten Mannes entspricht – hat nichts gegen die Wiederbelebung vergangener Zustände. »Früher war alles besser«, sagen die Opas doch gewöhnlich, nicht wahr? Ich billigte also, wie die meisten von uns, die architektonische Rekonstruktion jener historischen Gebäude. Und ist das Renaturierungsprojekt nicht vom gleichen Geist beseelt? Was sollte ich dagegen haben, daß unsere jungen Kollegen Halt suchen im Bewährten, daß sie sich Tradition und Herkommen wieder zuwenden – wozu nicht nur die Pflege und der Schutz unserer Baudenkmäler, sondern auch unserer heimatlichen Natur gehören?

Nachdem die *Freunde der Schöpfung* vor anderthalb Jahren das Thema Renaturierung der Ries zum erstenmal auf unsere Tagesordnung gesetzt hatten, hörten wir mehrere historische und gewässerkundliche Gutachten von Fachleuten des hiesigen Instituts für Hydrologie. Ich möchte wesentliche Teile daraus noch einmal kurz nachzeichnen, damit jeder von uns die Situation genau vor Augen hat:

Die Ries mit ihren zahllosen Seitenarmen und Verästelungen prägte jahrhundertelang das Bild unserer Stadt. Der Fluß war lebenswichtig als Verkehrsader und Nahrungslieferant; das im Überfluß vorhandene Wasser sorgte für anhaltenden Wohlstand. Es lieferte Energie für Mühlen, Eisenhämmer und Walken und hielt die kleinen Handwerksbetriebe des Mittelalters am Leben; daneben diente es sanitären und wehrtechnischen Zwecken. Bereits in alter Zeit versuchte man auf vielfältige Weise, die Stadtbäche zu kontrollieren; es gab Um- und Ableitungen, Dämme, die gegen Hochwasser schützten, und alle möglichen anderen Regulierungsmaßnahmen. Doch die technischen Möglichkeiten waren begrenzt, und die enge Verbindung mit dem Wasser wurde nicht in Frage gestellt. Erst nach der Entfestigung der Stadt zu Beginn des 19. Jahrhunderts schuf Theodor Egenhofer, der berühmte Ingenieur im Dienst Othmars II., durch den Bau des ersten Rieskanals eine völlig neue Situation. In der Folge setzten sich viele öffentlich wirkende Persönlichkeiten – der Armenarzt Josef Stulberger, der Biologe und spätere Mitarbeiter Robert Kochs, Büngner, der bedeutende Stadtbaurat Seybold, dem wir auch die Anlage des Sternauparks zu verdanken haben – im Namen der Hygiene für die Assanierung der Stadt ein. Der Bau des Abwasser- und Kanalsystems wurde in Angriff genommen, und die als Kloaken dienenden offenen Gewässer verschwanden. Dazu kamen die Bedürfnisse des modernen Verkehrs, der sich entwickelte, als die Stadt sich immer weiter in die urbanen Randzonen und in das Umland hinaus ausdehnte. Beim Bau der neuen Trassen konnte auf die frei mäandernden Bäche keine Rücksicht genommen werden; sie wurden nach und nach zugeschüttet oder unter das Straßenpflaster verbannt. Größere Zuflüsse wie der Metzger- und der Kriebelbach in Stierhof, der Gerberbach, der Große Naglerbach, der Glockenbach oder der Schwarzbach in Alt-Haag – sie alle sind nach dem Willen der *Freunde der Schöpfung* Bestandteil des Renaturierungsplans – wurden zwischen 1880 und 1928 aufgelassen. Die großen Industrieprojekte des 20. Jahrhunderts und der U-Bahn-Bau bedeuteten auch für die kleineren Wasserläufe, die einst zum Flußsystem gehörten, das endgültige Aus. Seit dieser Zeit gilt die Ries als vollständig gezähmt.

Soweit in groben Zügen die Entwicklung in offizieller Sicht. Sie alle, meine Damen und Herren, kennen die berühmte Stadtansicht von Konrad Peckenzell aus dem letzten Drittel des 16. Jahrhunderts. Darauf ist ein Ort zu sehen, der für uns Heutige malerisch wirkt: kleine verschachtelte Häuser, gewundene Gassen, unregelmäßige Ufer, Mühlräder, hölzerne Brücken und Stege und überall das bewegte, abwechslungsreiche Spiel der Wasserläufe. Die *Freunde der Schöpfung* haben dieses Bild, wie ich mich erinnere, sogar im Wahlkampf verwendet. Für sie ist es ein Wunschbild, die Darstellung eines Zustands, der in der Rede ihrer Fraktionsvorsitzenden vom November letzten Jahres als »beglückendes Miteinander von Mensch und Natur« charakterisiert wird. »Für die Bevölkerung war der Reichtum an Wasser ein Geschenk, das man respektvoll und dankbar entgegennahm«, behauptet Kathrin Löffler-Akin in derselben Rede. Und erlauben Sie mir, daß ich noch einige weitere Sätze daraus zitiere:

»Die Betrachtung des Wassers gehörte zum Alltag«, meint Frau Löffler-Akin. »Das Bewußtsein, es mit einer mächtigen Elementarkraft zu tun zu haben, an der man in irgendeiner Weise partizipierte, schuf eigentlich erst das tiefe Gefühl des Sich-Identifizierens, des Heimischseins in dieser Stadt, dessen Verschwinden wir heute so sehr beklagen. Ein Bürger, der sich nicht mehr heimisch fühlt in seiner Stadt, der sich nicht mehr mit ihr identifiziert, geht auch nicht wählen, engagiert sich nicht für seine ärmeren Nachbarn oder für andere kommunale Belange. Doch ich kann diesen Bürger nur allzu gut verstehen. Kann man denn heimisch sein in einer Stadt, die nichts Eigenes mehr besitzt? Die in ihrem Erscheinungsbild so völlig vereinheitlicht, konfektioniert und trivialisiert ist wie die unsere? In der alles, was ihre *Natur* ausmacht, verleugnet, abgeschafft und ausgerottet wird? Kann man einem häßlichen, verschmutzten, begradigten, total kontrollierten und erniedrigten Gewässer, einem armseligen Rinnsal, wie es die Ries heute darstellt, überhaupt ein Gefühl entgegenbringen? Nicht die hochgelobte Forschungsinitiative in Wexfeld, nicht die teuren neuen Immobilien am Mathildensteg, nicht die ausufernden Massenspektakel in der Doignon-Arena, nicht der rekonstruierte Glockenturm von St. Crispus – nein, mehr als all das ist es die Ries, die für unsere Stadt steht, für *uns selbst*. Doch der Krieg, den wir gegen die Natur führen, hat unseren Fluß seiner Würde beraubt, und wenn wir jetzt nichts für ihn tun, wird er nicht nur im materiellen, sondern ebensosehr in einem spirituellen Sinn bald tot sein!« *(Klopfen, Klatschen.)*

Soweit das Zitat aus der temperamentvollen Rede unserer geschätzten Kollegin, die ja auch in unserer Lokalpresse breit ausgewalzt wurde. Aber es tut mir leid, meine Damen und Herren, ich fürchte, daß Frau Löffler-Akin nicht nur im spirituellen, sondern ebenso im materiellen Sinn baren Unsinn verzapft hat. *(Gelächter. Zurufe: »Fragen Sie doch die Wähler!« »Über fünfhundert zustimmende Leserbriefe im* Echo*!«)*

Ja, natürlich, die Wähler. Nein, ich will jetzt ausnahmsweise einmal nicht auf die Wähler hören, sondern auf mein Gewissen. Das kann ich mir als alter Mann erlauben.

Aber zunächst stelle ich die Frage, woher die Fraktion der *Freunde der Schöpfung* eigentlich so genau weiß, was die Leute in jenen angeblich so paradiesischen Zeiten dachten und fühlten. Ich erinnere an die katastrophalen hygienischen Zustände, die damals herrschten, an den unglaublichen Gestank der meisten Bäche, die ekelerregenden Gase, die in die Häuser eindrangen, so daß man bei ungünstiger Witterung nicht einmal die Fenster öffnen konnte, an Dreck und Fäkalien, an Cholera- und Typhusepidemien, an die regelmäßigen Überschwemmungen bei Hochwasser. Glauben Sie wirklich, die Bevölkerung fand es »beglükkend«, am Rand solcher Gewässer zu leben? *(Zuruf: »Ab 1890 war die Einleitung von Fäkalien verboten!« »Wer sagt, daß wir die Kanalisation abschaffen wollen?«)*

Noch bezeichnender für die sentimentale und infantile Haltung der *Freunde der Schöpfung – (Zuruf: »Damit beleidigen Sie uns alle!«)* –, noch bezeichnender für ihre erschreckende Ahnungslosigkeit in dieser Sache ist die Tatsache, daß ihre wesentlichen Aussagen völlig unpräzise und schwammig sind. *(Zurufe: »Sie kennen das Grundlagenpapier doch schon über ein Jahr!«)* Was heißt denn zum Beispiel, daß man damals an der Elementarkraft Wasser, ich zitiere: »in irgendeiner Weise partizipierte«? Sicherlich, es gab die Mühlen, aber sie standen fast den ganzen Winter über still; und mit heutigen, weit zuverlässigeren Produktions- und Energiegewinnungsverfahren kann diese überholte Technologie sowieso nicht mithalten, das wissen Sie alle. Es gab vom Rieswasser gespeiste Freibäder, aber sie waren bis weit ins 20. Jahrhundert hinein nur der männlichen Oberschicht zugänglich, und natürlich entsprach das Wasser jener Bäder keineswegs unseren Hygienestandards. Es gab Wiesen, auf denen man Bettücher bleichte, es gab Zugänge, wo man Pferde schwemmte, und im Winter gab es genug Eisflächen zum Schlittschuhlaufen. Aber haben Sie sich einmal gefragt, warum die Menschen damals froh und dankbar waren, als sie die Wäsche nicht mehr im Fluß waschen mußten und es nicht mehr nötig war, Tiere zu tränken und zu schwemmen, weil man inzwischen Maschinen erfunden hatte, die die Arbeit dieser Tiere besser und kostengünstiger verrichteten? Haben Sie sich einmal darum gekümmert, wie viele Unglücksfälle es gab, wie viele Menschen in der Ries und ihren Bächen ertranken? *(Zurufe: »Heute können die Leute schwimmen!«)*

Um auf die Mühlen zurückzukommen: Es ist ja kein Zufall, daß sich so viele alte Märchen und Sagen unserer Gegend um sie drehen, denn Mühlen bedeuteten Bewirtschaftung, Nutzbarmachung des einst heiligen und unberechenbaren Elements, Mühlen bedeuten also die Entweihung des Wassers, und die uralten grausamen Flußgötter wehrten sich mit ihren Mitteln dagegen. Ich erinnere zum Beispiel an die Sage von einer Mühle, die von der tobenden Flut weggerissen wird – manche der Älteren unter uns haben diese recht gruselige Story als Kinder noch gehört. Da steht der Besitzer der Mühle am Ufer und schüttelt die Fäuste, worauf sich das wirbelnde Wasser vor seinen Augen öffnet. Am Grund der Ries sieht er ein Rad – nicht sein Mühlrad, sondern das halb im Schlamm versunkene Rad des Riesgottes, dessen Drehung die Veränderung der Strömung verursacht und dessen scharfe Sägezähne die Frevler und Sünder und schließlich auch den armen Müller zerreißen und zermalmen. Es geht in dieser Sage darum, wem allein die Handhabung des Rades zukommt, es geht, wenn Sie so wollen, um die menschliche Hybris. Die Sage trifft den Kern der Sache, denn tatsächlich ist die Geschichte der Ries und ihrer Nutzbarmachung eine Geschichte der fortwährenden menschlichen Hybris. Für unsere Vorväter waren Überflutungen und Veränderungen des Flußlaufs und der Strömungsverhältnisse das Werk von

Elementarmächten, die so ihren Zorn über die anmaßenden Menschen zum Ausdruck bringen. Wenn man solche Elementarmächte nicht in regelmäßigen Abständen mit oft schrecklichen Opfern besänftigte, waren sie imstande, fürchterliche Dinge anzurichten und die ganze Welt in Krieg und Chaos zu stürzen. Natürlich wissen wir heute besser darüber Bescheid, wie veränderte Strömungsverhältnisse zustandekommen und wie Hochwasser entsteht, ganze Wissenschaftszweige beschäftigen sich mit nichts anderem. Wir haben keine Angst mehr vor dem Zorn von Flußgöttern, weil wir wissen, daß es sie nicht gibt. Wir haben die Macht der Ries gebändigt, wir haben die Ries unterworfen, die Hybris ist uns zur zweiten Natur geworden. *(Unruhe.)* Nein, meine Damen und Herren, zum Stand der Unschuld führt nun einmal kein Weg zurück. *(Zuruf: »Was soll das? Werden Sie endlich konkret!«)*

Meine Damen und Herren, liebe Kollegen. Ich bin Wissenschaftler. Ich glaube nicht an Ammenmärchen. Aber bitte verstehen Sie mich recht: Ich will hier keineswegs eine Lanze für diejenigen brechen, die alles, was unsere Vorväter glaubten, als Humbug abtun. Nein, ich bin vielmehr der Meinung, daß wir in einer ganz wesentlichen Hinsicht auf unsere Vorväter zurückkommen müssen: Wir wissen nämlich viel weniger, als wir glauben. Denn wir glauben ja, die Ries nach ihrer Renaturierung in der Hand zu haben! Wir glauben zu wissen, wie man die Wasserstände regulieren und zerstörerische Überflutungen verhindern kann. Wir haben die Wetterprognosen, wir haben Rückhalteräume, wir haben Wehre und Tore und alles mögliche, was unsere Vorväter nicht hatten. Eines aber verbindet uns mit ihnen, und das ist der letzten Endes äußerst geringe Umfang unseres Wissens. Ich wiederhole es, liebe Kollegen: In Wahrheit wissen wir immer noch so gut wie nichts. Wir wissen zum Beispiel nicht, wie sich durch veränderte Strömungsverhältnisse die Grundwasserstände verändern, ob sich, etwa durch Erosion, nicht Verschiebungen ergeben, die Grundwasseranhebungen und neue Verbindungen zwischen verschiedenen Grundwasserstockwerken zur Folge haben können. Tiefliegende, bisher abgeschottete Gesteinsmassen könnten freigelegt werden, was wiederum Umstellungen in der Artenzusammensetzung zur Folge hätte ... *(Unruhe. Zuruf: »Angstmacherei!«)* Kurz: All diese Dinge sind letzten Endes noch völlig ungeklärt, und ich muß und will Sie darauf hinweisen, daß die *Freunde der Schöpfung* – und in gewissem Sinn wir alle – völlig verkennen, daß unsere Vorväter allen Grund dazu hatten, die Ries zu »erniedrigen«, wie es Frau Löffler-Akin so markant, aber unsachlich und demagogisch ausgedrückt hat! *(Unruhe.)* Weil unsere Vorväter nämlich im Gegensatz zu uns allen, die wir hier sitzen, noch einen lebendigen Begriff davon hatten, wie gefährlich dieser Fluß ist! Ausgerechnet Sie sind es jetzt, Frau Löffler-Akin, die uns zu einer erneuten Erniedrigung der Ries aufrufen! *(Unruhe.)* Sie wollen die Ries nicht renaturieren, nein, Sie wollen, daß unser Fluß samt seinen Zuflüssen zu einem touristischen Spektakel verkommt, Sie wollen die astronomische Summe von 55 Millionen Euro – *(Zurufe: »Wir haben schon 28 Prozent Spenden!« »15 Millionen von Brüssel!« »Für die Rekonstruktion von St. Crispus haben die Bürger 10 Millionen aufgebracht!«)* So oder so, es bleibt eine astronomische Summe, die Sie aus unserem von immensen Schulden belasteten Haushalt abzweigen wollen – nicht um die Folgen der Arbeitslosigkeit zu mindern, nicht um den Armen und den Benachteiligten in unserer Stadt eine Chance auf Bildung und berufliche Wiedereingliederung zu geben, nicht um Arbeit und Gewerbe zu stärken, die Existenzgrundlage unserer Stadt, nein, Sie wollen diese 55 Millionen für ein reines Luxus- und Freizeitprojekt ausgeben! Sie wollen, daß die Wohlhabenden von Dillisberg und die Reichen von Alt-Haag vor schöner Kulisse spazierengehen können, Sie wollen es den Joggern und Sonnenanbetern von Esterhammer, den Hobbyornithologen von Philippseich, den Hundebesitzern vom Neuen Graben recht machen, Sie wollen nichts anderes als die Natur Ihren eigenen Zwecken unterwerfen! Sie haben sich die Erhaltung der Natur auf die Fahnen geschrieben, aber was Sie erhalten wollen, ist lediglich das Bild, das Sie sich von der Natur machen, und dieses Bild ist von vorn bis hinten falsch und verlogen! Jawohl, das behaupte ich, und ich stehe zu meiner Behauptung. Sie wollen eine schöne Natur, eine menschliche Natur, mit anderen Worten: eine künstliche, eine *unnatürliche* Natur, und ich muß sagen, da ist mir die Ehrlichkeit früherer Jahrhunderte doch lieber, als man noch keine Schwierigkeiten damit hatte zuzugeben, daß man sich die Natur unterwerfen wollte, wie es laut Bibel den Menschen bestimmt ist und wie es alle Völker, die vor uns auf Erden lebten, wollten – *(Zurufe: »Buh!«)* – jawohl, meine Damen und Herren – sie haben nur eben noch nicht die Mittel gehabt, mit denen es erst möglich geworden ist, dieses Ziel tatsächlich zu erreichen! *(Zurufe: »Stammtisch!« »In welchem Jahrhundert leben Sie?« »Sie waren doch in Saporta dabei!«)*

Stimmt, ich war als Beobachter in Saporta dabei. *(Zuruf: »Sie haben doch selber –«)* Lassen Sie mich bitte ausreden, meine Damen und Herren, und beruhigen Sie sich. Die Konferenz von Saporta war ein wichtiges Ereignis, ein Meilenstein in der Geschichte des Gewässerschutzes, wie es so schön hieß. Ich bezweifle ja keineswegs die Notwendigkeit von Gewässerschutz! Es gibt zweifellos Dinge, die in unserer Macht liegen, und da kann man durchaus einiges verbessern. Aber gerade die Konferenz von Saporta hat mir im Rückblick und vor dem Hintergrund meiner eigenen jüngsten Forschungsergebnisse, von denen ich Ihnen gleich berichten werde, auch klargemacht, daß wir uns im Verhältnis zur Natur auf einem Irrweg befinden. Wir überschätzen uns. Wir glauben – besonders all diejenigen glauben das, die den *Freunden der Schöpfung* nahestehen –, wir hätten die Zukunft in der Hand, und wenn wir nur lieb und brav sind und auch noch die *Freunde der Schöpfung* wählen, werde schon alles wieder ins Lot kommen. Aber es gibt keinen Weg zurück! Natur und Zivilisation stehen sich antagonistisch gegenüber wie eh und je. *(Unruhe.)* Das wird heute nicht gern gehört, ich weiß. Aber ich bin Wissenschaftler, meine Damen und Herren, ich vertraue den Fakten. Und wenn Sie mich fragen, bleibt uns gar nichts anderes übrig, als den von Frau Löffler-Akin erwähnten Krieg gegen die Natur weiterzuführen. *(Unruhe. Zurufe: »Buh!« »Aufhören!«)* Ob wir wollen oder nicht, wir müssen das fortsetzen, was frühere Generationen angefangen haben. Das nämlich ist Politik, meine lieben Freunde, und mit Ihrem kitschigen Wohlfühlprogramm hat es nichts zu tun! In unserem konkreten Fall heißt es: Wir müssen gegen die Renaturierung stimmen. *(Unruhe, Scharren, Türenschlagen.)*

Diejenigen, die mir jetzt nicht weiter zuhören wollen, werden das Wesentliche verpassen. Es tut mir leid, daß dieser einleitende Teil meiner Rede ein wenig ausuferte, meine Damen und Herren. Ich werde mich nun auf das beschränken, was ich in letzter Zeit durch Forschungen in meinem Labor herausgefunden habe und was die Grundlage meiner ganzen Argumentation ist. Bitte beruhigen Sie sich. Und bitte hören Sie mir noch einen Augenblick konzentriert zu. Es ist von größter Wichtigkeit.

Wie Sie wissen, bin ich Paläontologe und Paläobiologe. Im Alter von vierunddreißig Jahren hatte ich die Ehre, als frischgebackener Professor die Grabungskampagnen von Dillisberg zu leiten, bei denen wir uns vor allem auf das Sedimentgestein des alten Rieskanals unterhalb des heutigen U-Bahnhofs Fischerweg konzentrierten und die Überreste eines riesigen Urkrokodils bergen konnten, das unter rätselhaften Umständen verendet war. Damals, vor dreißig Jahren, ging es in der Paläontologie noch sehr gemütlich zu, wenn ich so sagen darf. Man hatte sich an die Vorstellung gewöhnt, daß die Entwicklung des komplexen mehrzelligen Lebens, wie wir es heute kennen, mit der sogenannten Kambrischen Explosion vor 540 Millionen Jahren begann, daß sich alles Vorherige auf diesen Punkt zubewegte und danach alles davon ausging. Doch die intensive Beschäftigung mit unserem Dillisberger Krokodil ließ mich schon als junger Mann vermuten, daß es ganz andere, viel ältere mehrzellige Organismen geben müsse, auf die unsere Maßstäbe nicht zutrafen. Inzwischen ist viel Wasser die Ries hinuntergelaufen, und in unserer Wissenschaft ist viel passiert. Unser heimischer blauer Quarzit ist durch Isotopenanalyse auf ein Alter von über 650 Millionen Jahre bestimmt worden. Wahrscheinlich handelt es sich bei diesem Gestein um Ablagerungen eines Urozeans. In diesem Gestein, tief im Boden unserer Stadt, haben sich in jüngster Zeit Spuren jener geheimnisvollen Organismen aus dem Proterozoikum gefunden, die vielleicht auch einigen von Ihnen unter dem Sammelnamen Ediacara-Fauna bekannt sind. Man hat sich auch im Wissenschaftsteil des *Neuen Echos* des öfteren mit ihnen beschäftigt. Diese Organismen stammen aus einer uns gänzlich fremden Lebenswelt, denn sie haben sich in einer Zeit entwickelt, bevor unsere eigenen frühesten Vorfahren, die mit mineralischen Hartteilen ausgestatteten Tierstämme des Kambriums, die Welt zu bevölkern begannen. In den letzten Jahren entdeckte man an allen möglichen Orten der Erde Versteinerungen, die auf ein reiches Vorkommen dieser vielförmigen und anmutigen Lebewesen vor 600 Millionen Jahren und noch früher, womöglich bis ins Archaikum hinein, hindeuten, und man betrachtet sie inzwischen als ein eigenes ausgestorbenes Reich neben Tieren und Pflanzen. Mein ganzes langes Forscherleben lang haben mich diese Wesen fasziniert. In zwei Sabbatjahren nahm ich an hochkarätig besetzten internationalen Kampagnen in Australien und Südrußland teil, deren Ergebnisse ich in meinem jüngsten Buch *New Aspects of Original Diversity* einer breiteren Öffentlichkeit vorstellte. *(Zuruf des Protokollführers: »Kommen Sie bitte zum Schluß!«)*

Ja, natürlich. Entschuldigen Sie. Ich wollte nicht … Aber ich will ja nur, daß Sie alle wirklich verstehen, worum es hier geht! Bitte haben Sie noch ein wenig Geduld.

Vor zwei Jahren – genaugenommen kurz vor Weihnachten 2010 – übergab mir mein guter Freund Professor Mayer, der Ihnen allen bekannte höchst verdienstvolle Direktor unseres Stadtarchivs, mehrere in ein feuchtes Handtuch eingeschlagene Steine, die mich, nachdem ich sie einer ersten, oberflächlichen Untersuchung unterzogen hatte, sofort elektrisierten. Offenbar hatte die auf Schloß Haag lebende Prinzessin Luise – ich muß nichts über sie sagen, sie ist jedem von Ihnen ein Begriff – diese Fossilien um das Jahr 1814 herum in der Gegend von Alt-Haag aus dem Riessediment gebrochen. Die Schönheit und Frische dieser Versteinerungen stellte alles in den Schatten, was wir bisher gefunden hatten. Es waren Abdrücke einer radförmigen Art namens *Rotula sternauii*, die bisher nirgends auf der Welt in vollständiger Größe hatte geborgen werden können.

Ich stand zu diesem Zeitpunkt kurz vor meiner Emeritierung. Ich wollte mit meiner Frau auf Reisen gehen. Doch als ich diese Stücke in der Hand hielt, wußte ich, daß ich mich noch nicht verabschieden durfte. Mein alter Ehrgeiz war erwacht! Am Ende der Weihnachtsferien, am 8. Januar 2011, hatte ich die Mittel zusammen, die nötig waren, um eine Sonderforschungsgruppe auf die Beine zu stellen. Sie bestand aus mir selbst, meinem jungen Kollegen Professor Martin Erlacher, der sich als Spezialist für modernste molekulargenetische Untersuchen einen Namen gemacht hat und mir auch schon bei der Untersuchung der sogenannten Fragmente von Wexfeld behilflich gewesen war, und einer Sekretärin.

Wir begannen also – *(Zuruf des Protokollführers: »Bitte kommen Sie zum Schluß!«)* Gut. Ich möchte Sie dennoch – bitte, es sind ja nur noch wenige Minuten. Gut. Ich komme also ohne Umschweife zum Ergebnis unserer Forschungen, einem wahrhaft sensationellen Ergebnis: Wir fanden an den Abdrücken genetisches Material, winzige DNS-Spuren, mit denen wir weiterarbeiten konnten. Vereinfacht gesagt, hatten wir nun die grundlegenden genetischen Baupläne in der Hand, mit denen wir versuchen konnten, neue *Rotula* zu züchten. Doch unsere Hoffnungen wurden zunächst enttäuscht. Denn es gelang nicht – zweieinhalb Jahre lang versuchten wir es, und es kam nichts dabei heraus. Unsere Mittel waren erschöpft, wir mußten in ein kleines Zimmerchen umziehen, unser Equipment ließ zu wünschen übrig, wir hatten nicht einmal mehr eine Sekretärin. Und dann, vor zwei Wochen, stellten wir fest – ehrlich gesagt, meine Damen und Herren, liebe Kollegen, es fällt mir nicht leicht, darüber zu sprechen, es ist schwer, die Bedeutung dieser mikroskopischen Veränderungen, die wir entdeckt haben, einem Laienpublikum verständlich zu machen –, also wir stellten fest, daß die Organismen wirklich anfingen zu wachsen. Die Zellen vermehrten sich immer schneller, und wir sahen, daß von den winzigen Schleimklümpchen, die sich in unserer Nährlösung gebildet hatten, ein gewisser Glanz ausging – man denkt an Mollusken oder im Wasser schwebende Quallen, wenn man das sieht. Sie dürfen nicht vergessen, daß das ursprüngliche Zellmaterial dieser sonderbaren amorphen Organismen Hunderte von Millionen Jahren alt ist! Die Folgen unserer Entdeckung kann ich heute noch nicht absehen. Bisher konnte die Wissenschaft nur bei Bakterien nachweisen, daß lebendiges Material aus der Urzeit unseres Planeten tief im Boden Jahrmillionen überdauern kann, aber nicht im Fall von komplexen Mehrzellern. Nun aber können und müssen wir eine neue Hypothese ins Auge fassen, die all unsere Begriffe von der Geschichte des Lebens in Frage stellen wird. Selbstverständlich bewegte sich das Wachstum immer noch in einem Bereich, den das unbewaffnete menschliche Auge gar nicht erfassen kann, und doch war die Plötzlichkeit und Stetigkeit der Zellteilung in unserem Labor unbestreitbar. Es war wie im Garten, wenn plötzlich, auch wenn es noch so kalt ist, die Wachstumsphase einsetzt und die Pflanzen zu wachsen und zu blühen beginnen. Wir wissen nicht, wie lange die Wachstumsphase dieser Organismen dauert. Unsere Forschungen sind noch nicht abgeschlossen. Doch nach unserer Entdeckung kamen mir die alten Sagen und unsere Vorväter in den Sinn, für die es immer sehr wichtig war, ihre Götter oder Dämonen *zu bestimmten Zeiten* durch Opfer zu besänftigen. Vielleicht gibt es da einen Zusammenhang. Vielleicht ahnten sie – *(Zuruf des Protokollführers: »Ich fordere Sie auf, zum Schluß zu kommen«!)* Ja, natürlich. Das ist ja auch schon alles, was ich sagen wollte. *(Zuruf: »Was hat das alles mit der Renaturierung der Ries zu tun?«)* Was das alles – mit der ...? Meine Damen und Herren, liebe Kollegen, ich muß gestehen, daß ich Ihnen auf diese Frage keine Antwort geben kann, die den exakten Maßstäben der Wissenschaft standhält. Ich kann nur von meinen eigenen Ängsten – ja, so muß ich es nennen, und ich stehe dazu! –, meinen eigenen privaten Vermutungen sprechen. Und ich kann Sie nur dazu auffordern, sich Ihre eigenen Gedanken zu alldem zu machen und nicht auf die billige Propaganda der *Freunde der*

Schöpfung hereinzufallen. *(Unruhe, Füßescharren, Türenschlagen. Zurufe: »Aufhören!«)* Muß ich denn noch deutlicher werden, um Ihnen die Augen zu öffnen? Begreifen Sie denn nicht, was die Entdeckung bedeutet, die ich Ihnen gerade schilderte? Ich habe mich oft gefragt, ob nicht unser Begriff von Geschichte falsch ist. Denn sie ist nicht das, was wir mit der Natur gemacht haben, sondern vielmehr das, was sie mit uns macht! *(Zuruf: »Unsere Kinder werden endlich wieder an Bächen spielen!«)* Wir wissen nicht, was die Natur in Zukunft mit uns machen wird. Wir wissen nicht, was passieren wird, wenn sich – eine notwendige Folge der Renaturierungsmaßnahmen! – durch veränderte Strömungsverhältnisse Gesteinsverschiebungen ergeben. Wir wissen weder, wie groß die *Rotula* werden können, noch, wozu sie fähig sind. Wir wissen seit wenigen Wochen nicht einmal mehr, ob es sich um eine Art handelt, die wirklich überall ausgestorben ist, *ob nicht vielmehr einzelne dieser Organismen überlebt haben* – in Hohlräumen, verschwiegenen Spalten und Kluften tief im Erdinneren. Denn daß sie hier, bei uns, leben *können*, das ist eine Tatsache, die man nicht mehr in Abrede stellen kann! Ich wiederhole also, meine Damen und Herren: Wir haben eine Entscheidung zu treffen, eine historische Entscheidung, und wir dürfen nicht – *(Immer stärker werdende Unruhe. Buhrufe. Redner verläßt hastig das Pult.)*

Nächtliches Grauen

Ein Brief zu treuen Händen

Lieber, verehrter Freund,

verzeihen Sie meine zitternde Hand – ich wollte nach Hause – aber jetzt wird mir klar, daß ich nicht nach Hause will. Ich schreibe Ihnen in tiefer Nacht, auf einer Bank am Poseidonbrunnen hinter dem Paläontologischen Institut, auf diesen armseligen Blättern – es geht nicht anders. Ich kann nicht nach Hause gehen, mich an den Tisch setzen, den Computer einschalten und Ihnen schreiben, wie ich es normalerweise tun würde, ich bin zu überhaupt keiner vernünftigen Handlung mehr fähig. Ich fühle mich – ich kann das nicht beschreiben. Es ist, als gäbe es den Boden nicht mehr, der mich eben noch trug. Nicht nur meine Arme tun weh. Alles tut mir weh. Vielleicht werde ich verrückt. Ich werde meinen Jahresurlaub nehmen und irgendwohin fahren, wo es ruhig und sicher ist. Aber vielleicht gibt es nichts mehr, was ruhig und sicher ist. Vielleicht – nein, ich will das nicht zu Ende denken. Am besten wäre es, wenn ich überhaupt nicht mehr daran denken müßte. Aber das geht nicht! Deshalb, lieber Schwind, deshalb schreibe ich Ihnen, weil ich weiß, daß Sie ermessen können – daß Sie das alles ermessen können.

Ich will anfangen – und schon zittern mir wieder die Hände, so fassungslos, so im Innersten aufgewühlt und erschüttert bin ich, doch ich werde mich zwingen – ich muß mich beruhigen. Es ist heute gewesen – heute? Oder gestern – irgendwann – ich weiß es nicht mehr. Ich weiß gar nichts mehr. Obwohl ich so geistesgegenwärtig war, mich mit Handschuhen, Haube und Schutzbrille auszurüsten, bevor ich den Behälter mit der Säure öffnete, habe ich mir wahrscheinlich an den Unterarmen einige leichte Verätzungen zugezogen. Es brennt wie Feuer. Auf dem Etikett des Behälters war ein Totenkopf und eine chemische Formel, aber ich kenne mich damit nicht aus. Schäflein hat mir das mit der Säure selbst gesagt. Ich erinnerte mich daran, bevor – aber nein, ich will mich bemühen, der Reihe nach zu erzählen.

Schäflein kennen Sie ja. Wir waren letztes Jahr einmal zusammen bei ihm und seiner reizenden Frau eingeladen, in seinem schönen Haus in Steinsdorf. Er war damals sehr interessiert an den alten Sagen und Bräuchen, von denen wir ihm berichteten, erinnern Sie sich? Er hat sich sogar nach Ihren Otterstudien erkundigt, und ich habe gesehen, wie er aufhorchte, als Sie ihm von der Rolle des Otters in der Mythologie des Huntarifests erzählten. Überhaupt schien er sich brennend für das Huntarifest zu interessieren. Er ließ überhaupt nicht locker mit seinen Fragen. Ob man wisse, wann das Fest das letzte Mal gefeiert worden war, was in dieser Zeit dem Volksglauben nach vor sich geht, und so weiter. Das hat mich damals etwas gewundert, denn sonst redete Schäflein im gesellschaftlichen Verkehr am liebsten allein, und für alte Mythen und Folklore hat er sich vorher nie interessiert. Wissen Sie noch, wie er Sie anstarrte und wie er dann sagte: »Eine Zeit des Schreckens, eine Zeit des Schreckens also«? Wie merkwürdig war dieses Verhalten! Und dann ging der Abend ganz normal weiter, seine Frau brachte Kaffee und Selbstgebackenes und zeigte Bilder von Enkelkindern, und am Ende vergaß ich die kleine Episode.

Auffällig war auch, daß er kaum noch etwas von seinen Forschungen verlauten ließ. Mir gegenüber jedenfalls. Er hätte schon längst emeritiert sein müssen – er freute sich so auf den Ruhestand, hatte schon alles mögliche geplant –, aber plötzlich konnte er offenbar nicht aufhören. Ich hatte ihm ein paar Monate vorher die Versteinerungen übergeben, die 1813 oder spätestens 1814 aus dem Grundgestein der Ries oder einem ihrer Nebenarme ausgegraben wurden – aber das wissen Sie ja! Verzeihen Sie mir! Mein Kopf ist – ich merke, daß es mir schwerfällt, die Dinge zu ordnen. Ich hatte ihm also die Fundstücke übergeben, und ich hoffte, daß er mit seinen Untersuchungen fertig wäre, bevor ich die Edition des Luisen-Tagebuchs abschloß. Aber dann ließ er so lange nichts von sich hören. Ich rief ihn immer wieder an und fragte, wie er vorankomme, da tat er sehr geheimnisvoll, wurde aber nie deutlich. Einmal sagte er, sie hätten signifikantes genetisches Material gefunden. Ein andermal ging es darum, daß ein zur Konservierung geeignetes Milieu hergestellt werden müsse, was wohl nicht so einfach war. Allerdings deutete er an, daß er zusammen mit seinem Assistenten, dem jungen Professor Erlacher, einem Molekularbiologen, demnächst mit einer revolutionären Hypothese an die Öffentlichkeit treten wolle, die all unsere Begriffe von der Geschichte des Lebens in Frage stellen werde. Ich konnte mir natürlich wenig darunter vorstellen und bat um Erklärungen. Statt dessen schimpfte er immer wieder darüber, daß im Ministerium niemand einsehe, wie wichtig dieses Projekt sei, daß man ihm die notwendigen Gelder zur Bezahlung der Schreibkraft gestrichen habe, und so weiter, und vertröstete mich von Mal zu Mal. Ich war ziemlich verärgert, das können Sie sich vorstellen. Einmal, als ich ihn wieder bedrängte, sagte er ganz unvermittelt: »Rieswasser, das ist das ganze Geheimnis!« Und dazu lachte er auf diese bubenhafte, verschmitzte Art, die ihn so sympathisch machte. Aber natürlich hatte ich keinen Schimmer, was er meinte.

Irgendwann verlor ich die Geduld. Ich glaube, es war Anfang Mai. Ich schickte ihm einfach meine Einleitung zum Tagebuchtext, obwohl sie noch nicht ganz fertig war, und am nächsten Tag rief er mich an. Allerdings nur, um in ziemlich unwirschem Ton nach dem verschollenen Sockel des alten Luisenkreuzes zu fragen, von dem in meinem Text die Rede ist. Ob es von den Ornamenten darauf nicht doch irgendwelche Abbildungen gebe. Ich legte das Deckblatt Ihres Büchleins mit Ihrer Zeichnung darauf unter den Scanner und schickte es ihm mit der Bemerkung, daß man sie sich wohl so ähnlich vorzustellen habe. Am Abend desselben Tages stürmte er völlig überraschend in mein Büro. Er wollte mit Ihnen sprechen. Ich teilte ihm mit, daß Sie längst nicht mehr im Museum arbeiteten. »Woher hat er das? Woher hat er das?« fragte er immer wieder. Ich ging also mit ihm ins Depot und zeigte ihm die alte Quarzitsäule, die wir seinerzeit beim Bau der Tiefgarage am Ochsenmarkt fanden. Nicht wahr, es waren die Bearbeitungsspuren an dieser Säule, die Sie zu Ihrer Zeichnung inspirierten? (Sie sprachen irgendwann davon.) Natürlich war er enttäuscht, als er sah, daß auf der verwitterten Oberfläche des Steins kaum noch etwas zu erkennen war. Er lobte aber die »phantasievolle Präzision« (genau das waren seine Worte!) Ihrer Darstellung. Er wollte auch wissen, worum es in Ihrem Buch geht. Ich sagte es ihm, aber er war so zerstreut und nervös – ich weiß nicht, ob er mir überhaupt zuhörte. Als wir wieder oben waren, fragte ich ihn, ob er schon zu Abend gegessen habe. Ich hatte nämlich nach einem langen Tag einen Bärenhunger. Wir gingen dann in die Pizzeria am Gerberbogen, wo er allerdings kaum etwas aß. Beim Essen ist er furchtbar heikel. Oder – er *war* es. Lieber Himmel, ich rede von Schäflein, diesem wunderbaren Gelehrten, diesem kultivierten und seelenvollen Menschen, dem das Wohl unserer Stadt so sehr am Herzen lag, ich rede von ihm, als gäbe es ihn noch, als bräuchte ich nur seine Nummer zu wählen und könnte seine Baßstimme wieder hören, die mir immer so außerordentlich angenehm in den Ohren klang! Aber – ich begreife es nicht! – er ist nicht mehr. Und auch der junge Erlacher ist nicht mehr.

Erlacher kannte ich nicht. Ich weiß nur, daß er mit Vornamen Martin hieß und in Amerika seine ersten akademischen Lorbeeren erworben hatte.

Damals also saß Schäflein mir in dem Lokal gegenüber – er aß nur ein wenig Brot und irgendeine Vorspeise, und er hatte eine Flasche des teuersten Rotweins bestellt, den sie dort haben, und redete und trank.

Im Licht dessen, was ich heute erlebt habe, gewinnt dieser Abend eine völlig neue Bedeutung. Es war so ein mäandernder Gedankenstrom – und er kümmerte sich dabei gar nicht um mich, schien mich völlig vergessen zu haben. Hauptsächlich ging es um Fragen der Evolution. Da kann ich natürlich nicht mithalten. Deshalb weiß ich nicht, ob ich alles richtig begriffen habe. Es könne Organismen geben, sagte er ungefähr, die bei ihrem Streben nach Vorherrschaft rationeller, ökonomischer vorgingen als alle ihre Konkurrenten und daher einen Anpassungsvorteil hätten. Sie stammten aus einer anderen Zeit, einer Zeit des Friedens, in der sich keiner vor dem anderen habe schützen müssen, weil alle, so verschiedenartig sie auch gewesen seien, miteinander auskamen, alle satt wurden und keiner dem anderen ein Leid antat. Wenn man die Steine zu lesen verstehe (das sagte er wörtlich: »Wenn man die Steine zu lesen versteht …«), erfahre man von dieser seligen Urzeit. Durch spontane Mutation, also das zwangsläufige Fortschreiten der Evolution, hätten sich dann aus dieser anfänglichen Lebensgemeinschaft jene gegensätzlichen, aggressiven Organismen gebildet, denen die natürlichen Feinde fehlten – da sie nicht die Zeit gehabt hätten, sich zu entwickeln – und die sich daher eine Zeitlang ungehemmt auf der Erde verbreiten konnten. Um diese Wesen erforschen zu können, müsse man andere als die gewohnten Kategorien zugrundelegen, man müsse die Grenze zwischen belebter und unbelebter Natur neu definieren – vor allem aber müsse man den Mut haben, dem Schrecklichsten ins Auge zu blicken, der Möglichkeit des grenzenlosen Bösen, dem nichts Menschliches gewachsen sei.

Als ich nach diesem Abend zu Hause in die Jackentasche griff, fand ich einen Speicherstick darin. Schäflein muß ihn mir in einem unbeobachteten Moment zugesteckt haben. Es waren lauter mikroskopische Aufnahmen darauf mit einer Art Lineal an der Seite. Irgendein Kundiger muß diese Bilder demnächst auswerten. Ich weiß bis heute nicht, warum Schäflein mir den Stick auf diese heimliche Art zukommen ließ. Ich nahm mir vor, ihn bei nächster Gelegenheit darauf anzusprechen – aber als dann die Gelegenheit kam – gestern! –, war der Stick das letzte, woran ich dachte.

Gestern also meldete er sich wieder bei mir. Seine Stimme klang angespannt, drängend. Er sagte, ich müsse auf der Stelle zu ihm kommen. Ich wollte natürlich wissen, worum es ging. »Kann das denn nicht bis morgen warten?« fragte ich ziemlich ungehalten, denn ich hatte wirklich keine Minute Zeit. (Sie wissen, wir sind dabei, eine neue Ausstellung vorzubereiten.) Darauf er, barsch: »Ich garantiere für nichts. Damals sind sie durch Schwefelwasserstoff umgekommen. Ich habe sogar Säure im Schrank, zur Sicherheit. Aber ich dachte, Sie würden sie gern selber sehen. Kommen Sie, sobald Sie können. Ich melde Sie schon einmal an.«

Ich ärgerte mich über seinen Befehlston. Und wie es so geht – es kam irgend etwas Dringendes dazwischen, und dann noch etwas, und auf einmal war es Abend. Gegen halb sieben rief ich ihn noch einmal an. Im Institut meldete sich niemand, unter seiner Privatnummer nur der Anrufbeantworter. Meine Frau hatte für diesen Abend Konzertkarten. Ich fuhr nach Hause, zog mich um und fuhr in die Akademie. Aber während des ganzen Konzerts ging mir Schäflein nicht aus dem Kopf. Gegen elf Uhr war mir plötzlich klar, daß ich keine Minute länger warten durfte. Ich überließ meiner Frau den Wagen und machte mich mit der U-Bahn auf den Weg zum Paläontologischen Institut.

Es befindet sich, wie Sie wissen, in der Gero-von-Schachner-Straße in Wexfeld. Die Fahrt dauerte höchstens eine halbe Stunde. Ein Wachmann brachte mich in den Ostflügel des Gebäudes, den Labortrakt. Ich fuhr mit dem Aufzug in den dritten Stock. In dem langen Flur bekam ich plötzlich Gänsehaut. Alles war sauber, still und gut beleuchtet, und doch stimmte irgend etwas nicht, das spürte ich. Dann – verzeihen Sie, daß ich meine Hand nicht mehr unter Kontrolle habe – öffnete ich die Tür.

Mein weiteres Schicksal wird davon abhängen, ob es mir gelingt, den Anblick zu vergessen, der sich mir bot. Nein, ich übertreibe nicht, lieber Schwind! Es gibt Dinge, die alles in Frage stellen, worauf sich die Welt gründet – unsere Welt, *meine* Welt, sollte ich hinzufügen, denn im Grunde wissen wir ja gar nichts über das, was die Welt wirklich ausmacht. Wir wissen nur das, was unseren kleinen Menschengedanken entspricht, wir kennen nur das, was in das Raster unserer Gewohnheiten paßt, alles andere – die großen Kräfte, die uralten kosmischen Gewalten, deren blindem Spiel wir unser kleines Leben verdanken – ist uns so dunkel und so rätselhaft wie eh und je. Und wir selbst – sind wir uns nicht selber immer noch völlig fremd? Wie kommt es, daß ich – in meinem Schrecken, in der unsäglichen Angst, die meine Knie schlottern ließ – in diesem Moment noch die Kraft aufbrachte, ein Foto zu machen? Jetzt, da ich gerettet bin, würde mir der Mut dazu fehlen. Aber ich tat es, und wir besitzen dieses Foto – ich werde Ihnen mein Mobiltelefon zusammen mit diesem Brief zukommen lassen –, das heißt: Wir wissen, daß all das, was ich Ihnen hier erzähle, tatsächlich geschehen ist. Daß es diese unbeschreiblich bösen und grausigen Kreaturen *wirklich gibt.*

Es waren zwei Räume. Die Tür zum Labor stand halb offen. Dahinter war etwas – auf einem Tisch – das sah ich als erstes – eine Art Aquarium, ein völlig verdrecktes und mit glitzerndem Schleim überzogenes Aquarium – aber darunter – auf dem Boden – an den Wänden und an der Tür, oben und unten – war etwas anderes, ein Gewimmel, Geflirr, eine Art – Kissen – ein riesiger durchsichtig-schwärzlicher Klumpen oder Batzen von – nein, nein! Nur nicht dort hinsehen! Dort muß Erlacher gewesen sein, dort, an diesem Tisch, im Labor. Ich kann nicht daran denken. Der andere Raum – ein kleiner Raum, Schreibtisch, Regal, Kleiderhaken mit Laborkittel, Schutzbrillen, ein Sicherheitsschrank aus Metall. Auf dem Boden – wie kann man davon sprechen? Wie kann man das beschreiben? Es waren runde – Dinge – oder Wesen. Ja, sie waren rund und hatten speichenartige Unterteilungen, gewellte gezähnte Ränder, und sie waren fett – schleimig – glasig – farblos – und beweglich, furchtbar beweglich, wogend, flimmernd … Ich kann sie mit nichts vergleichen, weil ich noch nie etwas Ähnliches gesehen habe. Oder doch – und deshalb hat sich Schäflein so für diese Ornamente interessiert! Aber sie waren groß – einige handtellergroß, andere noch größer – eines war mindestens so groß wie der Stuhlsitz, von dem es herabglitt oder herabkroch. Und diese – diese fürchterlichen Kreaturen saßen – oder klebten – auf einem Haufen von – lieber Freund, mir wird übel – einem Haufen zermalmter, zerfetzter, blutiger – Überreste – ich sah nicht hin, nein! – ich konnte nicht! – aber da waren zwei Schuhe – auf dem Boden, einer so, einer so. Es waren *seine* Schuhe, das weiß ich genau, denn früher sind sie mir immer aufgefallen – Sie wissen vielleicht nicht, daß Schäflein größten Wert darauf legte – er war ein Schuhnarr, er hat oft – früher! – er hat selbst davon gesprochen und darüber gelacht, über solche Dinge konnte er lachen, das hat mir immer gefallen an ihm, er sagte, man müsse sich doch auf würdige Weise vom Boden abgrenzen – und seine teuren englischen Schuhe – diese Schuhe von diesem gräßlichen – Schleim – überzogen – das war zuviel für mich, da war ich kurz davor, den Verstand zu verlieren, und vielleicht habe ich ihn auch für einen Moment verloren! – und nur deshalb war ich fähig, zu dem Metallschrank zu gehen und – reflexartig – nein, ich muß mich beruhigen. Der Reihe nach.

Der Metallschrank stand offen. Gleich wenn man hereinkam, stand da der Metallschrank. Sagte ich das schon? Ich habe mir die Sachen übergezogen, die am Haken hingen, dann nahm ich die Säure, öffnete den Behälter mit dem Totenkopfzeichen und warf ihn direkt *dorthin*. Ich schloß die Tür und suchte den Feuerlöscher im Flur. Ein dumpfes Geräusch. Ein entsetzliches Geräusch. Die Fensterscheiben splitterten. Wie habe ich das nur ausgehalten? Ich wartete. Dann sah ich noch einmal nach – öffnete die Tür einen Spaltbreit. Nichts regte sich. Durch die scheibenlosen Fenster kam Luft. Und doch mußte ich den Atem anhalten wegen des stechenden Geruchs. Es rauchte. Im Boden war ein Loch entstanden, man sah den blanken Beton. An den Wänden eine wellige Spur – ein schwärzlicher Belag. Sonst nichts. Nirgends mehr dieses – nichts mehr davon. Dann erst ging ich – rannte – ich hörte, wie die Wachleute schrien und durch den Flur liefen, auch unten muß man das Geräusch gehört haben. Aber ich wartete nicht. Ich war nicht fähig, mit irgend jemandem zu sprechen. Über eine Hintertreppe kam ich unbemerkt hinaus.

Es muß spät sein. Dort drüben sehe ich einen schwachen grauen Streifen am schwarzen Himmel. Kennen Sie das Diktum Friedrich Srotzniowskys – ich weiß nicht mehr, wo es steht –, daß die Erde nichts vergesse und daß die Steine das Gedächtnis der Erde seien? Aber wir Menschen, so möchte ich Srotzniowsky ergänzen, dürfen und sollen vergessen. Nicht wahr, lieber Freund?

Vorhin waren Polizeisirenen zu hören. Jetzt ist alles still. Ich sitze auf der Bank am Brunnen, der glücklicherweise die ganze Nacht beleuchtet ist. Ist irgend jemandem schon einmal aufgefallen, wie unheimlich diese Brunnenfigur aussieht? Der runzlige Poseidonkopf mit dem triefenden Schilfkranz auf dem schütteren Greisenhaar, das halb geöffnete Maul, aus dem er die Fontäne spuckt – oder fange ich schon an zu phantasieren? Wissen Sie noch, wie Sie mir einmal eine alte Chronik zeigten, in der Sie die Sage vom *Knurrer* gefunden hatten, diesem blutrünstigen Wassergeist mit seinem Rad? Dessen Haar sich sträubt und dadurch die Wirbel und Strudel an der Oberfläche der Ries verursacht? Alle hundert Jahre verlangt er nach einer schönen jungen Braut. Wenn er sie bekommt, schenkt er den Leuten Fische und fruchtbares Land und reiche Ernten, aber wenn nicht, passieren schreckliche Dinge. Seine Rachsucht kennt keine Grenzen … Mir fiel damals die Parallele zu dem rätselhaften keltischen »Gott mit dem Rad« auf dem Kessel von Gundestrup auf, und wir sprachen davon, daß man dem verlorenen Wissen auf die Spur kommen müsse, das sich in solchen Mythen verbirgt. Auch Sie sind mit Ihren Studien darauf aus, diesem Wissen näherzukommen. Aber ich glaube – ich bin mir nicht mehr sicher – haben Sie sich das nie gefragt? – ob wir heute diesem Wissen überhaupt gewachsen wären? Denn es käme doch einer schrecklichen Kränkung gleich.

Darüber müssen wir uns einmal austauschen, wenn wir uns wiedersehen, lieber Freund, und ich freue mich – ich werde mich freuen, Sie wiederzusehen, irgendwann – aber nicht zu bald. Meine Hand schmerzt, meine Arme schmerzen, ich kann nicht mehr. Kennen Sie das Sanatorium Schöberle auf dem Weiskopf? Ich war vor vielen Jahren einmal dort, als ich meinen Rücken kurierte. Ringsum sieht man nur schneebedeckte Gipfel, und zu hören ist nichts außer dem Gekrächz der Bergdohlen und dem Scheppern des Geschirrs zur Essenszeit. Ich hoffe, man nimmt mich dort auf.

Wie schön der Morgen ist. Kein Mensch weit und breit. Der weite Himmel, das Leuchten über den Dächern, ein Kondensstreifen, der sich auflöst im Licht, dieses Licht, das den Dunst der Nacht aufsaugt und nur noch Reinheit übrigläßt, frische, kühle, reine Luft und ein paar duftige Wölkchen hoch oben in der grenzenlosen Bläue – und Amselgesang. Damals, in der Pizzeria am Gerberbogen, ganz am Ende dieses langen Abends, sagte Schäflein: »Wir denken in Kategorien des Kampfes. Wir können nicht anders denken. Aber vielleicht ist alles ganz anders gewesen. Kein Kampf, kein Gegner, niemand, der uns bemeistert. Wer sind wir? Eine Fehlentwicklung der Natur, die sich selbst zum Verschwinden bringt ...« Daran muß ich denken, lieber Freund, das wühlt und bohrt in mir. Ich werde die Stadt verlassen. Ich gehe nach Hause, packe ein paar Sachen zusammen, stecke diese Blätter in einen Umschlag, werfe den Umschlag in den Briefkasten, und dann werde ich zum Bahnhof fahren. Adieu.

Ihr W. M.

Die Stadt der Namen

Ich versuchte mehrmals, mit Schwind Kontakt aufzunehmen, denn ich hatte inzwischen allen Grund zu der Vermutung, daß er mehr wußte, als er mir bisher gesagt hatte. Doch ich traf ihn nicht in seiner Wohnung an. Auch von Annabel gab es kein Lebenszeichen. Wir hatten mit Pfeufer gesprochen, der sich kooperationsbereit zeigte und versprochen hatte, alles in seiner Macht Stehende zu tun, um sie zu finden – aber seine Suchaktionen blieben erfolglos. Ich sagte schon, welche lastende Stimmung dort herrschte, welche Atmosphäre einer ungreifbaren Bedrohung, einer latenten Gefahr. Nun verstärkten sich die Zeichen: Die Luft schien sich zu verdichten und alle natürlichen Geräusche zu ersticken; der Wind, der tagelang geweht hatte, erstarb; die Farben veränderten sich, wurden blaß und matt; die Dinge verloren ihre Festigkeit. Man erwartete ein Gewitter, aber es kam nicht; nur wurde es zeitweise ganz dunkel, ein feiner, schleierartiger Regen schwebte in der Luft und löste sich nach ein paar Minuten in wolkige Feuchtigkeit auf. Ich dachte an Annabel – natürlich dachte ich an sie!, und doch veränderte auch sie sich, wie die Dinge ringsum; sie wurde farblos, verlor an Wirklichkeit. Es war, als hätte ich sie vor vielen Jahren einmal flüchtig gekannt, als hätte sie kaum noch etwas mit mir zu tun.

Ich war nicht mehr in der Lage, mich auf die Arbeiten zu konzentrieren, die man sich weit weg von hier an Behördenschreibtischen für mich ausgedacht hatte; die Datenblätter, Erhebungsbögen, Bewertungslisten, die wir mitgebracht hatten, waren bedeutungsloses Papier. Was mich einzig interessierte, mich anstachelte, war die Spur, die gelegt worden war, als mich in der Nacht unserer Ankunft das Traumbild Prinzessin Luises ins Freie lockte.

Ich verließ das Schloß nicht mehr. Ich saß in der Eingangshalle zwischen den verschimmelten Kartons auf dem schmutzigen Boden, über alte Akten und unlesbare Bücher gebeugt, verloren in fieberhafter Grübelei. Mayer mußte irgendwann in die Stadt zurückgekommen sein, oder er war gar nicht weggefahren. Vielleicht war er von jenem unfaßbaren und unaussprechlichen Ereignis überrascht worden, das den geheimen Fluchtpunkt aller weiteren Entwicklungen bildete, und hatte dann in wilder Hast begonnen, das Stadtarchiv auszuräumen und nach Schloß Haag zu verfrachten.

Alle Nachfragen zu den *Rotula sternauii*, die ich an internationale Bibliotheken und Institute richtete, blieben ergebnislos. Es gab keine Monographien, keine Aufsätze, keine Tagungsberichte, in denen der Name dieser rätselhaften Organismen erwähnt wurde. Kein heutiger Forscher schien ihn je gehört zu haben. Oder folgten diese Forscher einer Weisung, ihre Kenntnisse geheimzuhalten?

In unserer Nähe gab es seltsame kleine Vorkommnisse. Wir fühlten uns beobachtet. Nachts gab es unerklärliche Geräusche; Fenster gingen zu Bruch; Ringelmanns Vorräte wurden durchwühlt. Immer wieder wurde unser Fahrzeug beschädigt. Es waren reparable Schäden, doch es beunruhigte uns, daß wir es nicht fertigbrachten, die Verursacher dingfest zu machen. Einmal legte sich Ted nachts auf dem Parkplatz auf die Lauer. In dieser Nacht blieb das Auto unbehelligt, doch es wurden uns teure elektronische Geräte gestohlen, die wir nie wiedersahen. Ich selbst schreckte eines Nachts hoch, weil ich glaubte, Teds Stimme gehört zu haben. Ich ging hinaus – eine Gestalt huschte schattenhaft, schlangengleich davon. Im Strahl der Taschenlampe erkannte ich einen schmalen Jungen in zerlumpter Jacke und mit dichtem, struppigem Haar; im Abstand von etwa zehn Schritt drehte er sich plötzlich zu mir um: Sein spitzes, bräunliches, abstoßend häßliches Gesicht hatte sich zu einem bösartigen Grinsen verzogen.

Am späten Nachmittag des 22. Mai – Annabel war seit einer Woche verschwunden – veränderte sich plötzlich alles. Eine Besucherin kam in unsere stillen Räume, in denen wir drei Männer seit Tagen ratlos, wie benebelt und durchdrungen von uneingestandener Angst zusammenlebten: Conny Laval. Sie kam zu Fuß, und als sie vor mir stand in ihren nassen, schmutzigen Sachen, erkannte ich sie kaum wieder. Sie war alt und schwach, stark geschminkt, doch mit Ringen unter den Augen und zerzaustem Haar. Der Stoff ihres luxuriösen Gewands klebte an ihrer Haut. Sie sei in einen Regenguß gekommen, sagte sie; sie fröstelte, stammelte. Sie war ungefähr so groß wie Annabel und schmal wie sie; ich gab ihr ein paar warme Sachen, die ich in Annabels Koffer fand. Nachdem sie sie angezogen und Ringelmanns Tee getrunken hatte, glätteten sich die Falten um ihre Augen, und bald hatte sie sich wieder in der Hand. Mit ruhiger Stimme erzählte sie, daß Pfeufer gegen seine Gewohnheit mittags nicht nach Hause gekommen sei. Sie habe versucht, ihn zu erreichen, aber die Verbindung sei abgebrochen. Er sei morgens in Richtung Ries gefahren, in das Sperrgebiet, nachdem er erfahren hatte, daß Schwind irgend etwas zugestoßen sei. Ich berichtete ihr von dem Umschlag, den Schwind vor kurzem auf meiner Schwelle abgelegt hatte. Warum hatte er ihn mir nicht persönlich übergeben? Er mußte es eilig gehabt haben. Vielleicht war er auf dem Weg zum Fluß gewesen, und Pfeufer hatte recht gehabt, ihn dort zu suchen, wo, wie meine Besucherin mir sagte, in diesen Tagen das verbotene Huntarifest gefeiert werden sollte.

Das Reden schien ihr gutzutun. Dennoch konnte ich das Gefühl nicht abschütteln, daß sie nicht ganz aufrichtig war.

Sie fragte nach Annabel. Ich wußte nicht viel zu sagen. Mein Gesicht wurde heiß unter ihrem aufmerksamen Blick. »Sie müssen sie suchen«, sagte sie. »So wie ich meinen Ossip suchen muß.«

Ihre Worte schreckten mich auf. Es waren milde, fast mütterliche Worte, und doch schreckten sie mich auf, rissen mich aus der somnambulen Betäubung, die mich befallen hatte. Ich wußte auf einmal, was ich zu tun hatte.

Wir fuhren los. Auf den großen Straßen war viel mehr Verkehr als sonst. Polizeiwagen überholten uns. Die Innenstadt, die Gegend um St. Crispus, war abgesperrt. Wir fuhren weiter in Richtung Osten. Der Fluß lag vor uns. Er hatte die Farbe des Himmels angenommen, die glatte Wasserfläche warf das Spiel der grauen Wolken zurück. Büsche und Bäume standen schief am Ufer, wie angezogen von der Tiefe, wie in einem schwerfälligen und fatalen Sturz begriffen. An einem steil abfallenden Teil des Ufers, im Gewirr von Wasserpflanzen und toten Zweigen, zwischen denen sich, von weißlichem Schaum überzogen, Bierdosen, Verpackungen und anderer Müll angesammelt hatten, hing etwas, was ich zuerst für den Bug eines umgedrehten Kanus, dann für einen monströsen, halb zermalmten Pflanzenstengel hielt.

Ich fuhr näher heran. Meine Begleiterin sah starr geradeaus. Ich sehe sie vor mir, wie sie mit hochgezogenen Schultern und verschränkten Armen neben mir saß. Sie hatte sich ein Tuch um den Kopf geschlungen. Etwas fast mädchenhaft Weiches lag in ihren Zügen. »Gehen Sie«, sagte sie leise. »Ich warte hier.«

Es waren nur ein paar Schritte, einen überwachsenen Weg entlang. Ich sah Schwind – Schwinds Oberkörper. Er ragte halb aus dem Wasser. Seine rechte Hand hielt noch immer krampfhaft einen Ast umklammert, an dem er offenbar versucht hatte, sich hochzuziehen. Eine schwärzliche, suppige Flüssigkeit schwappte um ihn herum. Glitzernde Schleimspuren an seinen Hüften und Flanken, am Bauch; der Rest war verborgen unter den zerfetzten Resten seines Hemds.

Mit äußerstem Widerwillen trat ich näher. Ich wollte ihn ans Ufer ziehen. War ich ihm das nicht schuldig? Aber dann sah ich – nein, ich ahnte es mehr – das, was unter der Wasseroberfläche lag, das Blutige, Schleimige, das, was von Emilio Schwinds Beinen übrig war. Und sein Gesicht ... Es war kein Gesicht mehr. Es war eine Fratze, maskenhaft erstarrt im Moment tödlichen Entsetzens, namenloser Angst.

Ich wich zurück, verlor den Halt. Ich weiß nicht mehr, wie ich es schaffte, nicht abzurutschen. Im Moment des Entsetzens scheint sich die ganze Welt auf einen einzigen Punkt zu verengen. Doch dieser Punkt ist nichts Festes; er ist ein rasendes, schwirrendes Durcheinander von Empfindungen und Gedanken; dunkle Dinge, unbewußt, verlorengeglaubt, steigen aus der Tiefe hoch; die Einheit von Körper und Ich zerfällt, das Ich löst sich ab und taumelt über dem gähnenden Abgrund des Nichts.

Ich hörte ein Geräusch – konnte das der Donner sein, der das Gewitter ankündigte? Es war ein unvorstellbar schrecklicher Laut – ein Ächzen, ein Grollen – ein sekundenlang anhaltendes grimmiges, unheilvolles Knurren ... Er ließ das Blut in meinen Adern erstarren. Bis heute überfällt mich kaltes Grauen, wenn ich an diesen Ton denke, der bis zum Ende meiner Tage in mir widerhallen wird.

Da rief jemand gellend meinen Namen. Eine Frauenstimme. Laval! Das brachte mich zu mir selbst zurück. Mit dem Rest von Kraft, der mir geblieben war, arbeitete ich mich, immer wieder abrutschend, das Ufer hoch; doch als ich wieder auf dem Weg war, erkannte ich, daß ich nichts mehr ausrichten konnte: Ein Auto – ein klappriger alter Malia – hatte sich quer vor unser Fahrzeug gestellt. Die Beifahrertür stand offen. Zwei Männer schleppten die sich verzweifelt wehrende Laval in Annabels rotem Mantel fort. Ein paar Sekunden später fuhr der Malia mit aufheulendem Motor davon.

Auf die unmittelbar darauffolgenden Ereignisse muß ich nicht näher eingehen, man wird sie sich ungefähr vorstellen können: Stunden auf einem Polizeirevier, Pfeufer – man hatte ihn schließlich in irgendeiner Kneipe ausfindig gemacht – stark alkoholisiert und daher nicht handlungsfähig, von Lavals Entführern keine Spur. Das Gewitter ging nieder. Die ganze Nacht lang rauschte der Regen, und am nächsten Tag waren Schloß Haag und die nähere Umgebung von Dunstschleiern umhüllt. Ich war stundenlang damit beschäftigt, aufzuräumen und Dateien zu ordnen, aber Ruhe fand ich nicht. Abends hielt ich es in unseren Räumen nicht mehr aus. Ich ging zu Fuß, wanderte aufs Geratewohl in der Nähe unseres Domizils herum. Nach einem Marsch über ödes Gelände voller Schutt und Geröll stand ich vor dem Eingang eines von einer Mauer umschlossenen Friedhofs.

Die eiserne Gittertür fiel hinter mir ins Schloß, und ich betrat eine abgeschiedene Welt. Im Schatten der Bäume, an den Rändern überwucherter Pfade standen wuchtige Mausoleen aus grauem Stein, mit Glaubenszeichen und Symbolen der Vergänglichkeit geschmückt; daneben gab es schlichtere Gräber, die weniger Platz beanspruchten und nur bescheidenen Zierat aufwiesen, steinerne Engel, trauernde Putten, Urnen, Kreuze, Obelisken; und schließlich die kümmerlichen Totenstätten der jüngeren Zeit, die in ein zum Fluß hin sich öffnendes baumloses Feld gegraben waren und kaum mehr darstellten als auf der schwarzen Erde behelfsmäßig abgetrennte Vierecke, dicht an dicht, wie die Pritschenreihen in einer Baracke, jedes mit einer Namenstafel gekennzeichnet.

Ein alter Stein war mit einem Schmetterling verziert, dem einst üblichen Sinnbild für Wandlung und Auferstehung. Dort setzte ich mich unter einen Baum, um auszuruhen. Es war ein schöner, bemooster Platz, von dem aus man das ganze leicht hügelige weite Tal, das einst die Stadt beherbergt hatte, übersah. Von den schrägen Strahlen der Abendsonne getroffen, die hinter den rasch abziehenden Wolken hervorspähte, leuchteten Dächer, Türme, ein gemauerter Schornstein, ein Baukran, ein ferner Brückenbogen vor mir auf. Wie schön und passend das Wort Friedhof doch ist, dachte ich. Namen – so viele Namen, unzählbar, in Stein gemeißelt, in Holz geschnitten, auf Pappschilder geschrieben … War dieser Friedhof nicht die Stadt in ihrer reinsten Gestalt, ihr Gedächtnis, ihre Wirklichkeit? Im Kreis dieser Namen schien sie unüberwindlich zu sein, furchtlos, zeitlos, ganz sie selbst.

Am Rand der Gräber tauchte eine Gruppe magerer, halbwüchsiger Jungen in Schulkleidung auf. Sie rannten zum Fluß; sie waren übermütig und laut. An einer von einem Strauch beschatteten Uferstelle blieben sie stehen, zögerten, palaverten. Einer fing an, sich auszuziehen, ein zweiter warf seine Jacke ab. Dann sah ich, wie sich in den funkelnden und blitzenden Wellen zu ihren Füßen etwas bewegte, geschmeidig, lockend, ein dunkler Kopf, eine breite Schnauze und schwarze Augen, wie ein Otter. Von der Stadt her ertönte wütendes Keifen – eine Mutter offenbar, die den Jungen hinterhergerannt war und sie verscheuchte.

Als ich aufsah, stand Annabel vor mir. Ich glaubte an eine Halluzination. Sie war so schön! Nichts wies darauf hin, daß sie die letzten Tage unter schwierigen oder ungewöhnlichen Bedingungen verbracht hätte; an ihrer Bluse war nicht der kleinste Fleck zu erkennen. Ihr von dichtem, dunklem Haar umrahmtes Gesicht war schmal und ernst, ihre Haut schimmerte wie Blütenblätter.

Ich kann nicht sagen, was mich davon abhielt, sie nach ihrer Flucht zu fragen. So groß unser beider Bedürfnis war (und ist), uns die Ereignisse, von denen ich hier berichte, ins Gedächtnis zu rufen, sie immer wieder zu erörtern und über sie nachzudenken – bis heute hat Annabel noch nie davon gesprochen, wo sie jene Tage verbrachte, und ich habe mir angewöhnt, ihr Schweigen als eine Art Pfand unserer wiedergefundenen Liebe zu betrachten.

Wir saßen auf jenem bemoosten alten Stein auf dem Friedhof und redeten und machten Pläne für die Zukunft. Wir beschlossen, keine weiteren Daten zu sammeln, sondern so schnell wie möglich unsere Sachen zu packen und mit Ted und Ringelmann heimzukehren. Wir sprachen von Küchenmöbeln und Kinderzimmern. Dann schwiegen wir und hielten uns umschlungen, bis am klaren Himmel der Mond aufging, der die Welt mit seinem stillen Licht beschien.

»Röckels Museen der Angst sind ein literarisches Ereignis.«
Deutschlandradio Kultur

Susanne Röckel
Vergessene Museen
Nummerierte und limitierte Erstausgabe im Schuber

312 Seiten / gebunden
ISBN 978-3-8218-6217-0

»Die Lektüre von Susanne Röckels Romanen und Erzählungen ist immer eine Wanderung zwischen zwei Wirklichkeiten: die des Wachens und die des Traumes – und wir können niemals ganz sicher sein, in welcher wir uns gerade aufhalten. Sechs fragwürdige Helden, sechs Geschichten, und in jeder einzelnen gelingt der Autorin ein grandioses Kunststück. Mit einer rhythmisierten, präzisen, aber von aller Beengung befreiten Sprache fängt sie den Moment der Entrückung, die Irritationen, die Spiegelungen und Verrätselungen des Rausches ein, in dem zuletzt nur noch die Leuchtkraft der Sprache trägt.«

»Susanne Röckels Erfindungsgabe ist außergewöhnlich, ihre Erzählsprache verbindet mühelos Epochen und Erdteile, Reportage-Elemente und den hohen Ton von Mysterienlehren.«
Süddeutsche Zeitung

DIE ANDERE BIBLIOTHEK
im Eichborn Verlag

»Der glaubwürdige Sound zweier DDR-Subkulturen.« ***Spiegel Online***

Marc Schweska

Zur letzten Instanz

Roman

Nummerierte und limitierte Erstausgabe im Schuber

360 Seiten / gebunden

ISBN 978-3-8218-6244-6

Zur letzten Instanz ist das Romandebüt von Marc Schweska: komische wie ironische Prosa, die mit dem Spiel der Tonlagen verblüfft, spannend eine Geschichte aus Ostberlin erzählt – von den Kindern der einstigen Technischen Intelligenz, von Kybernetik und Informatik und der Entwicklung von Computern zwischen Ost und West.

»Schweska verfügt über Takt- und Temposicherheit und einen Tonfall aus Schnoddrigkeit und Ironie, mit dem er, buchstäblich en passant, ein anschauliches Bild des Prenzlauer Berges und Friedrichhains liefert … Schweska ist nicht nur ein Löter, er ist auch ein Erzähler.« *Süddeutsche Zeitung*

DIE ANDERE BIBLIOTHEK
im Eichborn Verlag